Zootopolis

Kay Fischer

Zootopolis

Roman

Für die Tiere …

Zweite, überarbeitete Auflage 2012
(Erstauflage 2010)

www.kayfischer.de

Bibliografische Information der Deutschen Nationalbibliothek:
Die Deutsche Nationalbibliothek verzeichnet diese Publikation in der
Deutschen Nationalbibliografie;
detaillierte bibliografische Daten sind im Internet über
http://dnb.d-nb.de abrufbar.

Satz, Umschlaggestaltung, Herstellung und Verlag:
Books on Demand GmbH, Norderstedt
ISBN: 978-3-8448-3312-6

Durch das Dickicht lugte ein Auge. Langsam bewegte sich die Pupille nach links, dann nach rechts. Sie wurde größer, wie das Objektiv einer Kamera. Es folgte ein Lidschlag; die graue Haut war von vielen Falten durchfurcht. Lange fixierte die Pupille einen Punkt. Erst als Geräusche zu hören waren, huschte das Wesen mit einem Brummen davon – und die Blätter zitterten dabei.

Tausende Meilen davon entfernt schien die Sonne auf Pingu-Eiland, als wollte sie die Insel in besonderem Glanz erstrahlen lassen. Die Hügel leuchteten in den schönsten Grüntönen, und das dunkelblaue Meer umschloß den Strand wie eine Glasscheibe. Albatrosse, Leguane, Tölpel und Pinguine tummelten sich dort. Ab und an krochen Schildkröten aus ihren Verstecken, und eine Mantelmöwe landete auf dem Felsen.

Eveline Riverday verschloß die letzte Flasche. Sie hatte die Insel abgegrast, Bodenproben entnommen, Notizen gemacht, die Landschaft fotografiert und Karten skizziert. Ein Jahr lang, bei jedem Wetter! Pingu-Eiland war allerdings sehr groß. Manche Stellen waren gar nicht zu erreichen, andere lagen einfach zu weit entfernt oder konnten nur über brüchige, einsturzgefährdete Hängebrücken erklommen werden, deren morsches Tauwerk jeden Tag mehr zerbröckelte. Dort hinüberzuhangeln war lebensgefährlich, zumal es darunter tiefe Schluchten mit Felsvorsprüngen und reißendem Gewässer gab. Somit nahm es die Journalistin in Kauf, tatsächlich nicht jedes Fleckchen der Insel gesehen zu haben.

Mrs. Riverday beschriftete das Etikett, klebte es auf die

Flasche und verstaute diese in den Lederrucksack. Langsam wanderte ihr Blick die Horizontlinie entlang. Sie besah das Meer, schaute den Möwen nach, die majestätisch ihre Kreise flogen. Sie schaute auf die grünen Hügel, auf die Felsen; Pingu-Eiland war ein Paradies – unberührt, voller Vielfalt und mit einem grenzenlosen Frieden.

Mrs. Riverday schritt den Hügel zu ihrem Geländefahrrad hinab und fuhr damit eine Stunde über die Insel, bis sie endlich ihr Quartier erreicht hatte. Es war ein bescheidenes Haus aus alten Steinen, die einst aus den Felsen der Insel geschlagen wurden. So war es fast schon eine Farce, daß der Mann, der in diesem Häuschen wohnte, Mr. Stone hieß. Sein von der Sonne gebräuntes Gesicht hatte tiefe Falten, und die Augen kniff er wegen seiner Lichtempfindlichkeit fast ganz zusammen. Mr. Stone verriet sein Alter nicht, aber an die siebzig Jahre konnte er durchaus schon sein. Mrs. Riverday bemühte sich ebenfalls, ihre hinter sich gelassenen Jahre nicht zu beziffern, aber Mr. Stone war schlau genug. Der Alte konnte es sich an seinen Fingern abzählen, daß die Frau, die Bodenproben wie Schuhe sammelte, halb so alt war wie er selbst.

»Na, Mrs. Day – haben Sie nun alle Proben beisammen?«

»Ja, jetzt ist die Sammlung vollständig, denke ich zumindest. – Und zum tausendsten Mal: Ich heiße Riverday!«

»Ein seltsamer Name«, krächzte er. »Glauben Sie mir, niemals haben Sie alles von der Insel gesehen. Das würden Sie vielleicht bei jeder anderen Insel schaffen, aber nicht auf Pingu-Eiland.«

Mrs. Riverday seufzte. Zum wievielten Male hörte sie das? Sie zählte es nicht mehr.

»Warum sollten Sie auch alles erkunden? Das, was Sie gesehen haben, reicht«, setzte Mr. Stone nach.

Dann erhob er sich aus seinem alten Sessel, schlich zum Bücherregal, zog eine dicke Schwarte hervor und knallte sie auf den Tisch. Staub stieg wie körniger Nebel auf.

»Das sollten Sie lesen, bevor Sie abfahren«, zischte er mit heiserer Stimme.

Mrs. Riverday warf einen Blick auf den Buchdeckel. Aber sie konnte den Titel nicht entziffern und beugte sich über das Buch. »Was ist das?« fragte sie.

»Die Arche Noah.«

»Ja und?«

»Sie werden sicher schon davon gehört haben: Noah wurde gemäß der biblischen Überlieferung von Gott auserwählt und vorgewarnt. Es sollte eine Sintflut kommen, also rettete er in einer selbstgebauten Arche sich selbst, seine Frau, die Söhne sowie deren Ehefrauen. Und dann natürlich ganz viele Tierpaare. So wurde das Überleben jeder Art sichergestellt. Wunderbar, nicht wahr?«

»Ja, ganz wunderbar. Aber warum erzählen Sie mir das? Ich kenne die Geschichte.«

Mr. Stone ließ sich wieder in den Sessel fallen. Er hustete, dann schaute er Mrs. Riverday lange an: »Sie sind auch so jemand, der alles retten will. Sie sammeln Steine und Erde. Und nun werden Sie abreisen und diese Bodenproben mitnehmen, woanders hinbringen, damit diese dort weiterexistieren können, so als hätten Sie Angst, daß über Pingu-Eiland eine Sintflut hereinbrechen könnte und alles vernichten würde. Haha! – Warum tun Sie das wirklich? Was meinen Sie, hm?«

Mrs. Riverday schwieg.

Mr. Stone winkte ab und nickte, als ob er sich selbst zustimmte.

»Na, wie dem auch sei«, brummte er dann, »Sie werden sich an meine Worte einmal erinnern.«

»Mr. Stone, darüber haben wir schon oft gesprochen. Und ich glaube nicht, daß Sie das vergessen haben. Sie wollen es noch einmal von mir hören. Immer und immer wieder, nicht wahr?«

Mr. Stone kratzte sich die Stirn.

»Ich habe Geologie studiert, bin freie Journalistin und wurde von einem Institut beauftragt, für wissenschaftliche Zwecke Bodenproben von dieser Insel zu entnehmen, damit man mehr über dieses Eiland erfährt. Und da das so wichtig ist, hatte ich die Proben bereits vierteljährlich an das Institut geschickt. Jetzt habe ich nur noch den letzten Rest eingesammelt. Es geht um die Artenvielfalt, verstehen Sie? Diese Insel ist das letzte intakte Fleckchen Erde.«

Mr. Stone schwieg.

»Es erfüllt Sie mit Stolz, daß man Ihre Insel für so wichtig hält, nicht wahr? Ich sehe aber auch noch etwas anderes bei Ihnen: Ein gewisser Neid steht Ihnen ins Gesicht geschrieben!«

Mr. Stone schwieg noch eine Weile, dann stand er auf, legte das Buch ins Regal zurück und setzte sich wieder in den Sessel.

»Ja«, sagte er, »ich bin stolz. Und vielleicht bin ich auch neidisch. Sie waren nur ein Jahr auf Pingu-Eiland, ich hingegen habe fast mein ganzes Leben hier verbracht. Mich hätte man um die Proben bitten sollen, nicht Sie.«

Mrs. Riverday setzte sich neben den müden Mann.

»Mr. Stone, ich werde Sie im Bericht erwähnen – ohne Ihre Hilfe hätte ich das nie geschafft, glauben Sie mir. Und darüber hinaus sind Sie auch nicht mehr der Jüngste. Ein Jahr lang über die Insel zu schlendern, um Steinchen und Erdbrocken einzusammeln, so etwas müssen Sie sich nicht mehr antun. Als Inselwart haben Sie doch noch andere Dinge zu tun. Meinen Sie nicht?«

Mr. Stone schwieg.

»Menschen wie Sie gibt es kaum noch, Sie gehören zum Inventar. Mich hat man auserwählt, weil ich ein spezielles Studium abgeschlossen habe. – Sie sind dafür das *Urgestein* der Insel.«

Mrs. Riverday mußte lächeln. Ob Mr. Stone die Metapher verstand?

Dieser hustete, massierte sich die Stirn, dann stand er auf und schlurfte zum Fenster. Lange sinnierte er hinaus, schaute zum Himmel, zum Meer, zu den Möwen. Kurz darauf klopfte er gegen den Fensterrahmen, dreimal. Mit nachdenklichem Gesichtsausdruck wandte er sich vom Fenster ab.

»Ich koche mir einen Tee«, hörte Mrs. Riverday ihn brummen, und so verschwand er in die Küche.

Am nächsten Morgen schien die Sonne noch heller zu strahlen als sonst. Das Licht bohrte sich in das Zimmer hinein, in dem Mrs. Riverday schlief. Sie streckte sich und gähnte, dann robbte sie aus ihrem Bett und ging auf die Terrasse hinaus. Wieder leuchteten die grünen Hügel von Pingu-Eiland, und das Meer schwappte mit zarten Wellen heran. Sie war zufrieden. Nicht nur, weil sie ihre Arbeit geschafft hatte, sondern auch, weil sie mit Mr. Stone einen gewissen Frieden geschlossen hatte. Das ganze Jahr über war der Alte doch manches Mal sehr anstrengend gewesen, und so hoffte sie, mit dem gestrigen Gespräch einen versöhnlichen Abschluß gefunden zu haben.

Es fiel ihr tatsächlich nicht leicht, die Koffer zu pakken. Das Leben auf der Insel hatte sie verändert, sie konnte sich gar nicht mehr vorstellen, wieder in einer Stadt zu leben. Sie sammelte ihre Notizen ein, verstaute die restlichen Flaschen in zwei weiteren Koffern und mußte ihre ganze Kraft aufbringen, um das Gepäck die Treppe hinunter und schließlich aus dem Haus zu schleppen.

»Das wird teuer«, ließ Mr. Stone zur Begrüßung trokken verlauten.

»Was?«

»Der Flaschenkoffer. Der sieht schwer aus, den wird der Pilot extra berechnen.«

Mrs. Riverday nickte. »Egal, das zahlt das Institut. Schließlich wollen die ja auch die Bodenproben haben.«

Mr. Stone zeigte zu dem Wohnzimmer. »Es ist angerichtet«, sagte er.

Mrs. Riverday strahlte.

»Sie haben … das Frühstück gemacht?«

»Ja, wer sollte es sonst gemacht haben? Sie gehen doch niemals ohne Frühstück aus dem Haus, nicht wahr?«

Mrs. Riverday nickte. Im ganzen Jahr war es heute das erste Mal, daß Mr. Stone ihr ein Frühstück zubereitet hatte! Das sollte wohl das Abschiedsgeschenk sein, von dem er neulich einmal sprach.

Geradewegs lief sie in das Wohnzimmer und setzte sich an den Tisch.

Mr. Stone öffnete den Schrank, holte einen kleinen Beutel heraus und ließ ihn neben den Teller der Lady plumpsen.

»Was ist das?« fragte sie.

»Ein Säckchen.«

»Ja, das sehe ich. Was ist drin?«

»Nicht öffnen! Machen Sie es erst im Flugzeug auf!« zischte Mr. Stone.

Mrs. Riverday war irritiert. »Warum so geheimnisvoll? Ist da ein Frosch drin?«

»Nein, aber das muß man auspacken, wenn man alleine ist. Sonst bringt es Unglück.«

Mrs. Riverday grinste. *Das* war also das Abschiedsgeschenk gewesen.

»Also schön, erst im Flugzeug. Sie machen es aber spannend.«

Sie nahm den Beutel, verstaute ihn in ihrer Handtasche und aß ein Brötchen.

»Ich muß noch ein paar Kleinigkeiten zusammenkramen«, mampfte sie, »wann kommt denn der Flieger?«

Mr. Stone ließ sich mit der Beantwortung etwas Zeit. Erst, als Mrs. Riverday Luft holte, um die Frage zu wiederholen, entgegnete er: »Er wird in einer knappen Stunde hier sein. Übrigens ist das Wasserflugzeug kaputt. Die Ersatzmaschine landet deshalb auf dem Rasen, direkt vor der Hütte.«

»Auf … dem Rasen?«

»Ja.«

»Aber … die Wiese ist hier viel zu uneben für eine Landung!«

»Da machen Sie sich mal keine Sorgen. Das wird schon klappen«, knurrte Mr. Stone, während er an einem Holzsplitter kaute, »ich kenne den Piloten. Der beherrscht sein Handwerk. Und ins Gras beißen werden Sie schon nicht.«

Mrs. Riverday war davon nicht wirklich überzeugt. Sie stopfte sich das nächste Brötchen hinein, trank eine Tasse Tee, dann ging sie auf ihr Zimmer und packte die letzten Habseligkeiten zusammen.

Die Albatrosse, Leguane, Tölpel und Pinguine interessierten sich naturgemäß nicht für die menschlichen Bedürfnisse, Gedanken und Sorgen. Sie lebten ihr Leben jahraus, jahrein friedlich auf der Insel und waren nur mit sich selbst beschäftigt. Die Albatrosse landeten, nachdem sie weite Flugstrecken zurückgelegt hatten, purzelbaumartig auf der Insel, Leguane krochen den Strand entlang und sonnten sich auf einem Stein – und die Pinguine standen einfach nur herum oder sausten wie Pfeile durchs Wasser.

Zur Balzzeit freilich änderte sich das. Dann waren auf einmal Freunde zu Feinden geworden, und als später der Nachwuchs versorgt und beschützt werden sollte, war es mit der Ruhe gänzlich vorbei.

Im scheinbar friedlichen Tierleben waren Unruhen

und Turbulenzen eben doch an der Tagesordnung, etwas, das den Menschen oft zu Vergleichen zu seinem
eigenen Dasein animierte.

Die Motoren des kleinen Flugzeugs brummten so laut,
als wollten sie der Insel von einer langen Reise erzählen. Ab und zu mischte sich ein Schwirrton ein, so daß
man glauben konnte, die Propeller flögen gleich weg.
Entsprechend sah auch das Gesicht des Piloten aus:
grimmig.

Endlich stellte der Pilot das quälende Geräusch ab,
stieg aus dem Cockpit und salutierte vor Mr. Stone.

»Noch so 'ne Landung und ich geh' am Stock«,
brummte er. Dann begrüßte er Mrs. Riverday und griff
den ersten Koffer. »Ist ja nicht von schlechten Eltern,
Ihr Gepäck.«

Die Journalistin sagte nichts. Dann wandte sie sich zu
Mr. Stone und verabschiedete sich.

»Schreiben Sie mir mal!« krächzte der Alte. Wieder
kniff er die Augen zusammen.

Mrs. Riverday versprach, ihm eine Kopie ihres Berich-
tes zu schicken. Mr. Stone grinste bloß.

Dann stieg die Lady ein. Der Pilot schlug die Tür zu,
überprüfte die Instrumente, fixierte noch einmal die
Karte und startete den Motor. Dann rollte die Maschine
die kurze, holprige Wiese entlang, während die Tragflä-
chen beängstigend wippten und ächzten.

Es wurde ein ungemütlicher Start. Mrs. Riverday hatte
sich so krampfhaft an den Streben festgehalten, daß sie
schon glaubte, sie würde das Gestänge verbiegen. Gerade noch rechtzeitig hob die Kiste ab und verschwand

knatternd im Himmel, während eine Möwe das Weite
suchte, als sie das Flugzeug erblickte.

Mrs. Riverday besah die Insel nun aus der Luft und
machte die letzten Fotos. Aber es war nicht das komplette
Eiland zu sehen, da sich einige Wolken auftürmten, und
so konnte sie nur Teile der großen Insel ablichten.

Pingu-Eiland war unglaublich schön, das stellte sie immer wieder fest. Der Pilot war davon aber nicht sonderlich
beeindruckt, ihm schien es wichtiger zu sein, die Strecke
hinter sich zu bringen. Einen ernsteren und wortkargeren
Mann hatte sie bisher noch nicht kennengelernt – jedenfalls soweit sich das bis jetzt beurteilen ließ.

Als der Pilot eine Kurve flog, mußte sich Mrs. Riverday fast den Hals verrenken, um noch etwas von dem
Fleckchen Erde sehen zu können. Mit aller Kraft gelang
es ihr, und nach wenigen Minuten sah sie die Kontu-
ren der Insel endgültig in der Ferne verschwinden. Tief
im Herzen spürte sie, daß sie zurückkehren würde; sie
glaubte immer an ein Wiedersehen.

Vorsichtig löste sie nun die Kordel des Säckchens, griff
hinein und holte einen Zettel mit einem geschnitzten
Holzstück heraus. Zunächst konnte sie damit nichts anfangen, aber dann las sie in Ruhe das bekritzelte Papier
durch:

*»Wenn Sie schon ›Die Arche Noah‹ nicht lesen wollen,
dann nehmen Sie doch dieses kleine Holzmodell mit. Das
Schiffchen ist ein Talisman, so haben Sie die Arche immer
bei sich. – Mr. Stone.«*

Mrs. Riverday schmunzelte. Sie blickte aus dem Fenster und sah die Wolken, die ihre Schatten auf das Meer
warfen und dadurch wie Monster wirkten. Das Flug-

zeug schob sich stoisch durch diese Monster hindurch, und Mrs. Riverday umfaßte das Holzmodell, als wollte sie es beschützen. Wie klein die Welt doch dort unten war ...

Sie lehnte sich zurück und versuchte, sich zu entspannen. Trotz des Motorenlärms schlief sie ein.

Sie wachte erst wieder auf, als sich die Maschine ruppig bewegte. Vermutlich hatte eine Böe an dem Flugzeug gerüttelt. Reflexartig hielt sie sich wieder an den Streben fest. Auf einmal stand ihr der Schweiß auf der Stirn, und ihr Herz schien kräftiger zu schlagen.

Würde das Flugzeug, dieses kleine Ding, auch einem stärkeren Sturm standhalten können?

Sie schaute auf den Rücken des Piloten. Der Typ saß noch immer ganz ruhig da, für einen Moment sah es sogar so aus, als ob vor ihr eine Puppe hockte. Doch dann bewegte sich der Mann.

Sie überlegte, ob sie ihn nach der Wetterlage fragen sollte, aber als sie in den Himmel blickte, sah sie, daß der Spuk bald ein Ende haben müßte. Noch einmal rüttelte die Böe kräftig an der Maschine, dann entschwebte sie der Schlechtwetterfront und flog in den blauen Himmel hinein.

Tatsächlich setzte das kleine Flugzeug auf dem Festland ohne Probleme auf. Es handelte sich aber nur um eine Zwischenlandung wegen des Treibstoffes. Inzwischen hatte sich die Wetterlage wieder geändert: Strömender Regen ergoß sich über allem, und die Maschine glänzte vor Nässe. Muffig roch es, die Sitzbezüge schienen die Luftfeuchtigkeit regelrecht aufzusaugen und wieder auszuatmen.

Der Pilot tankte seinen Vogel voll, dann stieg er ins Cockpit zurück und krächzte ins Mikrofon. Er bekam die Starterlaubnis schnell. Wieder ratterten die Motoren, und kurz darauf rollte die Maschine die Startbahn vier entlang, bis sie, vom Regen malträtiert, in den Himmel abhob und zwischen den Wolken verschwand.

Einige Zeit später konnte Mrs. Riverday in die nächste Maschine umsteigen und mit ihr den letzten Teil der Strecke bewältigen, und so kam sie endlich auf dem Flughafen ihrer Heimatstadt an.

Finster blickten die Augen wieder zwischen den Blättern hervor. Das Tier kam näher heran und schob die Blätter weg. Die ganze Haut zitterte, aber nicht, weil es kalt war, sondern weil das Tier unruhig wurde.

Seltsame Geräusche schraubten sich durch eine Tür. Ein Hämmern, ein Sägen, dann ein Ruf. Es folgte ein Knurren – dann zog sich das Wesen zurück und die Blätter nahmen wieder ihren Platz ein.

Der Himmel war blau und die Sonne schien auf die Stadt, als wollte sie die Metropole in besonderem Glanz erstrahlen lassen. Alle Häuser, Dächer, Türme und Mauern leuchteten in den schönsten Braun- und Rottönen, und sogar hier waren Tiere anzutreffen: Amseln, Tauben, Spatzen und Meisen. Ab und an kroch eine Ente aus ihrem Versteck, und ein Graureiher landete auf dem Dach des Hauses, in dem Mrs. Riverday wohnte.

Gottlob hatte es bei ihrer Ankunft nicht mehr geregnet. Als sie in der Wartehalle des Flughafens ihr Gepäck herausgefischt hatte, wurde sie gleich von ihrer Schwester empfangen. Beide umarmten sich innig.

»Eveline, Gott sei Dank bist du wieder zurück!«

»Ja, Maria, endlich! Ich kann es kaum fassen!«

»Wie war der Flug?«

»Es ging so. Ich werde mich bestimmt erst wieder an die Stadt gewöhnen müssen.«

»Entspanne dich. Wir fahren gleich mit dem Taxi heim. Zu Hause ist alles in Ordnung.«

»Was gibt es denn Neues?«

»Ein Jahr kann ganz schön lang sein, stimmt's?«

»Wie wahr!«

»Es gibt so einige Neuigkeiten. Aber nun komm' erst mal an.«

Der Taxifahrer verstaute die schweren Koffer in den

Laderaum, ohne mit der Wimper zu zucken, lediglich seine Fluppe schien zwischen den Lippen zu vibrieren. Als dann alle im Taxi saßen, konnte er sich aber doch nicht die Bemerkung verkneifen: »Sie haben wohl Steine in Ihrem Koffer, was?«

Mrs. Riverday nickte. »Ja, sogar in Glasflaschen verpackt. Lustig, nicht wahr?«

Der Fahrer runzelte die Stirn. Er fühlte sich veräppelt. Er konnte ja nicht wissen, daß die Journalistin die Wahrheit sagte. Stumm trat er auf das Gaspedal und fuhr los.

Überall Reklame und Ampeln, Busse und Lkws. Viele Menschen waren zu Fuß unterwegs – wo wollten die alle hin? Vor einem Supermarkt warteten etliche Leute. Grelle Plakate mit dem Aufdruck »Billig!« lockten sie vor die Tür, doch der Andrang war so groß, daß sie nur in Schüben hineingelassen werden konnten. An den Bushaltestellen rauchten Männer und Frauen hastig Zigaretten, Autos hupten, und ein Jugendlicher, der auf seinen Schultern ein Kofferradio trug, rempelte jemanden an.

»Auf dich muß das ja wie ein surreales Theaterstück wirken, Eveline.«

Diese nickte.

»Ist das nicht verrückt? Wozu braucht man das alles hier – etwa, um zu überleben?«

Maria grinste. »Du sagtest ja schon immer, diese Welt sei künstlich.«

»Hat es die Evolution jemals vorgesehen, daß wir uns für ein paar Geldscheine jeden Tag abrackern, einkaufen gehen und jedes Jahr eine Einkommensteuererklärung abgeben? Daß wir Gesetze ohne Ende entwerfen, Versicherungen abschließen und eine Partei wählen? Wenn die Erde mal in zwei Teile brechen sollte, interessiert sich kein Polizist mehr für Parkknöllchen und dergleichen.«

Maria nickte. Da war etwas Wahres dran.

»Aber mit der Keule auf dem Rücken möchtest du auch nicht leben, um einen Bären zu jagen, oder?«

Eveline lachte. »Nicht wirklich. Aber ein Jahr lang auf Pingu-Eiland verändert den Menschen. Ich wohnte bei einem Eremiten, der hat sein ganzes Leben dort verbracht. Das war vielleicht 'ne Type. So schrullig möchte ich ja nicht werden.«

Das Taxi hielt an und der Fahrer holte die Koffer heraus. »Macht 20,00 Euro«, brummte er.

Mrs. Riverday rundete auf 22,00 Euro auf.

Die Räume ihrer kleinen Bleibe rochen ganz anders als die Zimmer von Mr. Stone. Für einen Moment fühlte sich Mrs. Riverday sogar in ihrem eigenen Haus fremd. War ihr Haus nicht früher größer gewesen? Hatte sie seinerzeit nicht noch die Wände neu tapeziert?

»Es ist alles wie früher. Da drüben liegt die Post. Der linke Stapel ist bearbeitet, ich habe die Briefe bereits für dich beantwortet. Den rechten Stapel mußt du bitte noch durchsehen. Und dahinter liegt ein Zeitungsberg, es sind aber nur die wichtigsten Ausgaben.«

Auf Maria war Verlaß.

»Ich muß noch Steffen abholen. Rufst du mich an?«
Eveline nickte.

Der Zoo war zu dieser Stunde fast menschenleer, nur die Angestellten gingen ihrer Arbeit nach.

Löwen, Elefanten, Gorillas und andere Exoten lebten hier. Ab und an kroch ein Papagei aus seinem Versteck, und ein Nilpferd riß das Maul so weit auf, als wollte es sein Gebiß präsentieren.

Wieder bewegten sich Blätter, und die graue faltenreiche Haut bahnte sich hindurch. Wie bei einem Akkordeon stauchte sie sich. Zunächst zitterten die Lider, doch kurz darauf beruhigten sie sich. Die Pupille wurde sichtbar. Das Auge schaute in alle Richtungen, dann blieb es stehen. Irgend etwas hatte sich bewegt.

Einige Meter davon entfernt studierte der Zoodirektor diverse Akten.

»Hm«, machte er immer wieder. Zwischendurch zog er an seiner Zigarre und blies den Qualm in großen Ringen aus. »Also, das müßte gehen. Meinen Sie nicht?«

»Ja, das könnte klappen«, erwiderte eine weibliche Stimme, »wir haben alles bedacht.«

Der Direktor schlug zufrieden die Akte zu, dann stand er auf und holte eine Sektflasche hervor. Grinsend löste er den Verschluß der Flasche, und plötzlich knallte der Sektkorken zur Decke.

Mrs. Riverday hatte keine Lust, am selben Tag ihrer Ankunft durch die Stadt zu schlendern, sondern wollte es sich lieber zu Hause gemütlich machen. Sie schenkte sich ein Glas Rotwein ein und holte ihre alte Erika-Schreibmaschine aus dem Schrank. Das gute Stück hatte sie einst geschenkt bekommen, und sie hackte tatsächlich lieber auf den alten Tasten herum, als daß sie ihren

Computer benutzte. Natürlich erledigte sie alle wirklich wichtigen Schreibarbeiten mit dem PC, aber um in Stimmung zu kommen, kramte sie eben immer dieses alte Modell hervor.

Als sie dann ihre Lieblings-CD mit Griegs »Morgendämmerung« aus der »Peer-Gynt-Suite« auflegte, durchströmte sie größte Behaglichkeit, und so setzte sie sich voller Zufriedenheit auf ihren lederbezogenen Stuhl und spannte den ersten Bogen in die Maschine.

»Mein Leben auf Pingu-Eiland«, lautete die erste Zeile, die sie in das Papier hämmerte.

Mrs. Riverday tippte die Zeilen herunter, als hätte sie das ganze Jahr keine Zeit gehabt, ihre Erlebnisse zu verarbeiten. Die Gedanken flossen wie strömender Regen und sie mußte sich beeilen, diese in vollständigen Sätzen zu Papier zu bringen. Oft waren ihre Gedanken schneller als ihre Finger, daher vertippte sie sich oft. Sie nippte am Weinglas, dann tippte sie weiter, immer weiter, bis das Blatt voll war und aus der Walze herausrutschte. Sie machte sich gar nicht erst die Mühe, ihre Zeilen zu lesen, sondern griff gleich den nächsten Bogen. In diesem Augenblick wurde ihr klar, daß es vielleicht doch besser gewesen wäre, den Computer zu benutzen, doch sie konnte und wollte sich nicht in ihrem Schreibfluß bremsen. Zeile für Zeile hackte sie ihre Worte aufs Papier, und als der fünfte Bogen vollgetippt war, bemerkte sie, daß das Farbband alle war. Sie stand auf, um aus dem Schrank ein neues zu holen, dabei huschte ihr Blick über eine Zeitung, die ihre Schwester für sie aufgehoben hatte. Sie erstarrte.

Was hatte sie da gerade gesehen? In großen, schwarzen Lettern? Sie schaute genauer hin und las drei fettgedruckte Worte. Drei Worte, die sich wie Brandmale in ihre Netzhaut einprägten. Worte, die ihr Leben möglicherweise verändern könnten – drei Worte!

»ZOO ZIEHT UM!«

Sie schaute nochmals hin. Dann ließ sie sich in den Sessel fallen und drehte die Zeitung um. Ihre Gedanken irrten wie angeschossene Brotfliegen umher. Sie mußte sich geirrt haben, so etwas konnte es nicht geben. Mrs. Riverday versuchte, ihren Atem zu beruhigen, dann schaute sie wieder auf die Titelseite und vergewisserte sich. Aber es war kein Irrtum. Es stand klar und deutlich auf der Titelseite, so als wollten diese Worte sie anschreien.

»ZOO ZIEHT UM!«

Die Journalistin war nicht mehr in der Lage, ihren Bericht über Pingu-Eiland fortzusetzen. Bilder von Mauli und Fauli tanzten stattdessen in ihrem Kopf herum, Erinnerungen an jene Jahre, in denen sie den Stadtzoo täglich besuchte.

Hastig las sie den Artikel durch, immer wieder. Ihre Hände zitterten dabei. Der Zoo wollte weit wegziehen, sogar schon in nächster Zeit. Übersee, für immer! Sie glaubte nicht, was sie da las.

Sie schaute auf die Uhr. Für einen Anruf im Zoo war es bereits zu spät. Aber ihre Schwester konnte sie immer anrufen. Auf die Idee, im Internet nachzuschauen, um die Pressemeldung zu überprüfen, kam sie zu diesem Zeitpunkt eigenartigerweise nicht – vermutlich war sie zu lange fern der Zivilisation gewesen, als diese Möglichkeit jetzt in Erwägung zu ziehen – und so wählte sie voller Aufregung die Nummer von Maria.

Maria ließ sich lange Zeit, bis sie den Hörer ergriff. Sie war gerade damit beschäftigt, ihre Frisur zu richten, und da ihr Telefon keine Anruferanzeige hatte, wußte sie auch nicht, wer am anderen Ende der Leitung war. Schließlich ging sie endlich ran.

»Ja, guten Abend, hier ist …«

»Maria! Ich bin's, Eveline! Ich habe mir gerade eine der Zeitungen angesehen, die du mir aufgehoben hast. Der Zoo! Weißt du es? Der Zoo zieht weg – aus der Stadt nach Übersee!«

»Ja, weiß ich, deshalb habe ich dir ja auch diese Ausgabe ganz oben hingelegt. Mir ist doch klar, wie wichtig dir der Zoo ist.«

»Ja und? Warum hast du mir davon nichts erzählt?«

»Eveline, die Zeitung ist schon ein halbes Jahr alt.«

»Wie bitte? Was?«

»Der Artikel ist schon vor sechs Monaten erschienen. Außerdem … habe ich dir doch seinerzeit Briefe geschrieben … Weißt du das nicht mehr?«

»Briefe? Von dir? … Ich … ich habe keinen einzigen erhalten!«

»Oh Gott, diese Post! Ich werde wohl wieder mit dem Brieftaubenzüchten beginnen.«

»Laß die Scherze! Was ist jetzt mit dem Zoo? Ist er nun schon weggezogen?«

Maria atmete tief durch. »Nein, ich glaube, die fangen erst nächste Woche mit dem Umzug an. So etwas muß durchorganisiert werden, das geht nicht von Knall auf Fall. Geh' doch morgen mal hin und frage nach.«

Eveline wurde wütend. »Zusehen, wie mein Zoo 'ne Fliege macht? Niemals!!«

»Eveline, es ist nicht dein Zoo. Er gehört uns allen. Oder, um es mit deinen Worten auszudrücken, er gehört den Tieren.«

»Ich kann es nicht fassen! Ich … hast du noch mehr Artikel darüber?«

»Liegt alles auf dem Zeitungsberg. Aber wie wäre es, wenn du dich erst mal schlafen legst? Morgen sieht alles anders aus. Du bist ja noch gar nicht richtig zu Hause angekommen.«

»Ja, und am liebsten würde ich auch gleich wieder nach Pingu-Eiland fahren!«

»Eveline, beruhige dich. Du mußt dich entspannen. So heiß wird nichts gegessen. Ruf mich doch morgen noch mal an.«

Eveline nickte und versuchte, sich einzukriegen. »Ist schon gut«, sagte sie, »ich melde mich. Schlaf' gut. Bis morgen!«

Mrs. Riverday schaute sich nun alle anderen Titelseiten an, die ihre Schwester für sie aufgehoben hatte.

Tatsächlich fand sie einige Artikel darüber, aber sie war außerstande, sie zu lesen. Sie versuchte einzuschlafen, aber es gelang ihr nicht. Erst, nachdem sie das Radio eingeschaltet hatte und der leisen Musik lauschte, schlummerte sie sanft ein, wachte jedoch immer wieder auf. Mrs. Riverday schaltete das Radio aus und versuchte, erneut einzuschlafen. So glitt sie tatsächlich in den tiefen Schlaf – und träumte von Gorillas, die emsig ihre Koffer packten.

Am nächsten Morgen öffneten sich ihre schlaftrunkenen Augen spät, es mag wohl elf Uhr gewesen sein.

Mrs. Riverday war aber noch zu müde, als daß sie gleich aus dem Bett springen konnte. Dumpf fühlte sich ihr Kopf an, leichte Kopfschmerzen umspannten ihren Schädel. Sie streckte sich. Erst nach einiger Zeit stand sie auf, öffnete das Fenster und schaute hinaus. Die Luft war so anders als auf Pingu-Eiland, sie war still. Auf der Insel gab es immer Wind, und dieser Wind hatte die Frische, die sie jetzt vermißte.

Hier in der Stadt schien die Luft sogar zu stehen. Das, was man hier als Wind zu bezeichnen pflegte, nannte sie allenthalben einen Hauch.

Sie ging ins Bad, duschte, und als sie sich angezogen hatte und ihre Sinne einigermaßen beisammen zu haben glaubte, nahm sie sich nochmals die Zeitung hervor. Die Überschrift hatte sich natürlich nicht verändert, aber Mrs. Riverday hoffte, mehr als in der gestrigen Nacht aus den Artikeln herauslesen zu können.

Sie wurde wütend, daß die Briefe ihrer Schwester sie nicht erreichten. Hätte sie früher von den Zooplänen erfahren, wäre sie für ein paar Tage in die Stadt zurückgekommen. Vermutlich hätte sie an der Situation seinerzeit nichts ändern können, aber sie hätte sich zumindest engagiert.

Um 14:00 Uhr packte sie ihren kleinen Rucksack, kratzte einige Münzen zusammen und verließ das Haus. Sie atmete tief durch, stieg in das Auto und fuhr los. Gottlob hatte sie das Autofahren nicht verlernt, jeder Handgriff saß.

Nachdem sie endlich in der Nähe des Zoos einen Parkplatz gefunden hatte, ging sie zu dem großen Tor.

»Zoologischer Garten« stand in goldenen Lettern über dem Torbogen geschrieben. Oben, in der Mitte, thronte ein goldener Elefant, der seinen Rüssel in den Himmel streckte und von zwei silbernen Löwen flankiert war. Bronzene Schlangen rankten die Streben hinunter, und eine von Kindern blankgegriffene Affenplastik stand am Fuße des Tores – es war eine solide Schmiedearbeit gewesen. Fiebrig ging sie zur Kasse und löste ein Tagesticket. Sie hatte vor Aufregung doch tatsächlich ihren Presseausweis zu Hause liegen lassen.

Mrs. Riverday betrat das Zoogelände. Auf den ersten Blick sah alles so aus, wie sie es in Erinnerung hatte: Gleich vornean war das Elefantengelände mit Rumba, Bobamba, Samba und Timba – daneben hatte Bumbo sein Revier. Die Dickhäuter waren naturgemäß die ruhigsten Tiere im Zoo. Gegenüber wohnten die Nashörner Mauli und Fauli in Nachbarschaft mit den Tapiren. Dahinter stand das Nilpferdhaus für Plumpi und Pampe, die nach jeder zweiten Runde mit ihren großen Glupschaugen neugierig durch das Fensterglas glotzten.

Gleich um die Ecke war auch das Maskottchen des Zoos zu Hause, Lutetia, eine alte Schildkröte.

Anschließend folgte das Seelöwenbecken mit Robbie und Flobbe, dahinter das Vogelhaus mit den Pinguinen, Flamingos, Flammenwebern und unzähligen Papageien, darunter Kiki und Kaspar – beide konnten sprechen. Hier verteilten sich auch Störche, Kormorane, Spaltfußgänse, Marabus, Schuhschnäbel und ein Pfau. Gegenüber schliefen die Löwen Sumba, Gamba und Ramses im von der Sonne ausgeblichenen Gras, und ging man durch ihr Haus an den Erdmännchen vorbei, traf man auf die Tiger Shirka und Nero, von dem man sich erzählte, daß er tatsächlich einmal wie sein römischer Namensvetter mit Feuer in Berührung gekommen sei. Dahinter hausten die Bären Schnuppe und Schnute.

Nun folgte das Zoorestaurant, das auf einer kleinen Insel lag und über zwei Brücken erreichbar war.

Ging man durch diese Gaststätte hindurch und lief über die zweite Brücke, sah man Zebras und Antilopen ihr Heu fressen.

Nun war es nicht mehr weit zu den Kamelen. Flocke, Hocke und Fussel zeigten jedem Besucher ihr verdutztes Gesicht, und würde man im Zoo einen Wettbewerb für besonders dämliches Gucken veranstalten, wären diese drei Höckertiere mit Abstand die Gewinner. Ein paar Schritte weiter traf man auf die Giraffen Tobi, Tutu und Matabi. Sie stelzten wie gelangweilte Stars umher, doch blickte man in ihre Augen, spürte man eine große Sensibilität, eine vorsichtige Neugierde und vor allem eine tiefe Wärme.

Dann folgte eine Anlage mit Bisons, Steinböcken und Faultieren. Schließlich führte der Weg zum Affenhaus.

Hier tobte das Leben in seiner Superlative. Am hysterischsten verhielten sich die Schimpansen Banjo und Banti, aber Bongo konnte als der männliche Part auch ganz schön auf den Putz hauen. Die Gorillas Gora und Bana liebten es ruhig, King Bong war jedoch unumstritten der Boß, was er seinen Weibchen gerne auch mal zeigte. Wenn es den Zoodirektor nicht gäbe, säße womöglich er an dessen Schreibtisch.

Einen Raum weiter sah man noch die Orang-Utans,

die immer so faul herumgammelten, daß man sie getrost in eine Tonne hätte stecken können.

Mrs. Riverday atmete durch, das war also ihr Zoo. Gottlob waren ihre Lieblingstiere noch da, aber sie wußte ja, daß sich das bald ändern würde. Als sie ein paar Schritte weitergegangen war, bemerkte sie auch die ersten Anzeichen für einen Umzug: In versteckten Ecken stapelten sich Kisten, die mit Zetteln beklebt waren, weiter hinten sah sie zwei große Container mit Fenstern, und daneben lagerten einige Arbeitsgeräte mit Adreßetiketten. Ohne zu zögern lief sie zu den Containern und mißachtete damit das Schild »Zutritt nur für Tierpfleger«. Vorsichtig lugte sie durch das Fenster des ersten Behälters, aber sie sah nichts. Dann legte sie ihr Ohr an die Stahlwand, aber es blieb still.

Doch plötzlich erklang hinter ihr eine tiefe Männerstimme: »Suchen Sie etwas?«

Mrs. Riverday erschrak: »Ja, äh … nein … Ich … ich bin Journalistin … und ich berichte über den Umzug … und …«

»… Dieser verdammte Umzug!« schimpfte der grauhaarige Mann. »Daß ich das noch erleben muß!«

»Ja … ich verstehe das auch nicht … Wann geht es denn überhaupt los?«

»Wenn es nach mir ginge, gar nicht! Aber in knapp zwei Wochen finden Sie hier kein Karnickel mehr. Der letzte macht das Licht aus.«

»Kann man denn gar nichts mehr dagegen tun?«

Der Pfleger grinste sarkastisch: »Was wollen Sie denn tun? Etwa eine Sitzblockade?«

»Na ja, man könnte vielleicht die Bevölkerung mobilisieren.«

»Haben Sie keine Zeitung gelesen? Es gab hier einen riesigen Auflauf, Diskussionen und dergleichen! Das Fernsehen war da, alles vergebens – und jetzt wollen Sie die Leute wachrütteln?«

»Entschuldigen Sie bitte, ich war ein Jahr auf einer Insel gewesen und bin erst gestern zurückgekommen – da verliert man leicht mal den Überblick. Sagen Sie, warum zieht der Zoo überhaupt um?«

Der Pfleger schaute resigniert zu Boden. In ihm schien es heftig zu arbeiten. »Wegen der Zukunft«, brummte er schließlich.

»Zukunft?«

»Ja, ein blödes Wort, nicht wahr? Der Direktor will den ›Zoo der Zukunft‹ gründen. Leider nicht hier, sondern weit draußen, auf einer Insel. – So eine Schnapsidee!«

»Auf einer Insel? Aber … er hat doch hier schon einen Zoo. Warum setzt er seine Pläne nicht hier um? Dazu braucht er doch nicht wegzuziehen. – Merkwürdig, so hätte ich Professor Eulenrath niemals eingeschätzt.«

»Eulenrath? – Mein Gott, Sie haben ja wirklich keine Ahnung! Kommen Sie vom Mond?«

Mrs. Riverday schaute den Mann fragend an.

»Den Eulenrath gibt's nicht mehr. Der ist weg vom Fenster. Schon fast ein Jahr, wir haben einen neuen Chef.«

Mrs. Riverday erschrak: »Ist er …?«

»Nein, der Eulenrath lebt noch. Er ist vorzeitig in Rente gegangen und hat sich in sein Ferienhaus zurückgezogen. Der wußte schon, warum. Der Alte hat den

Plan gerochen und sich verkrümelt, so einen Blödsinn hätte der niemals mitgemacht.«

»Und der neue Boß will also alles umkrempeln«, hakte die Journalistin nach.

»Ja. Wir sind sehr unglücklich. Die meisten jedenfalls. Ein paar Jasager gibt's ja immer – Mitläufer, die nur ihre Ruhe haben wollen oder scharf auf einen besseren Posten sind. Und wie das so ist, schauen schließlich alle nach vorne, es bleibt ja auch nichts weiter übrig.«

Mrs. Riverday nickte betroffen. »Kann ich den neuen Direktor denn mal sprechen?«

Der Pfleger hustete. »Weiß nicht«, erwiderte er, »gehen Sie doch mal zur Verwaltung. Die kennen seinen Terminkalender besser als ich.«

Mrs. Riverday nickte. »Das werde ich tun. Wie heißt der neue Chef eigentlich?«

»Lamina«, gab der Pfleger zurück, während er sich abwandte und den Namen dann nach wenigen Schritten wiederholte: »Professor Lamina.«

Die Journalistin ging sofort zum Verwaltungsgebäude. Durch die Scheibe des Foyers erblickte sie schon die Pförtnerloge. Sie öffnete die Tür und ging zum Tresen. Zwei Frauen saßen vor ihren Computern, eine tippte irgendwelche Daten ein, die andere lackierte sich die Fingernägel. Eine Kaffeetasse dampfte vor sich hin.

Mrs. Riverday sagte schlicht: »Guten Tag«, und die beiden Damen antworteten genervt: »Guten Tag.«

Mrs. Riverday stellte ihren Rucksack auf den Tresen, was der Dame, die sich die Nägel lackierte, nicht wirklich gefiel.

»Was können wir für Sie tun?«

»Ich möchte Professor Lamina sprechen.«

»Haben Sie einen Termin?«

»Leider nicht.«

»Der Direktor hat zur Zeit sehr viele Termine.«

»Ich bin Journalistin und berichte über den Umzug. Es ist wichtig.«

»Ja, das wollen irgendwie alle. Uns rennen sie schon fast die Tür ein. Momentan sieht es zwar nicht danach aus, aber das wird sich schon in einer Stunde wieder ändern.«

»Wenn es jetzt eher ruhig ist, könnte ich dann nicht doch …?«

»Hier unten ist es für kurze Zeit ruhig, doch oben beim Direktor brummt der Bär!«

»Ich warte gerne. Wenn es sein muß, bis Mitternacht.«

»Wir arbeiten aber nicht bis Mitternacht.«

Mrs. Riverday spürte, daß sie bei diesen Frauen keine guten Karten hatte, und überlegte, wie sie an den Direktor herankommen könnte. Sollte sie um seine Handynummer bitten? Die würden diese Tippsen garantiert nicht herausrücken. Sollte sie lügen und sich als eine Cousine ausgeben? Was, wenn der Zoochef gar keine Cousine hatte?

Sie schaute kurz umher. Das tat sie oft, wenn sie überlegte, so als glaubte sie, die Lösung irgendwo im Raum finden zu können. Und tatsächlich: Ihr Blick blieb an einer Tafel hängen: »Wir suchen Personal«. Hastig durchforstete sie die Stellenangebote. Es waren die verschiedensten Berufe aufgelistet: Tierärzte, Tierpfleger, Verwaltungsfachleute, Systemgastronomen, Handwerker, Geologen … Geologen! Sie war studierte Geologin! Mrs. Riverday überlegte nicht lange. Sie hatte keine andere Wahl …

»Sie suchen Personal?« fragte sie, obwohl es ja aus dem Schild deutlich hervorging.

»Ja, steht doch dran.«

»Dann wird es ja Zeit, daß Sie die Stellen schnell besetzen können.«

»Genau.«

»Ich bin nicht nur Journalistin, sondern auch Geologin, habe ein Jahr für wissenschaftliche Zwecke auf einer Insel gelebt und einen Bericht darüber in Arbeit. Da ich Ihren Zoo sehr schätze, bewerbe ich mich hiermit bei Ihnen für die ausgeschriebene Stelle.«

Die Tippse ließ ihren Lackierstift fallen und schaute die Journalistin lange an. »Sie wollen bei uns arbeiten? Aber Sie wissen doch, daß wir umziehen.«

»Ja, gerade deshalb. Es muß ja nicht für immer sein.«

Die Frau nickte erstaunt. »Respekt!« sagte sie. »Wir hatten bis vor kurzem einen Geologen. Der ist sogar für den Umzug bereit gewesen, aber dann wurde er krank. Setzen Sie sich doch bitte dort in den Sessel. Ich versuche mal, im Sekretariat von Professor Lamina anzurufen.«

»Danke«, erwiderte Mrs. Riverday und machte es sich im Sessel bequem.

Die Frau telefonierte mit dem Sekretariat. Ihre Worte waren kurz und abgehackt. Manchmal nur sagte sie ein oder zwei Worte mehr, zum Beispiel: »Ja, genau«, oder: »Ach so«, dann legte sie den Hörer auf und blickte Mrs. Riverday mit einem fragwürdigen Grinsen an. »Sie können raufgehen. Zweiter Stock, links, Zimmer drei.«

Mrs. Riverday ließ sich das nicht zweimal sagen. Geschwind schritt sie die Treppe hinauf und klopfte an die Tür des Zimmers. Es kam ein »Herein« zurück. Sie öffnete die Tür und blickte in ein Büro, das so aussah, als hätten hier vor kurzem die Schimpansen gehaust.

»Guten Tag, ich bin Eveline Riverday und komme wegen der Stelle als …«

»Habe schon gehört. Setzen Sie sich doch bitte.«

Mrs. Riverday schaute sich um. Es gab aber keinen Stuhl, auf den sie sich setzen konnte. Überall waren nur Papierstapel, Haufen mit zerknüllten Zetteln, Kisten, gepackten Kartons und Koffer zu sehen.

»Wohin soll ich mich …?«

»Ach, entschuldigen Sie bitte, wir ziehen gerade um – warten Sie … setzen Sie sich doch auf diesen Mülleimer dort. Ich drehe ihn rasch um.«

Die Sekretärin entleerte den Mülleimer in einen anderen und stellte ihn mit dem Boden nach oben hin.

Mrs. Riverday ließ sich darauf mit Unbehagen nieder. Irgendwie erinnerte sie das Sitzmöbel an eine Toilette.

»Der Direktor telefoniert gerade, aber er wird gleich für Sie da sein.«

Mrs. Riverday nickte. Gottlob war das nur ein Vorwand, sich zu bewerben, um an den Alten heranzukommen. Wirklich für einen Zoodirektor zu arbeiten, konnte sie sich nur bei dem alten Eulenrath vorstellen. Nervös blickte sie umher, schaute auf die inzwischen leeren Schränke, auf umgefallene Kaffeetassen mitsamt ihres Inhalts und auf einen Computer, dessen Monitor eine Fehlermeldung anzeigte.

Die Sekretärin bemerkte die suchenden Augen der Journalistin. »Entschuldigung, so sieht es natürlich sonst nicht bei uns aus, wir sind ja schließlich keine Hottentotten, aber Sie wissen ja, wir …«

»Ja, ich weiß, der Umzug.«

Dann öffnete sich die Tür und Prof. Lamina erschien. Mrs. Riverday stand gleich auf und besah diesen dikken Mann, zwischen dessen Lippen eine dicke Zigarre steckte. Vermutlich war der Rauchbolzen die einzige Gemeinsamkeit, die er mit Prof. Eulenrath teilte, denn alles andere wirkte geradezu entgegengesetzt: Prof. Eulenrath hatte volles, längeres Haar, war schlank und trug einen Bart. Prof. Laminas Frisur glich einem Igel, er hatte einen dicken Bauch, und sein bartloses Antlitz protzte mit dicken Gesichtsbacken, die ihn wie einen Hamster aussehen ließen. Außerdem trug Prof. Eulenrath immer eine Brille, während die Augen des neuen Direktors sozusagen fensterlos blieben.

»Guten Tag, Mrs. …«

»… Riverday. Ich interessiere mich für die Stelle als Geologin.«

»Kommen Sie rein«, erwiderte der Direktor und wies ihr den Weg ins Büro.

Mrs. Riverday setzte sich. Hier sah es genauso unaufgeräumt wie im Sekretariat aus, überall Kisten und Aktenberge. Die alte Stehlampe war inzwischen eingepackt, nur der Globus prunkte noch hüllenlos am Fenster. Sie atmete tief durch – wenigstens die Holzmöbel von damals waren noch da.

»Möchten Sie etwas trinken? Kaffee? Tee?«

»Einen Kaffee, bitte«, erwiderte Mrs. Riverday.

Der Direktor goß ihr den Rest aus seiner Thermoskanne ein.

»Also, als Geologin möchten Sie bei uns arbeiten.«

»Ja, ich habe Geologie studiert, kürzlich für ein Jahr auf einer Insel gelebt und einen wissenschaftlichen Bericht darüber in Arbeit. Es geht um die Bodenproben einer naturbelassenen Insel. Da ich den Zoo seit meiner Kindheit kenne und ...«

»Das ist ja sehr schön«, unterbrach der Direktor, nachdem er den Rest seiner Kaffeebrühe hinuntergewürgt hatte. »Aber leider – und das konnte meine Sekretärin bisher nicht wissen –, leider habe ich die Stelle eben besetzt. Vor drei Minuten.«

Mrs. Riverdays Kinnlade sackte hinab wie das Maul eines Nilpferdes. Sie war überrascht. Zwar hatte sie das Anliegen nur vorgeschoben, um an den Alten heranzukommen, doch daß sich die Lage so schnell änderte, damit hatte sie dann doch nicht gerechnet.

»Ach, das ist ja schade«, sagte sie. »Vorhin hatten mir Ihre Kolleginnen noch Hoffnung gemacht.«

»Tja, so ist das. Es tut mir leid.«

Mrs. Riverday versuchte, traurig zu wirken. Dann holte sie tief Luft und begann zu erzählen.

»Wissen Sie, Herr Professor Lamina, ich kenne den Zoo wie gesagt seit meiner Kindheit, weiß sogar alle Tiernamen, und als ich hörte, daß der Zoo umzieht, war ich sehr irritiert, ja ich bin entsetzt. Warum müssen denn alle Tiere weg? Können nicht ein paar hierbleiben? Samba und Bobamba zum Beispiel oder Mauli und Fauli. Warum muß der Zoo überhaupt wegziehen? Kann diese Entscheidung nicht rückgängig gemacht werden?«

Prof. Lamina holte tief Luft, so daß sich sein Bauch noch mehr aufblähte.

»Tja«, sagte er, »wissen Sie, die Zeit geht weiter und fordert uns heraus. Wir müssen mit der Zeit gehen, damit wir in der Zukunft auch tatsächlich ankommen.«

Mrs. Riverday verstand nicht wirklich, was der dicke Direktor da sagte. Dieser kratzte sich an der Nase und versuchte dann, seine Gedanken zu erläutern.

»Der alte Eulenrath hat seine Arbeit gut gemacht. Jahrzehnte das Schicksal eines Zoos zu bestimmen, ist schließlich kein Kinderspiel. Das, was er getan hat, entsprach seinem Zeitgeist. Heute aber haben sich die Anforderungen geändert. Der Zoo von heute – oder besser von morgen – ist mit dem aus vergangenen Tagen nicht mehr zu vergleichen. Das schafft selbst der Eulenrath nicht mehr. Seine Zeit ist vorbei.«

»Was genau haben Sie vor?«

Der Direktor hüstelte. »Früher hatte man Wert darauf gelegt, möglichst viele Tiere in einem Zoo unterzubringen. Die Käfige waren eng, und die Tiere zeigten Verhaltensstörungen.«

»Aber Professor Eulenrath hatte vor Jahren bereits mit Modernisierungsmaßnahmen begonnen. Er hatte die Anlagen zusammengelegt und dafür weniger Tiere untergebracht, damit sie mehr Platz haben.«

»Ja, das ist richtig. Aber ich spreche ja auch nicht nur von heute. Wenn wir dem Zoo eine große Zukunft geben wollen, müssen wir uns ganz weit aus dem Fenster lehnen. Ganz weit, verstehen Sie? Wir müssen so weit vorsorgen, so gut neu gestalten, daß alle anderen Zoos uns zum Vorbild nehmen. Das ist nicht nur für die Tiere gut, sondern auch für uns Menschen von naturwissenschaftlichem, aber auch von wirtschaftlichem Interesse.«

›Es geht also um die Kohle‹, dachte Mrs. Riverday, während sie am Kaffee nippte.

»Der Zoo der Zukunft hat in der Stadt keine reale Chance mehr. Die Tiere kommen mit den vielen Geräuschen und Abgasen nicht mehr klar. Einerseits gewöhnen sie sich zunächst daran – sofern sie es auch nicht anders kennen, funktioniert das sogar ganz gut. Aber das Limit ist gerade bei uns schon lange überschritten. Ich frage Sie: Welcher Elefant lebt gesünder – der in einer Metropole oder der in einer naturbelassenen Umgebung? Die Antwort liegt auf der Hand: der in der natürlichen Umgebung. Nun könnte man den Zoo natürlich ins Umland verlegen, auf eine Wiese. Aber auch dort breitet sich inzwischen die Zivilisation so stark aus, daß diese Lösung nicht von Dauer wäre. Unser Zoo der Zukunft liegt deshalb weit draußen, abseits, und trotzdem bleibt er noch für die Menschen erreichbar.«

Mrs. Riverday grübelte. »Wie meinen Sie das?«

»Ich spreche von einer Insel. Dort haben es die Tiere ruhig. Kein Verkehr, keine Abgase – einfach ideal.«

»Eine Insel will aber erstmal erreicht werden«, konterte Mrs. Riverday. »Der moderne Mensch hat immer weniger Zeit zur Verfügung, er möchte kurze Wege zu seinem Ziel. Wenn er erst zu einer Insel fahren muß, um sich Tiere anzusehen, überlegt er sich das dreimal, ob er das überhaupt noch macht.«

»Ja, Sie haben recht, Mrs. Riverday, trotzdem bin ich der Meinung, daß mein Plan aufgeht. Bedenken Sie bitte, daß die Anforderungen an einen Zoo wachsen werden. Kein Unternehmen dieser Welt bleibt dort stehen, wo es einmal angefangen hat. Wenn wir den Tieren eine angemessene Zukunft geben wollen, müssen wir *uns* verändern und nicht die Tiere. Und dafür sind Investitionen erforderlich. Und Investitionen müssen sich auch rechnen. Es reicht also nicht, nur an morgen zu denken, wir müssen viel weiter planen, sozusagen bis übermorgen. Wir reden hier nicht von den nächsten zwei oder drei Jahren, sondern von den nächsten fünf Jahrzehnten.«

»Fünf Jahrzehnte? So weit kann doch kein Mensch denken. Das ist doch absurd – dann können Sie ja die Tiere auch gleich zum Mond bringen!«

Da mußte der Direktor lachen. »Das«, erwiderte er dann, »das ist dann die Zukunft, die wir uns in der nächsten Zukunft überlegen müssen. – Aber ich kann Sie beruhigen, ganz so schlimm wird es nicht kommen. Wahrscheinlich wissen Sie es noch gar nicht. Ich bin nicht nur Zoodirektor, sondern ich führe auch eine Firma, die sich mit dem Bau von zoologischen Gärten und der Tierhaltung beschäftigt. Sie heißt »Zoofrika« und wird von denselben Aktionären getragen, die auch diesen Zoo hier finanzieren. Kürzlich konnten wir sogar noch eine Beteiligung an einer Fluggesellschaft stemmen. Wir werden eine Tochtergesellschaft gründen, eine neue Airline, die zu dieser Insel fliegt. Die Leute werden in null Komma nichts im Zoo sein. Wunderbar, nicht wahr?«

Mrs. Riverday seufzte. So wunderbar fand sie das nun wirklich nicht.

»Was wird denn aus dem alten Zoo werden?« fragte sie besorgt.

Prof. Lamina kratzte sich den Kopf. »Das ist alles organisiert. Er wird eine Grünanlage bleiben, es wird sogar noch Schafe und Ziegen geben. Vielleicht werden wir sogar noch ein Kamel halten, auf dem die Leute reiten können, aber das ist noch nicht ganz sicher. Mehr Tiere wird es auf keinen Fall geben, sonst könnten wir ja auch gleich hierbleiben. Dafür bauen wir aber noch einen Golf- und einen Spielplatz darauf. Und an Sonntagen darf gegrillt werden.«

Mrs. Riverday schlug die Hände über dem Kopf zusammen. So hatte sie sich das niemals vorgestellt. Ein Golfplatz zwischen Schafen und Ziegen! Sie schaute über den Schreibtisch des Direktors, ließ ihren Blick über die letzten Utensilien wandern, die noch herumlagen, schaute aus dem Fenster, sah, wie sich die Äste der dicken Eiche im auffrischenden Wind bewegten, dann schaute sie den Direktor wieder an.

»Wenn es also wirklich endgültig ist, wenn nun alle Tiere unsere Stadt verlassen, dann habe ich einen großen Wunsch: Ich möchte mitfahren. Vielleicht bringt es ja etwas, wenn ich bei den Tieren bin. Ich bin unabhängig, habe keine Familie, bin flexibel und tierlieb. Und ich kann Berichte verfassen, denn ich bin freie Journalistin. Über diesen Umzug muß doch berichtet werden, alle Leute wollen darüber etwas erfahren, ganz sicher.«

Prof. Lamina schaute Mrs. Riverday regungslos an. Eine Fliege, die garantiert nicht zum Tierbestand des Zoos gehörte, umkreiste das Gesicht des Direktors. Bei der vierten Runde schob er das Insekt beiseite, so daß es an die Wand schlug.

»Ich könnte natürlich auch direkt am Ablauf teilnehmen, wenn Sie möchten, zum Beispiel könnte ich die Schildkröte Lutetia füttern – ich werde auch kein Kostenfaktor sein, versprochen! Von der Verpflegung einmal abgesehen.«

Der Direktor schnaufte. Dann nahm er die Tasse und nippte an ihr, doch da sie leer war, nippte er ins Trockene.

»Habicht! Der Kaffee ist alle!« brüllte er.

Durch die Tür krächzte ein »Okay«.

Mrs. Riverday schwieg. Sie merkte, wie es im Kopf des Direktors arbeitete. Fast meinte sie, die vielen Zahnräder zu sehen, die sich in seinem Schädel bewegten.

»Diese Pressefritzen!« brummte er schließlich. »Diese Typen, die wie Geier um einen kreisen, um eine Story zu verkaufen. Ich kann sie nicht mehr ausstehen. ›Mann beißt Löwe‹, ›Elefant hat Liebeskummer‹, ›Wärter…‹. Ach, das ist mir alles zuwider! Tausende von Fernsehknilchen belagerten uns, wollten alles live übertragen. Ich verstehe das ja, sie tun ihre Arbeit, aber es schadet den Tieren, es schadet dem Projekt, und es geht uns allen hier auf die Nerven.«

»Ach, und ein Umzug schadet den Tieren nicht?«

Prof. Lamina schwieg.

»Wollen Sie denn gar keine Anteilnahme der Bevölkerung?« fragte Mrs. Riverday weiter. »Ohne das Volk hat der Zoo erst recht keine Chance. Wenn Sie die Sehnsüchte der Menschen nicht genauso berücksichtigen wie die der Tiere, ist alles von vornherein gescheitert. Der Zoo ist auch für die Menschen da!«

Die Tür ging auf. Sekretärin Habicht kam mit einer Tasse herein. »Ihr Kaffee!« krächzte sie und stellte sie dem Alten auf den Tisch. Der Direktor griff sie sich und schlürfte sie um die Hälfte leer.

»Schmeckt ja widerlich!«, schimpfte er mit rotem Kopf.

»Einen besseren haben wir nicht mehr. Sollen wir noch welchen kaufen?«

»Nein. Wenn er nicht schmeckt, gewöhne ich mir das schwarze Zeug vielleicht sogar ab. Hat also was Gutes.«

Mrs. Habicht ging aus dem Büro und schloß die Tür. Prof. Lamina wischte sich den Mund ab.

»Doch, natürlich«, antwortete er schließlich, »ohne die Menschen gäbe es ja auch keinen Zoo. Deshalb habe ich ja auch einen Journalisten engagiert, der seriös und mit Feingefühl gesegnet ist. Er hat schon viele Preise bekommen, hat Bücher geschrieben, über Zoos natürlich, und er ist von mir persönlich für einen Bericht über den kolossalen Umzug auserkoren worden. Nur er darf das. Sonst niemand.«

»Dann habe ich also keine Chance«, räumte Mrs. Riverday ein.

In diesem Augenblick fiel ein Kleiderständer um. Er polterte mit Sack und Pack zu Boden, da man ihn überladen hatte. Sein Sturz glich der Situation von Mrs. Riverday, er war fast eine Bestätigung. Auch ihre Hoffnungen lagen sozusagen auf dem Boden.

Prof. Lamina grübelte. Dann klingelte das Telefon. Der Direktor ergriff den Hörer.

»Ja, hier Lamina … Henry! Na, wenn man vom Teufel spricht! Haha! Henry, wie geht … Ach … oh … was? … Um Gottes Willen … Wieso denn … Nein!«

Die Augen des Direktors quollen fast aus dem Gesicht, so sehr glupschten sie hervor. Er war kreidebleich.

»Ja, und nun? ... Wie ... wie stellst du dir das vor? ...
Was ... was soll ich ... Aber das geht doch nicht!«

Mrs. Riverday wurde nervös. Sie trommelte mit den
Fingern auf ihrem Knie.

»Henry ... also ... mhm ... mhmm ... So? ... Verstehe ... Schade ... Mann, das ist ja 'n Ding! ... Du hast
aber auch ein Pech ... mhmm ... und deine Familie? ...
Aha ... Was? ... Ja, geht klar ... Alles Gute für dich!«

Dann knallte der Hörer auf die Gabel.

Prof. Lamina stand auf und ging zum Fenster. Die
Hände in den Hosentaschen, das Rückgrat gekrümmt
und den Bauch nach vorne geschoben, dabei den Blick
stur nach draußen gerichtet, stand er da, fast wie ein
Gorilla, der aus seinem Käfig stiert. Nach einigen Se-
kunden des Schweigens schnaufte er und schlich zum
Schreibtisch zurück. Fast in Zeitlupe setzte er sich hin.

»Sie haben aber Schwein!« brummte er, während er
der Journalistin lange in die Augen schaute. »Henry ...
also der Journalist, von dem ich gerade eben sprach, hat
großes Pech, sein Haus ist abgebrannt. Jetzt ist bei ihm
Land unter. Seine Frau, die Kinder ... Also er hat jetzt
andere Sachen zu tun, als mit uns davonzukutschieren.
Wenn Sie wollen ... also wenn ... ich meine ... Mrs. Riverday: Sie können als freie Journalistin mitfahren und
über den Umzug berichten. Und meinethalben können
Sie auch Lutetia füttern.«

Mrs. Riverday sprang mit hochgestreckten Armen auf
und schrie: »Hurraaa!«

Der dicke Direktor grübelte und wußte in diesem
Augenblick noch nicht, ob er tatsächlich die richtige
Entscheidung getroffen hatte, da sie ja mehr aus dem

Bauch heraus gekommen war. Aber genügend Zeit, um sie gründlich abzuwägen, hatte er auch nicht mehr, schließlich stand der Umzug kurz bevor. So bemühte er sich, ein freundliches Gesicht zu machen. Als sich die Journalistin dann wieder gesetzt hatte, verschränkte er die Arme und spitzte den Mund. »Es geht schon nächste Woche los«, sagte er hastig. »Wir haben also wenig Zeit, die Formalitäten zu regeln. Mrs. Habicht wird das erledigen. Und wir sollten, soweit ich es möglich machen kann, miteinander reden. Ich gehe natürlich davon aus, daß Sie sich in Sachen Zoo bereits gut auskennen. Und so, wie ich Sie bis jetzt einschätze, bringen Sie eine gute Portion Leidenschaft für Tiere mit – das macht die Sache interessant.«

Mrs. Riverday schmunzelte. Sie konnte das bestätigen.

»Packen Sie auch schon mal Ihre Sachen zusammen. Es geht über den Ozean, mit einem großen Schiff. Alle Tiere werden auf dieses Schiff verladen, und die Pfleger fahren natürlich auch mit. Es wird eine längere Reise werden. Sie brauchen also einen dicken Pullover und eine Regenjacke, aber natürlich auch Sonnencreme. Wir fahren ja nicht zum Nordpol. Haha!«

Mrs. Riverday richtete sich auf und guckte den Direktor kritisch an.

»Professor Lamina«, sagte sie, »wo wir schon bei dem Thema Ozean und Insel sind, fällt mir ein, daß Sie mir noch gar nicht erzählt haben, wohin die Reise genau geht. Wie heißt denn die Insel, auf der Sie die Tiere einquartieren wollen?«

Da hatte sie den Professor genau am richtigen Nerv

getroffen. Es schien, als hätte er auf diese Frage die ganze Zeit gewartet. Der Direktor erhob sich wie ein Priester, der eine Andacht hält. Stolzen Blickes schmetterte er den Namen des Eilandes heraus, mit erhobenem Kopf und geschwollener Brust, so als wollte er es der ganzen Welt mitteilen: »Zootopolis!«

Das letzte Wort klang in ihrem Schädel wie ein Glokkenschlag nach: »Zootopolis«! So ein Kunstwort hatte sie noch nie gehört und auch noch nie gelesen. Auch »Zoofrika« kam ihr seltsam vor, jedoch konnte sie sich darauf schon eher einen Reim machen. Sie ahnte, daß »frika« natürlich nicht mit »Frikadelle«, sondern mit »Afrika« in Verbindung zu bringen war. Aber soweit sie sich erinnerte, hatte der Zoo nur Indische Elefanten, keine Afrikanischen. Andererseits erinnerte sie sich an die Löwen und Zebras des Zoos, die sehr wohl aus Afrika stammten – insofern ergab dieser Name wiederum einen Sinn.

Zootopolis … klang das nicht wie »Metropolis«? Ein Science-fiction-Film über eine überdimensionierte und technisch entfesselte Stadt der Zukunft? Aber die Tiere sollten doch von der Stadt weg! Diese Metapher funktionierte also nicht. Ihr wurde angst und bange, als sie sich Elefanten, Nashörner, Affen und Giraffen in einem Umfeld vorstellte, von dem sie sich nur ein nebulöses Bild verschaffen konnte. Was auch immer Zootopolis tatsächlich bedeutete, sie spürte das Verlangen, dieses Unternehmen zu verhindern.

Nur wie sie das anstellen sollte, war ihr schleierhaft. Immerhin hatte sie bisher großes Glück gehabt: Sie war rechtzeitig von ihrer Studienreise zurückgekehrt, hatte Zugang zum Direktor bekommen und konnte für Henry einspringen. So sah sie sich schon bald nicht mehr als Journalistin, sondern mehr als Geheimagentin, die den Dingen auf den Zahn fühlen sollte.

Mrs. Riverday schaltete, nachdem sie ihr Haus betreten hatte, gleich den Computer ein, um im Internet zu recherchieren. »Sie haben 1.596 Nachrichten« meldete ihr E-Mail-Postfach. Ein Jahr lang fern seines Computers zu sein, es grundsätzlich abzulehnen, das Notebook mit auf die Insel zu nehmen, und sich gänzlich der Natur hinzugeben, rächte sich nun, denn der Computer stürzte nach wenigen Minuten ab. 1.596 Nachrichten waren für das kleine Ding einfach zu viel. Wie sie auch immer die Maus bewegte, das Gerät ein- und wieder ausschaltete, es nützte nichts. Ihr Notebook hatte den Vorhang zugezogen und sich verabschiedet.

Mrs. Riverday wurde sauer. Erstens hätte sie gerne die E-Mails gelesen, wenn es auch sehr viele gewesen waren. Zweitens wollte sie die Worte Zootopolis, Lamina und Zoofrika überprüfen, und das ging nun nicht mehr. Wütend schlug sie mit der Faust auf den Tisch.

»Verdammt und zugenäht!« fluchte sie.

Um sich zu beruhigen, kochte sie sich einen Jasmintee, duschte und aß ein paar Brotscheiben.

»Zootopolis«, murmelte sie, dann ging sie ins Bett und schlummerte bald ein.

Doch ihr Schlaf verlief unruhig, denn sie träumte von einem Tier, das sich durch das Dickicht bahnte. Zunächst schienen die Lider zusammenzukleben, doch kurze Zeit später öffneten sie sich. In der Pupille spiegelte sich ein Licht, vielleicht eine Kerze. Die Haut zitterte, und es drang ein langes Brummen zwischen den Blättern hervor.

Am nächsten Morgen frühstückte Mrs. Riverday in aller Herrgottsfrühe. Während sie aß, dachte sie über den Umzug nach. Sie wußte, daß sie das Vorhaben nicht mehr verhindern konnte, aber sie hoffte dennoch, während der Fahrt den Direktor beeinflussen zu können. Aber sie hatte eben noch keinen blassen Schimmer, wie sie diese Idee in die Realität umsetzen könnte.

Sie ging zum Fenster und schaute hinaus. Der Himmel zeigte sich, obwohl es schon taghell war, in grauen Schlieren. Weiter hinten türmte sich eine dunkle Wolkenfront auf, und kurz darauf hörte sie ein Grummeln. Dann wühlte sich eine Böe durch ihren Garten, ein Ast brach aus der Baumkrone heraus und krachte rauschend auf die Erde. Es dauerte nicht lange und dicke Regentropfen prasselten herab. Wuchtig trommelten sie gegen das Fensterglas, und aus dem Himmel zuckten Blitze.

Mrs. Riverday schaute unentwegt hinaus, in den Regen, in die Wolken und in die Blitze. Auf dem Fensterglas waren schon bald keine Tropfen mehr zu sehen, sondern richtige Flüsse, die der Schwerkraft folgten und einen Wettlauf zu veranstalten schienen. Sie erinnerte sich an die verregneten Tage auf Pingu-Eiland, dort war das Wetter auch manchmal sehr ungemütlich gewesen. Doch nun war sie hier.

Zu diesem Zeitpunkt war es Prof. Lamina, der die letzten Unterlagen nach kurzer Durchsicht zusammenkramte und sie mit Mrs. Habicht in Pappkartons verstaute. »Noch zehn Ordner, dann haben wir's geschafft«, freute er sich.

Mrs. Habicht nickte. Dann legte sie ihm den Vertrag für Mrs. Riverday vor. »Hier«, sagte sie, »das müssen Sie noch unterschreiben.«

Der Direktor überflog das Papier und zog mit seinem Kugelschreiber, an dessen Ende ein geschnitzter Holzpapageienkopf steckte, zackig seine Unterschrift hinauf. Mrs. Habicht knallte noch einen Stempel darauf, dann legte sie den Vertrag in eine Mappe.

»Wann kommt denn die Riverday?« wurde sie vom Professor gefragt.

»Na, ich denke, recht bald. Bei dem schlechten Wetter wird sie vielleicht etwas später erscheinen.«

»Nee, nee! Wenn die auf dem Schiff mitfahren will, muß sie sich warm anziehen. So ein Regen ist keine Entschuldigung, dann kann sie auch gleich zu Hause bleiben.«

»Also ich finde sie ganz gut, Sie sollten nicht so streng mit ihr sein.«

Der Direktor nickte. »Jaja, ganz gut. Trotzdem wäre mir Henry lieber gewesen. Zu dumm, daß der Brand dazwischengekommen ist und wir nur noch so wenig Zeit haben.«

»Wenn Sie nicht so anspruchsvoll wären, könnten wir noch ganz andere Reporter rekrutieren.«

Prof. Lamina schnaufte. »Schluß jetzt! Ich will keine Diskussion mehr darüber, das hatten wir längst abgehakt.«

Mrs. Habicht zog sich schweigend an ihren Schreibtisch zurück. Sie erledigte ein paar Telefonate, schrieb ein paar Notizen auf und schälte einen Apfel.

In den Tierhäusern und auf den Freianlagen war es ruhig. Der Elefantenstall wurde ausgefegt, während sich die Dickhäuter draußen unter einer hervorstehenden Betondecke aufhielten. Sie hatten schon die ganze Zeit im Regen gestanden, doch nun waren sie es leid. Den Nilpferden machte der Dauerregen gar nichts aus, da sie ja ohnehin meistens im Wasser badeten. Genauso ging es den Seelöwen. Die Nashörner dämmerten hingegen unter einem Baum vor sich hin, und die Schimpansen zogen ihre Leinensäcke über den Kopf, die ihnen ihr Pfleger einmal zum Spielen gegeben hatte. Die Giraffen stelzten bereits jetzt in ihren Stall zurück, da dort die Tür offen stand. Bei den Löwen und Tigern war zu diesem Zeitpunkt nicht zu ermessen, was sie gerade taten. Auf jeden Fall putzen sich die Pinguine, und Lutetia zog ihren Kopf ein.

Noch während des Regens, der gar nicht mehr aufzuhören schien, traf Mrs. Riverday im Zoo ein. Sie hatte keinen Schirm dabei, schützte sich aber mit einem langen Regenmantel und einem Südwester.

Als sie mit dieser Kutte ins Büro des Direktors trat, dachte dieser, ein Fischer sei zu Besuch gekommen, aber er erkannte natürlich schnell, daß es sich um die Reporterin handelte.

»Da sind Sie ja!« brummte er.

»Da bin ich!« bestätigte die Journalistin, während sie sich ihren Mantel auszog. Ganze Rinnsale flossen herunter und sammelten sich unter ihr zu einer Lache.

»Haben Sie auch gleich ein paar Fische mitgebracht? Haha!«

Mrs. Riverday konnte auf diese Scherzfrage nur mit einem bemühten Grinsen reagieren. So dick war der Regen ja nun auch wieder nicht, daß sie von Fischschwärmen begleitet worden wäre.

»Ich koche uns erst mal einen Kaffee, dann unterschreiben Sie bitte den Vertrag«, sagte Mrs. Habicht.

»Ja, und in einer halben Stunde gibt es eine Arbeitsbesprechung. Da lernen Sie alle Pfleger kennen«, freute sich der Direktor.

Mrs. Riverday genoß den Kaffee sehr. Er schmeckte behaglich, ganz anders als gestern. Trotzdem schimpfte Prof. Lamina wieder über die Brühe, und Mrs. Habicht ging schweigend zu ihrem Schreibtisch zurück.

Die Journalistin las sich den Vertrag in Ruhe durch. Es war nur eine Erklärung, die sie unterschreiben mußte, kein richtiger Arbeitsvertrag. Sie war und blieb ja schließlich freie Journalistin, und dieser Wisch Papier bestätigte nur, daß sie die Exklusivrechte für den Bericht hatte und diese Rechte nur nach Rücksprache des Zoos weitergeben durfte. Darüber hinaus waren noch viele weitere Details geregelt.

Mrs. Riverday trank den letzten Schluck Kaffee aus, dann unterschrieb sie das Dokument und schob es Prof. Lamina zurück.

»So, das hätten wir«, ließ dieser verlauten. Mrs. Habicht heftete das Dokument zu den letzten Unterlagen, die noch uneingepackt herumlagen, und gab der Journalistin dann ihr Vertragsexemplar.

Kurz darauf öffnete der Direktor die Tür zum Nebenraum.

»Unser Sitzungssaal«, erklärte der Professor.

»Mächtig gewaltig!« staunte die Journalistin. »Ich hatte ja früher mal beim Eulenrath ein Praktikum gemacht – aber diesen Raum habe ich total vergessen.«

Ein langer Tisch thronte in der Mitte, um den sich Mahagonistühle rankten. Die Arbeitsfläche des Tisches war mit grünem Leder überzogen, und am Ende stand ein Stuhl mit einer mannshohen Rückenlehne, auf der ein geschnitzter Affe hockte.

»Ihr Stuhl, nehme ich an?« fragte Mrs. Riverday.

Prof. Lamina brummte. »Natürlich, oder dachten Sie, darauf säße King Bong?«

Einige Zeit später hörte der Regen tatsächlich auf, und die Tierpfleger kamen in den Sitzungssaal geschlurft. Alle hatten grüne Jacken an, auf denen mit hellen Buchstaben das Wort »Zoo« gestickt war.

Mrs. Riverday merkte, daß mit den Pflegern auch gleich ein starker Tiergeruch in den Saal wehte. Es roch folglich nach Affen, Löwen, Elefanten, Fischen und Kamelen. Das Besondere dabei war nun, daß sich diese Gerüche zu einer Duftnote vermischten, und Mrs. Riverday überlegte, ob sie dieses Duftgemisch in dieser Zusammenstellung jemals zuvor wahrgenommen hatte.

Die Pfleger nahmen Platz und gossen sich gleich ihren Kaffee ein. Alle schienen hier große Kaffeekonsumenten zu sein, stellte Mrs. Riverday fest. Prof. Lamina positionierte sich am Tischende und stand damit neben der Journalistin, die ihren Platz als erste eingenommen hatte. In diesem Augenblick fiel ihr auf, daß unter den Pflegern auch eine Frau war.

»Meine Damen, meine Herren!« begann der Direktor die Sitzung. »Ich freue mich, daß wir zusammengekommen sind, und darf gleich zu Beginn jemanden vorstellen. Wie Sie vermutlich noch nicht wissen, hat unser geschätzter Henry absagen müssen, weil sein Haus abgebrannt ist. Der Arme! Aber wie es sich für einen guten Betrieb gehört, haben wir schnell einen adäquaten Ersatz gefunden, und so wird nun Eveline Riverday, links neben mir sitzend, über den Zoo und den Umzug berichten. Mrs. Riverday ist studierte Geologin und freie

Journalistin. Sie hat auf einer Insel ein Jahr lang Bodenproben gesammelt und kennt unseren Zoo seit ihrer Kindheit. Ich finde, das paßt hervorragend.«

Alle applaudierten. Prof. Lamina klatschte sogar so laut, daß Mrs. Riverday die Ohren klirrten. Dann sprach der Professor weiter: »Bitte unterstützen Sie Mrs. Riverday, sie wird uns in der nächsten Zeit gehörig auf die Finger gucken. Haha!«

Alle lachten mit, manche von ihnen gekünstelt. Die Frau, die neben den Pflegern saß, lachte gar nicht.

»Bevor wir nun zur Tagesordnung übergehen, möchte ich unserer Neuen jeden von Ihnen kurz vorstellen. Also, dann fangen wir mal ganz hinten an. Dort sitzt Mr. Afanti, der für die ganz großen Tiere zuständig ist, nämlich für die Elefanten, Nilpferde und die Nashörner. Mr. Afanti hat aber noch ein Nesthäkchen, und zwar Lutetia. Da werden Sie sich, Mrs. Riverday, wohl mit ihm arrangieren müssen, wenn Sie die Schildkröte füttern wollen. Haha! Neben ihm sitzt nun Mr. Eddi, der Chef der Affen. Seine Freundschaft mit Gorillas ist legendär.«

Mrs. Riverday starrte Mr. Eddi an. Er sah fast selbst wie ein Affe aus. Er hatte eine hohe Stirn, einen breiten Kiefer und große Nasenflügel. Dann schaute sie zu Mr. Afanti und bemerkte, daß er seinen Kinnbart zu einem Strick zusammengeknotet hatte und diesen tatsächlich wie einen Elefantenrüssel herunterhängen ließ.

»Kommen wir zu seinem Tischnachbarn, Mr. Gira. Er ist für die Kamele, Zebras und Giraffen zuständig. Hat furchtbar viele Erfahrungen, der gute Mann. Er macht sogar mir noch etwas vor, und er kommt aus Afrika.«

52

Mrs. Riverday nickte. Dem Mann war anzusehen, daß er von einem anderen Kontinent stammte.

»Neben Mr. Gira sitzt Mr. Leo, der Herr der Löwen, Tiger und Bären. Rrrrrooowww!«

Jetzt mußte die Journalistin grinsen. Während alle anderen Pfleger kurzes Kopfhaar hatten, was bei ihrer Arbeit vermutlich recht hilfreich war, trug dieser kräftige Kerl tatsächlich eine stattliche Haarpracht, die es mit der Mähne eines männlichen Löwen durchaus aufnehmen konnte.

Mrs. Riverday war über diese Gleichnisse so erstaunt, daß sie die Namen der anderen Pfleger gar nicht mehr mitbekam. Es waren ja noch weitere Herren zugegen. Dann aber horchte sie auf, denn ihr wurde die Frau vorgestellt, die ihr schon zu Beginn aufgefallen war.

»Hier sitzt nun noch Mrs. Reit, unsere Tierärztin. Sie hat schon Elefanten, Mäuse und Pinguine operiert. Und ihr eilt der Ruf voraus, auch schon Menschen erfolgreich behandelt zu haben. Haha!«

Mrs. Riverday nickte und lächelte Mrs. Reit zu. Diese erwiderte das Lächeln, und kurz darauf kam Mrs. Habicht mit einem gefüllten Keksteller hinzu.

»Kommen wir noch zu meiner Wenigkeit«, sprach der Direktor weiter. »Ich bin nicht nur der Chef von dem ganzen Laden hier, sondern betreue die Papageien, also zum Beispiel Kiki und Kaspar, außerdem die Pinguine und die Seelöwen. Robbie und Flobbe sind Ihnen doch noch ein Begriff, nicht wahr, Mrs. Riverday?«

Die Journalistin nickte. »Ganz schön viel Arbeit!« kommentierte sie.

»So ist es. – Kommen wir nun zu den Vorbereitungen des Umzugs.«

Mr. Gira meldete sich: »Wir sind mit den Containern für Tobi, Tutu und Matabi soweit fertig. Die Höhe ist ihrer Größe angeglichen worden und die Polsterung perfekt. Der erste Container steht schon bereit, die anderen folgen noch aus Übersee. Nisch?«

»Fantastisch!« lobte Prof. Lamina.

Mrs. Riverday überlegte, was »Nisch« bedeutete.

Mr. Afanti ergriff das Wort: »Wie ist das mit dem Heu? Meine Elefanten fressen den ganzen Tag, wir brauchen eine Menge von dem Zeug.«

»Tja, das hast du nun davon«, scherzte Affenpfleger Eddi. »Was hältst du dir auch diese Riesenviecher! Aber keine Bange, wenn meine Fluffies keinen Appetit mehr haben, spendiere ich jedem deiner Dickhäuter einen gelben Apfel.«

»Ach, du meinst, wir nehmen Essen zweiter Wahl an? Da kennst du aber Bobamba schlecht, die ist sehr pingelig. Und Bumbo erst! Neulich …«

»Meine Herren, es ist genug da. Es ist für alles vorgesorgt. Am besten ist, ich stelle Ihnen einmal das Schiff vor, mit dem wir fahren werden.«

Alle fanden den Vorschlag des Direktors ausgesprochen gut und lauschten seinen nächsten Worten: »Wir haben lange nach dem richtigen Schiff gesucht. Und es war verdammt schwierig. Das Ding ist ja, daß wir mit dem kompletten Tierbestand auf einmal über den Ozean schippern wollen. Nicht in Raten, wie ursprünglich geplant, sondern alle zur selben Zeit im selben Boot.«

»Wäre es nicht besser, die Tiere mit mehreren Fähren zu transportieren, damit sie mehr Platz haben?« wollte Mrs. Riverday wissen.

54

»Nein. Wir fahren nur einmal. So haben wir den kompletten Überblick, und es kostet auch weniger.«

Mrs. Riverday nickte.

»Es wird die ›Bluebird‹ sein. Hier ist ein Bild von ihr.«

Prof. Lamina rollte ein Poster aus und heftete es an die Wand. Alle starrten auf das Bild, und in diesem Augenblick machte Mrs. Riverday die ersten Fotos. So, wie sie alle voller Erwartung und Erstaunen auf das Plakat blickten, hielt sie die Truppe fest, dann schwenkte sie die Kamera auf das Poster. Aber dann war sie nicht mehr in der Lage, auf den Auslöser zu drücken, denn sie sah ein seltsames Gefährt auf dem großen Papier. Einen Kahn, der nicht alt, nicht neu war, der nicht als Frachter und auch nicht als Musikdampfer für Reiche durchging. Der Rumpf war blau angemalt und hatte orangefarbene, diagonal verlaufende Streifen, die in der Mitte von einer weißen Querlinie durchkreuzt wurden. Die Aufbauten sahen zusammengeschustert aus und mußten möglicherweise von alten, verschrotteten Schiffen stammen. Entsprechend waren auch die Farben, sie reichten vom grellen Weiß über Braun und Beige bis Mittelgrau und Grün. Der Schornstein thronte wie eine Litfaßsäule zwischen Aufbauten und Brücke – er glänzte als einziges Element mit schwarzem Anstrich. Doch das war alles nichts gegen die Brücke: Sie erstrahlte mit schwarzen und weißen Streifen, die einem Zebra nachempfunden waren, und an den Enden hingen dicke graue Taue, so als würde die Brücke von Elefantenrüsseln gehalten werden. Mrs. Riverday ließ die Kamera herabsinken. Auch die Pfleger waren sprachlos.

»Ihnen verschlägt's wohl die Sprache, was?« grinste der Direktor. »Diese Zebrastreifen auf der Brücke haben es mir gleich angetan. Das paßt doch wie die Faust aufs Auge.«

Keiner sagte ein Wort.

»Also, keine Bange! Ich habe mir das Schiff persönlich angesehen und mich von dessen Qualität überzeugt. Ich hätte natürlich am liebsten jeden von Ihnen zu dieser Besichtigung mitgenommen. Aber wir können nicht alle auf einmal von hier weg, um einen Kahn anzusehen – das geht wegen der Tiere nicht, logisch! Ich war gerade ohnehin unterwegs, da hörte ich von diesem Prachtexemplar. Es haben übrigens auch zwei Ingenieure von Zoofrika das Schiff besichtigt. Von außen sieht die Bluebird ein bißchen nach Studentenarbeit aus. Aber innen ist sie hervorragend! Da haben alle Platz, die Elefanten, die Giraffen, eben alle. Auch für das Futter ist genug Raum vorhanden, selbstverständlich gibt es auch Kühlräume für das Fleisch. Und wir als der menschliche Teil der Fahrgäste haben ebenfalls gute Räumlichkeiten.«

Schweigen. Jeder mußte das Bild erst einmal verarbeiten, das da an der Wand klebte, schließlich hatte jeder eine andere Vorstellung davon gehabt, was ihn erwartete.

»Daran, daß Nilpferde und Seelöwen viel Wasser brauchen und daß Elefanten wie die Weltmeister scheißen, haben Sie hoffentlich auch bei der Bluebird gedacht, Chef?«

Prof. Lamina konnte die Frage von Mr. Afanti mit »Ja« beantworten. »Für die Seelöwen gibt es übrigens eine sehr große Badewanne, das sogenannte Spezialbecken.

56

Es ist in einem seitlichen Extraraum eingebaut. Die Nilpferde werden wir öfter mit Wasser abduschen. Ab und an können aber auch sie in dieses Becken steigen, also im Wechsel mit den anderen Tieren. Das Spezialbecken wird vorwiegend den Seelöwen, Pinguinen und, wie gesagt, den Nilpferden zur Verfügung stehen. Das Wasser dafür entnehmen wir dem Meer, davon soll es ja auf See bekanntlich genug geben. Haha! Und um Verunreinigungen zu vermeiden, wird sogar noch eine Filteranlage eingebaut.«

Mrs. Reit brachte sich mit nachdenklichem Gesichtsausdruck ein: »Wir brauchen jede Menge Medizin. Ich weiß nicht, was passiert, wenn ein Nashorn seekrank wird, ganz zu schweigen von den Elefanten und Löwen. Und wir brauchen Beruhigungsmittel. Den größten Teil haben wir letzten Monat bekommen, aber ein paar Kisten stehen noch aus.«

»Ich hatte gestern mit der Firma telefoniert, die Lieferung kommt morgen«, erklärte Mrs. Habicht, froh, auch einmal etwas sagen zu können.

»Werden wir Funkkontakt mit anderen Tierärzten haben? Was ist, wenn es zu einer Epidemie kommt?«

Der Direktor konnte auch diese Frage mit »Ja« beantworten. »Zunächst werden wir das alleine schultern. Kommen wir nicht voran, holen wir uns Hilfe.«

»Und die Papiere sind auch vollständig?« erkundigte sich Mr. Leo.

»Für die Löwen buchen wir erste Klasse, versprochen. Alle anderen bekommen aber auch noch Sitzplätze. Haha!«

Mrs. Riverday versuchte, den Humor des Zoochefs zu

verstehen. Er wollte die Sorgen seiner Mitarbeiter mit lustigen Kommentaren wegfegen, aber manchen Gesichtern war anzusehen, daß es ihm nicht immer gelang.

»Die Ausreisepapiere sind alle da«, bestätigte nun Prof. Lamina. »Wir haben juristisch gesehen alles in Sack und Tüten. In den nächsten Tagen beginnen wir mit den letzten Vorbereitungen für die Tiere.«

Alle nickten.

»Auf der Insel werden übrigens zur Zeit die vorerst letzten Bauarbeiten zum Abschluß gebracht. Meine Firma Zoofrika hat das alles im Griff. Wenn wir ankommen, wird das neue Zoogelände, soweit möglich und erst mal nötig, fertig sein. Es wird ganz hervorragend aussehen.«

»Respekt«, murmelte Mr. Eddi.

»Gibt es noch Fragen?« erkundigte sich der Direktor.

Natürlich gab es Fragen. Aber diese wollten überdacht und formuliert werden, und so beschloß man, sich in zwei Tagen wieder zu treffen.

»Wir schaffen das«, ermutigte Prof. Lamina seine Mannschaft. »Es ist der erste große Zoo-Umzug der Welt. Und es ist Zootopolis!«

Die ganze Truppe schlurfte aus dem Sitzungssaal hinaus, und Mr. Eddi griff sich ein paar Kekse, die er geschwind in der Hosentasche verschwinden ließ.

»Für deine Fluffies?« erkundigte sich Mr. Afanti.

Mr. Eddi fühlte sich ertappt, reagierte aber souverän: »Na klar, oder meinst du etwa, die sind für mich?«

»Scherzkeks!« antwortete der Elefantenpfleger und Mr. Eddi legte ein breites Grinsen auf.

Jeder Pfleger ging in sein Revier zurück. Jeder dachte

über den bevorstehenden Umzug nach. Es hatte keinen Sinn mehr, über seine Notwendigkeit zu diskutieren oder sich gar dagegen aufzulehnen. Die Angelegenheit war beschlossene Sache und wer wollte, konnte sich ja woanders eine andere Arbeit suchen. Also arrangierten sie sich damit, auch wenn vielen das Zuhausebleiben lieber gewesen wäre.

Prof. Lamina beobachtete Mrs. Riverday. Sie putzte das Objektiv ihrer Kamera und schaute dann längere Zeit gedankenverloren aus dem Fenster.

»Stimmt was nicht?« fragte der Direktor.

»Nein, es ist alles in Ordnung. Aber … ich … also … mir kommt das alles so eigenartig vor. Ich denke manchmal, ich sehe einen Film oder träume das alles nur. Ich will nicht wirklich begreifen, was hier vorgeht.«

»Jeder Traum zeigt eine Zukunft, in die wir uns Schritt für Schritt bewegen können, sofern wir diesen Traum richtig zu deuten wissen.«

Mrs. Riverday nickte stumm.

Prof. Lamina lehnte sich an den Fensterrahmen und vergrub seine Hände in die Hosentaschen. Lässig sah er aus. Später zündete er sich eine Zigarre an und schaute ebenfalls aus dem Fenster.

»So ein Umzug will gut organisiert sein«, resümierte er beim Ausblasen seines Qualms, »gerade bei einem Zoo. Sie müssen sich das so vorstellen, als würde eine ganze Stadt umziehen. Ein Zoo ist ja auch so etwas wie eine Stadt oder sogar ein Staat. Der Aufwand hierfür ist enorm, fast ein Jahr dauert die Vorbereitung. Das sollte Sie interessieren.«

Mrs. Riverday schluckte. Sie war ein Jahr auf Pingu-

Eiland gewesen, also mußten diese Vorbereitungen unmittelbar nach ihrer Abreise begonnen haben. Folglich mußte die Idee des Umzuges noch älter sein, aber sie konnte sich an eine Nachricht hierüber seinerzeit nicht erinnern. Hatte sie vielleicht selbst mit ihren damaligen eigenen Vorbereitungen für Pingu-Eiland so viel Zeit verbracht, daß sie von der Pressemitteilung eines möglichen Zoo-Umzugs nichts mitbekam? Oder wurden die Pläne damals noch geheimgehalten? Sie dachte nach. Doch so sehr sie auch überlegte, ihre Gedanken fließen ließ, es änderte ja doch nichts an der gegenwärtigen Situation, und deshalb hörte sie mit dem Grübeln auf.

»Ist es nicht seltsam«, philosophierte Prof. Lamina, während er wieder eine dicke Wolke auspaffte, »obwohl die Tiere an sich keine Nationalität in unserem Sinne haben, keine Arbeitsverträge erhalten oder Mieten zahlen, erfordern sie doch eine Menge Papierkram. Herkunftsnachweise, Gesundheitszeugnisse, Exportgenehmigungen, Auskünfte über Quarantänebestimmungen – all das mussten wir besorgen. Kennen Sie die Episode mit der Ente und dem Pferd?«

»Nein, kenne ich nicht.«

»Es geht um einen Vergleich. Als Student hatte ich davon zum erstenmal gehört. Man erzählt sich, daß der Papierberg, den man für eine Ente zusammenträgt, um sie transportieren oder verkaufen zu können, größer sei als ein Pferd. Der Papierberg für ein Pferd sei wiederum größer als ein Drache. Und nun raten Sie mal, wie groß der Papierhaufen ist, wenn Sie einen Drachen auf die Reise bringen wollen, na?«

»Keine Ahnung.«

»Ganz einfach: Man transportiert einfach keinen Drachen. Haha!«

Mrs. Riverday mußte tatsächlich lachen, obwohl sie den Witz nicht wirklich originell fand. Es war doch etwas Wahres dran. Wann wurde jemals ein Drache transportiert?

»Machen Sie sich um die Tiere keine Sorgen«, versuchte Prof. Lamina die pessimistisch dreinblickende Journalistin zu beruhigen. »Vor einer Woche war noch mal jemand von der Tierschutzbehörde bei uns gewesen und hatte alles für gut befunden. Die Tiere bekommen, sofern nötig, ein Beruhigungsmittel, wenn es soweit ist. Für den Transport zum Schiff stehen Container mit Fenstern und auch Käfige zur Verfügung. Außerdem gibt es Leckereien.«

Mrs. Riverday holte tief Luft. Manchmal glaubte sie, daß es keine so gute Idee war, der ganzen Aktion beizuwohnen. Doch sie hatte sich dafür entschieden, und sie wollte das auch durchziehen. Schließlich hatte sie die Exklusivrechte erhalten, und dieses Glück wirft man ja schließlich nicht einfach über Bord.

Am Abend trotteten die letzten Tiere, die sich noch auf der Freianlage aufhielten, in ihren Stall hinein.

Timba durfte vorangehen. Sie war das jüngste Rüsseltier und genoß Vorrechte in der Herde. Hinter ihr wankte Samba, ihre Mutter, die ihre Tochter mit einem sanften Schub anschob. Rumba wiederum umschloß mit ihrem Rüssel den Schwanz von Samba, was Bobamba auch mit Rumba tat. So schlurfte eine vierköpfige Elefantenherde, Rüssel an Schwanz, im Gänsemarsch in den mit Heu gefüllten Stall, und als sie drinnen angekommen waren, machten sie sich gleich über das Futter her. Bumbo, der als Bulle in einem separaten Gehege gehalten wurde, brauchte sich um keine Reihenfolge zu kümmern. Doch er stand mit seinem Hunger in nichts nach, auch er schob sich das Heu büschelweise in den Schlund, nachdem er die Äpfel wie Tennisbälle ins Maul geworfen hatte.

Mrs. Riverday spazierte durch den Zoo, der in wenigen Minuten seine Pforten für diesen Tag schloß. Als sie am Giraffenhaus vorbeikam, sah sie Mr. Gira. Dieser erkannte sie gleich und ging geradewegs auf sie zu. »Na, Mrs. Riverday, haben Sie sich alles notiert?«

Die Journalistin nickte. »Ja, für mich ist das alles aber mehr als nur ein Journalistenjob. Mir sind die Tiere ans Herz gewachsen.«

»Richtig so!«

»Sie kommen tatsächlich aus Afrika?«

»Ja, sieht man doch, nisch?«

Die Journalistin nickte. Es war auch nur eine rein rhetorische Frage. »Was haben Sie in Afrika gemacht?« fragte sie gleich.

»Ich bin dort aufgewachsen, meine Eltern waren Wildhüter in einem Nationalpark. Zuerst wollte ich Tierarzt werden, aber dann habe ich mich doch für den Tierpflegerberuf entschieden. Nisch?«

»Warum?«

»Ich kann es nicht ertragen, wenn Tiere sterben. Als Tierarzt trägt man die Verantwortung. Das ist nichts für mich.«

»Und warum sind Sie nach Europa gekommen? Sie sprechen ganz gutes Deutsch – mal von dem ›Nisch‹ abgesehen.«

»Eine lange Geschichte …« – Mr. Gira schaute bedächtig, weshalb Mrs. Riverday nicht weiter nachhaken wollte.

Dann zeigte sie zu dem Container, der auf dem Giraffengelände stand. »Ist das der Container, von dem Sie vorhin sprachen?«

»Ja, das ist er. Morgen kommen die anderen zwei. Wir haben sie umbauen lassen, sie waren zu niedrig.«

»Gibt es denn gar keine fertigen Container? Es werden doch bestimmt öfter Giraffen zwischen den Zoos ausgetauscht.«

»Eben nicht. Giraffen sind sehr scheue Tiere! Meistens werden nur junge, also kleinere Giraffen transportiert, seltener die großen. So einen großen Umzug gab es noch nie. Was meinen Sie, was passiert, wenn sich die Giraffe erschreckt! Dieses Tier mit seinen langen Beinen könnte stürzen und sich die Knochen brechen, das wäre eine Katastrophe! Dennoch müssen sich die Giraffen drehen können, also ist der Container quadratisch und der Boden ausrutschsicher.«

Mrs. Riverday schaute genauer zu dem Container. Er sah tatsächlich wie eine Spezialanfertigung aus. Die Wände waren sehr hochgezogen, oben und in der Mitte gab es offene Fenster. Das Dach schien aus einer Folie zu bestehen.

»Innen haben wir noch Polster angebracht, war 'ne Idee von mir. Und als Dach haben wir eine Plane genommen, damit sich die Giraffe nicht die Stirnzapfen verletzt. Der

Lamina hatte das zuerst abgelehnt, ›Ist doch kein Schlafwagen‹ hatte er gesagt, doch dann habe ich mich durchgesetzt. Wenn der schon 'ne eigene Firma hat, dann kann er auch noch Geld für die Polster ausgeben. Nisch?«

Mrs. Riverday nickte. »Wie bekommen Sie denn die scheuen Tiere hinein?«

»Auch dafür haben wir ein Konzept. Die Tage vor dem Umzug stellen wir alle Container auf das Gelände und legen Futter hinein. Die Tiere betreten also den Container und fressen darin. So erleben sie den Behälter nicht als Bedrohung, sondern als etwas Schönes. Das gilt für alle Tiere hier im Zoo. Der Direktor meinte zuerst, daß das unnötig sei, ›Einfach rein und los‹ hat er gesagt, aber so etwas mache ich mit Tobi, Tutu und Matabi nicht. Die sind sensibel, nisch? Später wird dann in das Futter Beruhigungsmittel getan. Kurz vor der Abreise bekommen sie es und haben für die nächsten Tage ihre Ruhe.«

»Also dann schlafen sie während …«

»Nein, sie werden nur ruhiger. Sie erleben den Transport bei vollem Bewußtsein, aber sie sind entspannt. Daß wir das Beruhigungsmittel ins Futter tun, war auch 'ne Idee von mir. Der Lamina wollte zuerst das Blasrohr, aber ich glaube, da haben wir uns ziemlich mißverstanden. So etwas macht man ja nur im Notfall. Wir sind doch hier nicht auf dem Rummelplatz.«

»Genau«, grinste Mrs. Riverday.

»Ich bin gespannt, ob das alles gutgeht. Diese Bluebird ist ja ein sehr merkwürdiger Dampfer.«

»Ich habe so einen Kahn noch nie gesehen. Wer weiß, vielleicht ist er ja doch eine Spezialanfertigung?«

Mr. Gira kam ganz dicht an die Journalistin heran, so daß sie etwas zurückwich.

»Unter uns«, flüsterte er, »meiner Meinung nach tickt der Lamina nicht richtig. Zoo der Zukunft … so ein Quatsch! Und dann mit Sack und Pack auf diese Insel … wenn Sie mich fragen, will der erstens Geschäfte machen und sich zweitens einen Namen im Lexikon verschaffen. Nisch?«

Mrs. Riverday nickte. »Könnte schon sein«, murmelte sie. »Ich kenne ihn ja erst seit kurzem. Aber warum bleiben Sie dann nicht hier? Warum machen Sie den Umzug überhaupt mit, wenn Ihnen der Direktor und das Ganze hier nicht paßt?«

Mr. Gira setzte sich auf eine Bank. Tief atmete er durch, dann schneuzte er sich und schaute die Journalistin an.

»Erstens gibt es hier keinen Job mehr für mich, und zweitens habe ich Matabi damals großgezogen. Mir sind die Tiere auch ans Herz gewachsen. Ich kann nicht anders, ich muß mit.«

Am nächsten Tag wurden die letzten Bodenproben von Mrs. Riverday abgeholt. Ein kräftiger Mann namens Joe klingelte an ihrer Tür. Mrs. Riverday hätte den Termin fast vergessen, wenn ihre Schwester sie nicht daran erinnert hätte, und so konnte Joe die schweren, noch verschlossenen Koffer in den Pkw wuchten.

»Ich weiß, sind Steine und Erdbrocken drin«, knurrte er, als die Journalistin ihn mitleidig ansah.

»Ja, fürs Institut. Sie tragen da eine wertvolle Arbeit in den Händen.«

»Keine Sorge, ich pass' auf wie ein Wachhund. In einer halben Stunde haben Ihre Kollegen die Koffer.«

Dann übergab er der Lady eine Quittung, stieg ins Auto, das wegen des Gewichtes auf einmal tiefer zu liegen schien, und fuhr davon.

Mrs. Riverday setzte sich in ihren Sessel. Dann nahm sie ein Lexikon und blätterte darin, einfach nur, um sich dabei zu entspannen. Sie ließ die Seiten wie bei einem Daumenkino durchrauschen, hielt manchmal an, um sich einige Bilder anzuschauen. Schließlich gelangte sie zum letzten Buchstaben des Alphabets. »Zoo« war nun das gesuchte Wort. Wißbegierig las sie die Definition. »Anlage zur Haltung und Beobachtung von einheimischen und ausländischen Tieren« stand darin.

Nach einer Weile packte Mrs. Riverday ihr Notebook in eine Tüte und lief zu dem Elektronik-Fachgeschäft ganz in ihrer Nähe. »Maxe« stand auf dem Türschild. Hastig betrat die Journalistin das Geschäft, und die Türglokken schepperten dabei wie blecherne Kochtöpfe. Maxe machte gerade ein Nickerchen, doch die Türglocken rissen ihn unsanft aus dem Schlaf.

»Ach, Mrs. Riverday! Lange nicht hiergewesen! Was gibt es denn so Neues?«

»Mein PC ist abgestürzt. 1.596 Nachrichten sind drin, und als ich sie lesen wollte, machte er das Licht aus.«

»Hm. Sie haben ihn lange nicht mehr benutzt, nicht wahr?«

»Ja, so ist es. Ich war ein Jahr auf Pingu-Eiland. Und ich dumme Kuh habe das Notebook zu Hause gelassen.«

»Tja, und nun haben Sie …«

»1.596 Nachrichten!«

Mrs. Riverday packte den Computer aus und legte ihn auf den Tisch. Maxe startete den PC und schaute das Gerät so intensiv an, als wollte er es hypnotisieren. Das Gerät reagierte nicht. Eine ganze Weile versuchte er, den PC in Gang zu bringen, aber es nützte nichts.

»Haben Sie auch schon von dem Zoo gehört?« fragte Mrs. Riverday, weil sie die Stille nicht ertrug.

Maxe schaute auf. »Ja, der zieht weg. Schade, schade!«

»Und dann soll ja aus dem alten Gelände ein Freizeitpark werden.«

»Ja, das habe ich auch gehört … Ah! Jetzt … Nein, doch nicht … Hm … oder hier? … Nein. Also, Ihr Computer muß tatsächlich in die Werkstatt. Das dauert aber etwa ein bis zwei Wochen, bis er wieder funktioniert. Und das wird etwa 300,00 Euro kosten. Sind Sie einverstanden?«

»Mir bleibt nichts anderes übrig«, stöhnte die Journalistin. »In einer Woche bin ich aber schon wieder weg. Meine Schwester wird das Gerät dann sicher abholen.«

»Aha, verstehe. Also gut … ich schicke das Gerät dann also in die Werkstatt. Die Telefonnummer Ihrer Schwester habe ich ja. Ich rufe sie dann an.«

»Danke.«

Mrs. Riverday ging wieder hinaus, und wieder schepperten die Türglocken wie blecherne Kochtöpfe.

»Elektronik-Fachgeschäft und dann Kuhglocken an der Tür!« murmelte sie, dann lief sie zu ihrem Haus zurück.

Tags darauf spazierte Mrs. Riverday wieder durch den Zoo und fotografierte wirklich alles. Natürlich bannte sie nicht nur die Gebäude, sondern auch die Besucher und jedes Tier aufs Bild.

Als sie schließlich bei der Schildkröte angelangt war, begegnete sie Mr. Afanti, der mit Timba an der Leine einen Spaziergang machte.

»Das ist ja niedlich! Hier mitten auf dem Weg – Sie mit Timba!«

»Ja«, erwiderte Mr. Afanti, »das machen wir ab und an. Solange Timba noch nicht so groß und kräftig ist, geht das noch.«

»Kann ich sie mal anfassen?«

Mr. Afanti staunte. »Mich?«

»Nein, Timba.«

»Ach so. Gerne, aber seien Sie vorsichtig. Elefanten sind eigentlich gar keine richtigen Dickhäuter. Sie sind sensibel.«

Die Journalistin befolgte den Rat. »So weiche Haut!« staunte sie.

Timba berüsselte im Gegenzug ihre Schuhe, dann die Schulter, schließlich sogar die Hosentasche. Die Journalistin streichelte Timba lange und schaute der Kleinen in die Augen. Dann mußte Timba niesen, vielleicht, weil Mrs. Riverday ihr doch zu intensiv die Rüsselspitze gekrault hatte. Jedenfalls hatte sie jetzt einen großen grauen Fleck auf ihrer Jacke.

»Das ist ein Geschenk für Sie«, lachte Mr. Afanti, »sozusagen ein Autogramm. Komm, Timba, wir gehen jetzt zum Eismann.«

»Zum Eismann? Frißt Timba etwa Eis?«

»Nein, aber ich habe dem Eismann versprochen, Timba mal vorbeizubringen. Der möchte die Kleine auch mal anfassen.«

Mrs. Riverday nickte und schaute den beiden nach.

Plötzlich stand Mrs. Reit vor ihr. Aber sie war leichenblaß.

»Geht es … Ihnen … nicht gut?« stammelte Mrs. Riverday.

Die Tierärztin verzog das Gesicht. »Es könnte besser sein. Der Umzug bereitet mir Kopfschmerzen.«

»Verstehe.«

Mrs. Reit setzte sich auf eine Bank und lehnte sich erschöpft an.

»Eigentlich gab es ja genug Zeit für Überlegungen und Pläne – ein Jahr lang! Aber wie das so ist, wird manches eben doch erst zum Schluß bedacht.«

Mrs. Riverday nickte.

»Tiere sind keine Waren, die man in riesige Koffer steckt und auf Reisen schickt. Tiere wandern eigentlich selbst und bestimmen Ziel und Zeitpunkt ganz allein. Doch nun kommen wir ins Spiel, und da gibt es einiges zu berücksichtigen. Affen zum Beispiel vertragen keine Zugluft, ihre Container müssen also abgedichtet werden. Atemluft sollen sie aber auch noch bekommen, also müssen wiederum Löcher hinein. Wir überlegen, ob wir eine Gittertür dazwischen einbauen, damit die Pfleger leichter Kontakt aufnehmen können. Und die Affen müssen sich bewegen können, aber sie dürfen nicht ausbrechen. Die Tiere neigen dazu, Türen zu manipulieren, wir müssen die Container folglich gut absichern. Mal einen einzigen Affen zu transportieren, mein Gott, das ist ein Kinderspiel. Aber eine ganze Gruppe? Letztlich sind auch Schilder wichtig.«

»Schilder? Für die Affen?«

»Nein, für die Menschen: ›Vorsicht! Lebende Wildtiere!‹«

Mrs. Riverday nickte.

»Huftiere zum Beispiel neigen zum Ausschlagen, also müssen Kissen an die Wände, und der Boden muß ihnen Halt geben. Nashörner wiederum haben die Angewohnheit, ihren Kopf aufzuwerfen, also müssen die Behälter entsprechend hoch sein. Nilpferde brauchen eine Art Lattenrost – na ja, so ist das eben. Was soll ich Ihnen erzählen?«

»Wie lange werden denn die Tiere in den Containern bleiben?« wollte Mrs. Riverday wissen.

»Das ist so eine Sache … Wir können ja schlecht mit dem ganzen Klimbim auf die Autobahn und mit weiß ich wieviel Sachen entlangpreschen, obwohl das viele von Zoofrika sehr gerne täten.«

»Lutetia würde das vermutlich als Lichtgeschwindigkeit empfinden.«

»Möglicherweise. Andererseits können wir den Trupp auch nicht mit Gäulen im Schneckentempo über die Dörfer und Felder ziehen. Auf dem Schiff ist es wieder besser für die Tiere, dort werden sie frei herumlaufen. Allerdings auch nur auf begrenztem Raum. Ich kann nur hoffen, daß sie das alles heil überstehen. – Also, wenn Sie mich fragen: Eigentlich ist das alles großer Wahnsinn und kaum zu bewältigen. Es ist eine verrückte Idee. So etwas kann sich nur ein Irrer ausdenken!«

Dann seufzte Mrs. Reit und fügte noch hinzu: »Aber

wie dem auch sei, es ist beschlossen, und es soll nun geschehen. Und wer ein großes Ziel hat, muß eben unbeschriebene Wege gehen. Wer das nicht packt, kann einpacken – so ist das nun einmal.«

Mrs. Riverday nickte.

»Wie stellen Sie sich eigentlich den Transport der Seelöwen vor? Ich hörte da etwas von einem Spezialbecken.«

Die Ärztin schaute auf. »Da sind wir dem Lamina mal ausnahmsweise im voraus.«

Mrs. Riverday stutzte.

»Der alte Eulenrath war ganz versessen in die Robben. Er hatte sogar die Fütterung zu einer Zirkusnummer gemacht. Er ist mit den Tieren im Wasser geschwommen und hat ihnen Fische zugeworfen. Dann hat er sie einen Ring oder einen Ball apportieren lassen. Das Apportieren war eigentlich nur ein Trick. Manche Leute werfen irgendwelchen Müll ins Becken, und damit die Tiere den nicht schlucken, hat er ihnen das Apportieren beigebracht. So fressen sie den Müll nicht, sondern bringen ihn brav zum Pfleger. Die Seelöwen sind folglich die einzigen Tiere, die ihr Becken selbst aufräumen. Witzig, nicht wahr?«

Mrs. Riverday lachte.

»Zum Schluß gaben ihm die Robben noch ein Küßchen auf die Wange, und dann hielten sie lange Blickkontakt mit ihm. Das hatte den Vorteil, daß der Eulenrath gleich Augen und Zähne inspizieren konnte. Als Belohnung gab es einen Fisch, direkt von der Hand ins Maul.«

»Das habe ich mal gesehen, vor vielen Jahren … aber was meinen Sie denn nun mit ›im voraus‹ sein?«

Mrs. Reit schmunzelte. »Die Robben werden die einzigen Tiere sein, die freiwillig in die Container wackeln. Der Eulenrath hatte schon früh ein Transportsystem entwickelt. Weil er sie so mochte, wollte er ihnen für einen eventuellen Transportfall den besten Komfort bieten, also baute er luftige Kisten, damit die Robben keinen Hitzestau bekommen. Er hatte die Außenwände isoliert, damit die Sonne sie nicht aufheizt. Der Boden ist mit Schaumgummi ausgelegt. Die Tiere müssen nämlich regelmäßig mit Wasser übergossen werden, und dieser weiche Boden nimmt die Feuchtigkeit auf. Außen hängt der Wasserbehälter. So fühlen sich die Robben wohl. Wir wissen das sehr gut, weil der Eulenrath die Kisten probehalber eingesetzt hatte, allerdings eher zum Spaß und auch nur für eine halbe Stunde.«

Mrs. Riverday staunte.

»Und dieser Lamina hat sich die Tiere einfach unter den Nagel gerissen. Er ist jetzt wie sein Vorgänger der Pfleger von Robbie und Flobbe. Und er streicht den Gewinn ein. So eine Frechheit!«

»Gewinn?«

»Ja, den symbolischen Gewinn. Er nutzt das Knowhow vom Eulenrath und präsentiert die Transportkisten als seine eigene Idee.«

Mrs. Riverday schüttelte den Kopf. »Dann sind Sie dem Lamina aber gar nicht im voraus, wenn er sich die Idee bereits zu eigen gemacht hat. Sie wären ihm nur dann im voraus, wenn Sie ihm diese Idee liefern würden, solange er noch über eine Lösung nachdenkt.«

»Hm. Ja, letztendlich haben Sie recht. – Das Spezialbecken wird übrigens erst auf dem Schiff zum Einsatz kommen.«

In der Nacht wehte ein geheimnisvoller Wind durch den Zoo. Er streifte die Bäume, Tierhäuser und Container in einem Ton, der auch aus einer leeren Ruine hätte hervordringen können. Die Bäume ächzten und bewegten sich dabei, fast konnte man sogar meinen, sie sprächen miteinander.

Die Tiere merkten davon wenig, da sie gut behütet in ihren Stallungen schliefen. Mr. Eddi und Mr. Afanti saßen in ihren Kammern, die direkt über den Tierhäusern lagen. In diesen kleinen Räumlichkeiten konnte immer das Nötigste erledigt werden, also kleinere Büroarbeiten und ebensolche Reparaturen.

Bei flackerndem Kerzenlicht schrieben die beiden Männer einen Text. Es handelte sich um einen Bericht, den sie der Tierschutzbehörde abliefern mußten. Mr. Gira hatte diese Schreibarbeit schon längst erledigt, und auch Prof. Lamina konnte diese Pflicht längst hinter sich wissen.

Und so wehte der Wind durch den Zoo und streifte die Bäume und die Tierhäuser. Manchmal fand der Wind sogar den Weg in die Stallungen hinein, durch offene Fenster oder Ritzen, so daß man meinen konnte, er wollte den schlafenden Tieren etwas zuflüstern.

Am nächsten Tag standen endlich sämtliche Container auf den Freianlagen. Tobi, Tutu und Matabi blieben aber vor ihnen stehen. Obwohl sie ja den ersten Container schon während der letzten Tage inspiziert hatten und ihr Pfleger heute besonders viel Futter hineingetan hatte, bewegten sie sich kaum.

»Nu, los jetzt! Ist doch alles schön, nisch?«

Aber die Giraffen reagierten nicht auf Mr. Giras Zureden. Matabi züngelte von außen an der Dachplane, Tobi drehte sich einfach um und stakste zum Graben. Tutu war dagegen neugieriger. Sie schnupperte ganz vorsichtig an jedem Container und entschied sich letztlich für den ersten. Langsam ging sie hinein und kam mit einem Maul voll saftiger Blätter wieder heraus. Matabi sah das und lief geschwind zu Tutu, um ihr die Blätter abzuluchsen. Die beiden waren miteinander so sehr beschäftigt, daß sie Tobis Rückkehr gar nicht bemerkten. Schlau, wie er war, fraß er die restlichen Blätter aus den Containern und kam mit gesättigtem Magen wieder heraus.

Bei den Elefanten ging es ähnlich zu. Rumba, die Leitkuh, berüsselte zunächst jeden Container und quittierte die jeweilige Qualität mit einem kräftigen Gepuste, so daß eine große Staubwolke in den Container wehte. Als Rumba damit fertig war, marschierte Timba, die Jüngste, mit einem zarten Trompetenruf in den ersten Container hinein und erfreute sich an den Äpfeln. Samba und Bobamba hingegen interessierten sich beide für denselben Container, und so sah man, wie zwei Elefantenkühe gleichzeitig in einen Container hineinwollten. Natürlich funktionierte das nicht. Die beiden schrubbten aneinander, und die Stahlwand ächzte wie ein altes Schiff.

Dieser Tag war aber auch noch wegen eines anderen Ereignisses von großer Bedeutung: Es war der letzte Tag, an dem die Bürger ihren Zoo besichtigen konnten, und entsprechend staute sich vor dem Eingang eine unglaublich lange Schlange. Der Zoo hatte den regulären Eintrittspreis aufgehoben und nur einen symbolischen Euro verlangt. Viele Menschen wollten noch einmal ihre

Lieblingstiere sehen und sie fotografieren. Aber nicht nur die Besucher waren mit Fotoapparaten ausgerüstet, Dutzende Reporter liefen mit den größten Kameras umher und bemühten sich um die Gunst des Direktors. Einige wollten dem Umzug beiwohnen, waren sogar bereit, einen großen Haufen Geld dafür hinzublättern, doch Prof. Lamina ließ sich nicht erweichen.

»Es geht um die Tiere, nicht um Ihre Story! Mrs. Riverday wird als erfahrene Zoologin über den Umzug berichten.«

Mrs. Riverday wurde krebsrot. Sie war doch gar keine Zoologin, sondern Geologin. Aber Prof. Laminas Blick zeigte ihr überdeutlich, daß sie sich auf dieses Spiel einlassen sollte. Sodann richteten sich die Kameras auf diese Frau, die eigentlich gar nicht im Mittelpunkt stehen wollte. Und so waren es nicht nur die Fotoapparate der Zeitungsreporter, die wie drohende Maschinenpistolen auf sie gerichtet waren, sondern auch die Filmkameras der Fernsehsender. Zahlreiche Mikrofone wurden ihr entgegengestreckt, und in diesem Augenblick mußte Mrs. Riverday lachen, weil sie sich vorstellte, diese Mikrofone wären Bananen, die einem Affen vors Gesicht gehalten würden.

Doch die Begegnung mit den Reportern verlief alles andere als lustig. Mrs Riverday kam kaum dazu, etwas von sich zu erzählen, da die Reporter immer wieder etwas vom Direktor wissen wollten. Ob er es für richtig hielte, den Bürgern ihren Zoo wegzunehmen, fragten sie ihn. Prof. Lamina versuchte, ruhig zu beiben und antwortete, daß der Umzug eine Notwendigkeit sei. Schließlich werde die Zivilisation immer mehr um sich greifen und die Tiere damit in Gefahr bringen. Auf Zootopolis aber bekämen die Tiere eine ruhige Bleibe und könnten sich dort frei entfalten.

Die Reporter hatten dafür kaum Verständnis. Niemand konnte sich den Zoo auf einer fernen Insel vorstellen. Aber der Direktor versuchte immer wieder, nachvollziehbare Antworten zu geben. Er erwähnte, daß die Insel künftig mit effizienten Flugzeugen in kurzer Zeit erreichbar wäre, daß die Flugpreise subventioniert und durch Querfinanzierungen abgesichert seien. Für den Besucher blieben die Tickets damit weiterhin bezahlbar. Er sagte, daß diese Flüge künftig nicht länger als eine ausgedehnte U-Bahnfahrt dauerten, die die Bürger ohnehin in der Stadt in Kauf nähmen - und wer wolle, könne ja auch mit Schnellbooten zur Insel fahren.

Es folgten Buhrufe. Aber Prof. Lamina ließ sich davon nicht beirren.

»Sie werden sehen, Zootopolis wird Sie verblüffen! Die Insel ist ein Zoo des Wandels und der Ruhe – ein Schritt zurück ist auch ein Schritt nach vorn! Wir führen die Tiere zu ihrem Ursprung zurück und lassen die Menschen trotzdem daran teilhaben! Und falls es Sie interessiert: Die komplette Stromversorgung wird ganz ökologisch über Windkraftanlagen erfolgen! Und wer möchte, kann in Hotels übernachten! Dank Zoofrika!«

Die Reporter wollten nun wissen, wie die Tiere transportiert werden und was aus der alten Zooanlage werde. Prof. Lamina erklärte, daß alle Lebewesen ordnungsgemäß verreisen würden, und daß dem alten Zoo eine Zukunft als Freizeitpark ohne Tiere bevorstünde. Viele Leute waren wütend. Ihnen wurde in der Tat nichts

Neues erzählt, jedoch verpuffte in jenem Augenlick der letzte Funken Hoffnung, daß sich doch noch etwas ändern könnte.

Dann führte der Direktor die ganze Journalistenhorde ins Zoorestaurant, in dem es zahlreiche Computersimulationen über Zootopolis gab.

Jedoch sagten diese Simulationen wenig aus. Sie zeigten nur Ausschnitte und wenige Details, was den Journalisten gar nicht behagte. Blitzlichtgewitter ließ das Gesicht des Zoochefs mal blaß und mal dunkel erscheinen. Am liebsten wäre er vor Wut geplatzt, so sehr widerten ihn die Pressegeier an. Aber er mußte sich im Griff behalten, sonst würde er ja sich selbst und damit das ganze Projekt in Frage stellen. Doch seine Geduld wurde auf eine harte Probe gestellt, als man ihn fragte, ob er einen Tierhandel mit dubiosen Absichten betreibe. Er lehnte jeden Kommentar ab, da ihn solche Vorwürfe, wie er sagte, schlicht gar nicht beträfen.

»So eine Unverschämtheit!« brummte er nur, sonst kam kein weiteres Wort über seine Lippen.

Dampfend ging er schließlich, von Mrs Riverday begleitet, ins Büro zurück. Schnaufend schritt er zu seinem Schreibtisch, gegen den er wuchtig mit dem Fuß stieß.

»Na, wie war's? Möchten Sie einen Kaffee?« wollte Mrs. Habicht wissen.

»Nee, lieber einen Beruhigungstee! Diese Pressefritzen – wie Hyänen sind die!«

Mrs. Habicht stellte ein paar Kisten bereit, damit sich der Direktor und die Journalistin setzen konnten. Beide nahmen ermattet Platz.

»Ich verstehe die Reporter«, trotzte Mrs. Riverday, »die

tun nur ihre Pflicht. Und wenn ich ehrlich bin, ist mir auch noch nicht wirklich klar, wie Ihr Zoo der Zukunft tatsächlich im Detail aussehen wird. Sie haben zwar Ihre Idee umrissen und auch gut argumentiert, aber überzeugt haben Sie eher nicht! – Also frage auch ich Sie: Was ist das wirklich Besondere an Zootopolis? Nur ein bißchen mehr Ruhe für die Tiere kann's doch alleine nicht sein! – Was *genau* haben Sie vor?«

Prof. Lamina ging darauf nicht ein. Mit stolzgeschwellter Brust stand er am Fenster und atmete schwer wie ein Walroß. Er schien es nicht wahrhaben zu wollen, daß andere Menschen sein Bild nicht teilen wollten.

»Zootopolis«, knurrte er nur und sinnierte hinaus.

So kam der Tag, der kommen mußte. Es war der 1. Juni, und die Sonne schien mit warmen Strahlen auf den Zoo. Mrs. Riverday marschierte mit besonders festen Schritten zu dem Eingangstor, wahrscheinlich, um damit das Gewicht ihres Rucksackes besser schultern zu können. Sämtliche Utensilien hatte sie in ihm verstaut: Pullover, dicke Hosen, Schuhe, Waschzeug, eine Kamera – und in einer Seitentasche das Holzmodell der Arche. Das Schiffchen war tatsächlich ihr Talisman geworden, und so hielt sie es für angebracht, es mitzunehmen.

Prof. Lamina gab den Startschuß. Es folgte ein kräftiger Applaus, und damit begann der Umzug.

Es war ein wirklich außerordentlicher Augenblick. Noch nie wurde so ein Projekt in Angriff genommen.

Am einfachsten war es tatsächlich mit den Elefanten. Mr. Afanti hatte das Futter mit viel Liebe in die Container getan und ein Beruhigungsmittel hineingemischt.

Rumba, die Leitkuh, ging als erste hinein, es bedurfte keiner Hilfe. Samba wurde von Mr. Afanti sanft am Ohr in den Container gelotst. Gottlob war ihre Tochter Timba schon so weit gereift, daß sie auch ohne ihre Mutter zurechtkam, und so war es tatsächlich kein Problem, auch sie in ihren Container zu locken. Nur bei Bobamba war es schwieriger, da sie gleich wieder aus dem Container herausspazierte und dem Behälter ihre Kehrseite zeigte. Doch Mr. Afanti kannte seine Dickhäuter, und so gelang es ihm, auch diese Dame nach einigem Zureden in ihre Box zu bringen. Bumbo hatte dagegen die doppelte Ration des Beruhigungsmittels erhalten. Es hieß immer, daß auf jeden Elefantenbullen im Laufe seines Lebens ein toter Pfleger käme, insbesondere während der Musth, also wollte man kein Risiko eingehen. Als Bumbo dann ruhig im Container fraß, ließ Mr. Afanti über ein Zugseil die Tür hinter ihm schließen, und glücklicherweise schlug der Bulle nicht gegen die Tür, um zu signalisieren, daß er rauswollte, sondern fraß friedlich weiter.

Bei den Löwen war es schon schwieriger. Hier konnte man keinen von ihnen einfach am Ohr festhalten und ihn in den Container führen. Aber auch hier half der Trick mit dem Zugseil. Mr. Leo hatte die Container nahe der Umzäunung hinstellen lassen, so konnte er aus einer sicheren Ecke die Containertür steuern. Allerdings fauchten und knurrten die Löwen sehr stark, und ihr Knurren steigerte sich dann zu einem markerschütternden Gebrülle. Vor allem Ramses hatte Schwierigkeiten, seiner Stimme Einhalt zu gebieten, doch als er die Happen des saftigen Fleisches fraß, wirkte auch bei ihm recht bald das Beruhigungsmittel.

Ganz ähnlich verlief es auch bei den Tigern Shirka und Nero sowie bei den Bären Schnuppe und Schnute. Letztere grunzten besonders stark, weil sie Honig in ihrem Behälter vorfanden.

Die Giraffen liefen um die Container herum, als spielten sie »Reise nach Jerusalem«. Vornean lief immer Tobi, gefolgt von Tutu und Matabi. Mr. Gira war der Verzweiflung nahe.

»Nu geht doch hinein! Gibt Leckerli! – Komm, Matabi, komm! Ist ganz toll da drinnen, nisch?«

Aber die hochgestelzten Tiere ließen sich nicht dazu erweichen, in ihre Boxen hineinzugehen. Immer wieder liefen sie um ihre Container herum, die sogar mit Birkenstämmen geschmückt waren. Als die Tiere dann noch immer keine Hufe hineinbewegten, holte sich Mr. Gira Hilfe von Mr. Afanti. Dieser hatte ja genug Erfahrung mit großen Tieren, seinen Elefanten, also erhoffte er sich durch ihn eine Lösung.

Tatsächlich war die Gegenwart des Elefantenpflegers hilfreich. Irgendwie hatte er es doch geschafft, durch sensibles Herangehen und einige Tricks die Tiere in die Container hineinzulocken.

»Die sind scheuer als Rehe«, kommentierte er, als er die Containertür verriegelte, und Mr. Gira antwortete nur: »Ja, neulich haben sie eine Stunde gebraucht, bis sie im Stall waren. Ist ein Geduldsspiel, nisch?«

Mr. Gira schaute dann durch das Fenster von Matabi. Irgend etwas murmelte er ihr zu, doch Mr. Afanti hatte keine Zeit, diesem nachzugehen, da er sich noch um Plumpi, Pampe, Mauli und Fauli kümmern mußte.

Mr. Eddi hatte mit seinen Primaten ebenfalls alle Hände voll zu tun. Es bedurfte der Einsatz aller Hilfskräfte, um die Truppe in ihre Behälter zu bringen. Die Gorillas Gora und Bana waren da noch die ruhigsten, King Bong aber haute mit der Faust so stark gegen die Containerwand, daß tatsächlich eine Kuhle zu sehen war. Wäre die Stahlwand vorher nicht verstärkt worden, wäre diese Kuhle vielleicht ein Loch geworden, und so entschied sich Mr. Eddi schließlich, Bong nicht mit dem Beruhigungsmittel im Futter ruhigzustellen, sondern ihn doch mit dem Blasrohr zur Raison zu bringen. Hier war Mrs. Reit gefragt, sie allein konnte als Tierärztin die genaue Dosis des Betäubungsmittels bestimmen. Doch die Menge war das geringere Problem. Etwas anderes war viel schwieriger: Bong zu treffen! Der Gorilla rannte hin und her, und Mrs. Reit peilte das Blasrohr immer wieder an. Doch sie mußte trotz der schützenden Gitterstäbe gut aufpassen. Da das Blasrohr nur eine geringe Reichweite hatte, war es erforderlich, das Tier so dicht wie möglich heranzulassen, und so bestand die Gefahr, daß Bong sie mit dem Rohr zu sich heranzog und verletzte – ob nun mit den Zähnen oder seiner Schwungkraft, die ihren Körper an die Gitterstäbe pressen würde, war schon fast egal.

Wieviele Chancen gab es, Bong zu treffen? Schnellte der Pfeil um einen Zentimeter an ihm vorbei, würde er womöglich noch nervöser werden. Streifte der Pfeil dagegen sein Fell, mußte man sich auf einen besonders wütenden Gorilla gefaßt machen.

Mrs. Reit zielte an. Sie versuchte, ganz ruhig zu atmen. Der Schweißgeruch des großen Tieres kroch ihr beißend in die Nase, ihre Augen juckten. Ein bißchen war sie doch nervös. Der Gorilla wippte hin und her, doch dann hielt er plötzlich inne. Mrs. Reit holte tief Luft. Mit einem »Pfft« sauste der Pfeil zu Bong, der aber mit einem Satz in die Ecke sprang. Mist, daneben! Bong war aber nicht sonderlich erzürnt, er schien wohl eher zufällig zur Seite gesprungen zu sein. Sich auf die Fäuste abgestützt, thronte er mit dem Rücken zur Wand und schaute sich grimmig um. Er war der Herrscher im Revier.

Jetzt versuchte es Mrs. Reit noch einmal. Sie füllte den nächsten Pfeil ins Rohr, legte an, zielte, blies – und traf den Gorilla! Dieser schreckte hoch. Richtig weh tat es ihm wohl nicht, aber angenehm war es natürlich auch nicht für ihn. Er rannte nach links, dann nach rechts, kurz darauf bewegte er sich schon etwas langsamer. Bong setzte sich hin und schaute auf den Boden. Er war müde, gähnte, seine Lider wurden immer schwerer und dann legte er sich auf die Seite. Doch es dauerte noch ein paar Minuten, bis Mr. Eddi sicher sein konnte, daß Bong tatsächlich schlief. Mrs. Reit warf ihm noch einen Gummiball zu, der wie ein Flummi auf seinem Fell abprallte und mit einigen Sprüngen umherhopste. Bong schlief tatsächlich wie ein Stein, und das Team machte sich daran, ihn mit aller Kraft in den Container zu ziehen. Das war Schwerstarbeit!

Als das erledigt war, brauchte Mr. Eddi erst mal eine Pause. »Nachher sind noch die Schimpansen dran«, kündigte er Mrs. Reit an. »Wollen wir das gleich mit dem Blasrohr erledigen?«

»Wir versuchen es erst mal ohne Rohr«, beschloß Mrs. Reit. »Wenn es nicht klappt, zögern wir aber auch nicht.«

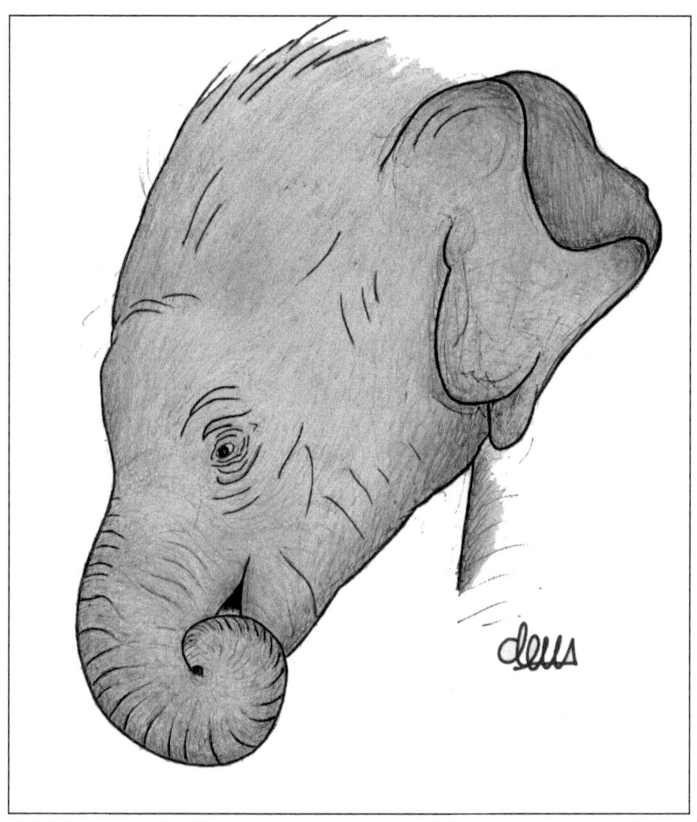

Mr. Eddi nickte.

Prof. Lamina beschäftigte sich mit den Seelöwen. Robbie und Flobbe waren dank des Trainings vom alten Eulenrath leicht in ihre Behälter zu locken. Schließlich hatte der Direktor auch gute Argumente im Eimer: frische Fische! Die Seelöwen robbten mit lautem »Öh-öh-öh« in ihre Container und empfingen dort gleich eine Dusche, die Mr. Afanti betätigte. Er brauchte nur auf einen Knopf zu drücken, dann rauschte der Wasserstrahl von der Containerdecke hinab. Wenn man wollte, konnte man die Dusche auch auf Automatikbetrieb umstellen, doch die Pfleger entschieden sich für den Handbetrieb, da sie so individueller auf die Bedürfnisse der Tiere eingehen konnten. »Öh-öh-öh!« kam es aus der Kiste heraus, immer wieder, und die Tiere wippten dabei.

Mr. Gira war inzwischen noch mit seinen Kamelen beschäftigt. Flocke und Hocke standen nur da und glotzten. Was denn das für ein Behälter da sei, schienen sie zu denken. Sie bewegten sich im Schneckentempo, allerdings nicht in Richtung Container, sondern zwanzig Grad nach links. Dann standen sie wieder still, so als müßten sie für eine Fotosession Ruhe bewahren.

»Nun komm ein bißchen, komm! Kennste doch, Flocke, nisch? Los, schnei' endlich rein!«

Aber Flocke schneite nirgendwohin. Mr. Gira ging deshalb zu Fussel. Der guckte bloß. Was der Typ da von ihm wolle, mußte es ihm gerade durch den Trampeltierschädel gegangen sein.

»Na, Fussel – schon wach?«

Fussel kam mit seinen Glupschaugen ganz dicht an Mr. Gira heran. Er konnte den Atem des Tieres riechen.

»Fussel! Geh in den Container! Und zwar ein bißchen schnell, ein bißchen! Ist extra schön für dich gemacht, nisch?«

Fussel schien mit dem typischen »Nisch« genausowenig anfangen zu können wie alle anderen im Zoo, ganz gleich, ob Mensch oder Tier. Dann stieß Fussel einen blökenden Ruf aus und trabte wie ferngesteuert in den Container hinein. Mr. Gira konnte sich dieses Verhalten nicht wirklich erklären.

Flocke und Hocke brauchten aber dennoch eine halbe Stunde, bis sie ihre Box betreten hatten, und das taten sie vermutlich nur, weil Mr. Gira »ein bißchen schnell, ein bißchen« besonders liebevoll gesäuselt hatte.

Die Flamingos waren leicht in ihre provisorische Behausung zu bringen. Ähnlich verlief es bei den Pinguinen, die wie eine Perlenkette in ihren Container watschelten. Allerdings legten sie immer wieder Zwischenstopps ein und schauten teilnahmslos umher, so als wären sie gänzlich unentschlossen. Doch dann wackelten sie in ihre Kiste, hintereinander im Gänsemarsch, und vielleicht sogar mit großer Neugierde.

Bei den Nashörnern war deren Sehschwäche hilfreich, womöglich hielten sie den Container sogar für ihren Stall und schlurften deshalb gleich hinein. Doch auch hier war Vorsicht geboten. Nashörner konnten sehr unberechenbar sein! Schließlich ist ihr Horn von großer Wucht, und wer nicht umsichtig genug war, lief Gefahr, von ihm verletzt zu werden. Gottlob geschah aber nichts dergleichen, da auch hier das Beruhigungsmittel wirkte. Für alle Fälle war außerdem noch Mrs. Reit dabei, die mit ihrem Blasrohr schon wie eine Kriegerin aussah, die mit einem Speer durch die Wildnis zog.

Problematisch war es wiederum bei den Papageien. Kiki und Kaspar konnten zwar als zahme, sprechende Vögel von Hand umgesetzt werden, doch ihre Artgenossen zeigten die kalte Schulter oder bissen mit ihren scharfen Schnäbeln sogar zu. Prof. Lamina war nicht wirklich begeistert davon und wurde außerdem noch auf eine harte Geduldsprobe gestellt. Entweder flatterten die

Vögel in die nächste Ecke oder klammerten sich an der Volierendecke fest. Mit Futter waren sie auch nicht herbeizulocken, was die Pfleger sehr verwunderte. Ahnten die Papageien etwas? Da die Vögel auf Leckereien also kaum reagierten, kam auch das Beruhigungsmittel nicht in Frage, das dem Futter beigemischt worden wäre. Darüber hinaus waren große Teile dieses Mittels ohnehin verbraucht beziehungsweise anderen Tieren vorbehalten, und da außerdem eine Lieferung doch nicht angekommen war, mußten die Pfleger nun einen anderen Weg finden.

»Zu dumm, daß wir nicht die großen Fangnetze benutzen können«, ärgerte sich Mrs. Reit.

»Tja, die sind leider morsch. Als wir sie hervorholten, fielen sie gleich auseinander. Wir haben an so vieles gedacht, aber daß die Netze in unseren Händen zerbrökkeln …«

»Es gibt zwei Möglichkeiten«, sagte Mrs. Reit. »Entweder wir verdunkeln den Käfig und nehmen sie im Schummerlicht doch mit der Hand …«

»Das geht aber nur mit Lederhandschuhen«, warf der Direktor mit schmerzerfülltem Gesicht ein.

»… oder wir nehmen bei vollem Licht den Kescher.«

Der Direktor fand die Idee mit dem Kescher gut. Also machte er sich mit diesem Kescher an die Papageien heran. Doch er hatte nicht mit deren Intelligenz gerechnet. Die Vögel blieben einfach an der vergitterten Decke hängen und schielten unbeeindruckt zu Prof. Lamina hinunter. Kraik! Kraik! Da konnte der dicke Direktor noch so gut springen oder auf eine Leiter steigen, die bunten Vögel zeigten einfach keine Regung. Wie sollten diese kreischenden Exemplare ins Keschernetz gehen, wenn sie gar nicht ans Fliegen dachten und sich wie festgeknotet an die Decke krallten? Prof. Lamina ließ den Kescher resigniert hinabsinken.

»Ich hab's!« rief Mrs. Reit plötzlich. »Warten Sie hier, ich bin gleich wieder da!«

Dem Direktor stand das Fragezeichen auf der Stirn geschrieben. Was hatte die Tierärztin nun vor?

Sie kam mit einem Tonbandgerät und einem Mikrofon zurück. »Ist noch vom alten Eulenrath«, erklärte sie. Dann stellte sie eine Papageienplastik in den Käfig und drückte die Aufnahmetaste.

Die Vögel beäugten den neuen Bewohner aus der Distanz. Er war ein Eindringling, und das paßte den Papageien ganz und gar nicht. Fortan fingen sie zu krächzen an, später flatterten sie sogar zu der Figur hin, um ihr kreischend klarzumachen, wer hier das Sagen hatte. Dieses Gekrächze nahm Mrs. Reit auf.

»Wir sehen uns in einer Stunde wieder«, freute sie sich. »Dann haben sich die Biester wieder beruhigt.«

Sie nahm die Plastik wieder heraus und kam nach einer Stunde wieder zurück. Dann baute sie kleine und mittlere Vogelkäfige im Halbkreis auf, jene Käfige, die für den Transport bestimmt waren und die in den Container sollten. Anschließend deponierte sie dahinter den Kassettenrekorder.

Sie schaute sich um. Die Biester hockten alle auf ihren Ästen und Stangen. Dann schaltete Mrs. Reit auf Play. Nun kamen Papageienrufe aus dem Lautsprecher, jene Laute, die sie vor kurzem aufgenommen hatte. Die

Vögel wurden neugierig. Erst kreischten sie zurück, nicht wissend, daß sie ihre eigenen Laute hörten. Dann staksten sie zu den Käfigen, lauschten, rollten mit den Augen und kletterten wippend hinein, weil sie dort ihre Gesprächspartner vermuteten. In diesem Moment schloß Mrs. Reit die Käfigtür zu, und die Papageien waren hinter Schloß und Riegel. Es dauerte einige Augenblicke, bis die Vögel merkten, daß sie an der Nase herumgeführt wurden. Aber diese Erkenntnis kam zu spät.

Schließlich wischte sich auch Mr. Eddi den Schweiß von der Stirn. Auch seine Schimpansen waren endlich im Container drin, was in der Tat kein Kinderspiel war: Zunächst tanzten sie, obwohl sie ja auch schon frühzeitig Bekanntschaft mit den Behältern geschlossen hatten, wie eine wild gewordene Gruppe auf ihrem Container herum, trommelten auf ihn ein, kreischten und spielten Einkriegezeck. Eine halbe Stunde ging das so, wenn auch mit einigen kurzen Pausen. Während dieser Pausen war Mrs. Reit dann doch geneigt, das Blasrohr einzusetzen, aber kaum hatte sie es mit dem Pfeil gefüllt, hopsten die schwarzen Zappelphilippe wieder umher, so daß ein Treffer unmöglich wurde. Gottlob brauchte Mrs. Reit schließlich nicht das Blasrohr zu benutzen, weil die Schimpansen letztendlich wegen ihrer Turnerei ermüdeten und mit den Bananen in die Boxen hineingelockt werden konnten. So waren also auch Banjo, Banti und Bongo in ihren Containern und überließen sich der Ruhe, die sie durch das in den Bananen versteckte Beruhigungsmittel gewonnen hatten.

Die Orang-Utans machten überhaupt gar keine Probleme. Sie schlurften wie selbstverständlich in die Container hinein, und Mr. Eddi meinte, daß sie mit ihren langen rotbraunen Haaren auch gleich den letzten Dreck der Anlage wegfegten.

»Praktisch, nicht wahr?« grinste der Affenpfleger zu Mr. Gira.

Dieser nickte stumm.

So kam jedes Tier in seinen Container, auch die Pelikane, Zebras, Tapire, die Erdmännchen – und zuallerletzt wurde Lutetia in ihre Transportkiste getragen. Zuvor hatte Prof. Lamina ihr noch eine rote Schleife um den Panzer gebunden.

»Die Dame soll wissen, daß sie etwas Besonderes ist«, kommentierte er das.

Vier Pfleger hoben das Maskottchen an und trugen es in den Behälter, der als einziger oben völlig offen war. Lutetia schaute umher, aber sie schien das alles nicht besonders zu beeindrucken. Von Aufregung war bei ihr ohnehin nie eine Spur! Lutetia genoß die Gene ihrer Vorfahren, die die Dinosaurier überlebt hatten und somit eine gewisse Gelassenheit in sich zu tragen schienen. Sodann setzte sie sich nieder und schaute teilnahmslos aus ihrem Fenster heraus.

Es war ein seltsames Bild: überall leere Tierhäuser, Anlagen ohne einen einzigen Bewohner – und dafür unzählige Container mit Tieren. Prof. Lamina schneuzte sich kräftig.

»Haben Sie sich erkältet?« fragte Mrs. Riverday.

»Nein, habe ich nicht, ist wohl eine Allergie.«

Mrs. Riverday wollte das nicht wirklich glauben. Sie

vermutete, daß der Direktor nun, da er seine Idee verwirklicht sah, trotz seiner Entschlossenheit doch Wehmut empfand. Oder irrte sie sich da?

Prof. Lamina steckte sein kariertes Taschentuch in die Hosentasche und runzelte die Stirn. Dann schaute er auf die Uhr. »Die müßten eigentlich bald kommen.«

»Wer denn?«

»Die Traktoren.«

»Traktoren?«

»Ja, haben Sie geglaubt, Bumbo zieht die Container?«

»Nein, nein, aber ich dachte, daß große Laster kämen und die Container dort hineingeladen würden.«

Prof. Lamina grinste. »Ja, so habe ich mir das anfangs auch vorgestellt. Aber wir sind davon abgekommen.«

»Warum?«

»Erstens möchte ich nicht mit großen Trucks über die Dörfer fahren. Nachher bleiben die noch im Schlamm stecken. Die Wege sind viel zu schmal und kurvenreich für diese Fahrzeuge.«

»Und zweitens?«

»Zweitens möchte ich nicht mit tausend Sachen über die Autobahn rauschen. Trucks gehören nun mal auf den Highway. Wir können da nicht einfach anhalten, falls ein Nashorn oder ein Gorilla Zicken dreht. Mit einem Tier wäre das sicher machbar, aber nicht mit einem ganzen Zoo.«

Mrs. Riverday nickte.

»Ursprünglich wollten wir ja das alles mit einem Zirkus regeln«, fuhr Prof. Lamina fort. »Wir dachten, wenn er in unserer Stadt seine Zelte aufschlägt, könnten wir uns sein Equipment ausleihen – seine Käfige, Waggons und dergleichen. Aber der Zirkus hatte seine Route geändert. Darüber hinaus wäre das aber ohnehin kaum gegangen. Wir haben viel mehr Tiere als ein Zirkus. Wir hätten die Tiere in mehreren Fahrten transportieren müssen, was zu viel Zeit gekostet hätte – auch für den Zirkus. Wo sollen die denn ihre eigenen Tiere solange lassen? Im Zelt? Darüber hinaus sind Zirkustiere das Umherziehen gewöhnt, unsere hingegen nicht. Wir müssen uns also besonders gut um unsere Schützlinge kümmern.«

»Also werden die Container von den Traktoren zur Bluebird gebracht.«

»Nein, das würde viel zu lange dauern. Wir machen das ganz altmodisch: Die Traktoren bringen sie zum Bahnhof, und von dort fahren wir mit der Eisenbahn. Tuuut – tuuut!«

Mrs. Riverday fiel die Kinnlade hinunter. »Mit dem Zug?«

»Ja. Der fährt eine zielgenaue Strecke, nicht zu schnell, nicht zu langsam. Und wir sind unter uns. Keine Drängler, Überholer und so weiter. Der Zug bringt uns direkt zum Hafen, zur Bluebird.«

Mrs. Riverday mußte sich setzen. »Ist das nicht umständlich?«

»Man muß immer Kompromisse eingehen, so oder so. Außerdem gibt es zwischen Zoofrika und der Eisenbahn einen Kooperationsvertrag.«

Es dauerte tatsächlich nicht lange, bis kräftiges Motorengebrumm aus der Ferne zu hören war.

Für einen Augenblick hörte es sich an, als ob Panzer an den Zoo heranrückten. Das tiefe, langsam lauter werdende Gerattere klang so intensiv, daß Mrs. Riverday Gänsehaut bekam. Nun war es also soweit. Sie schüttelte sich.

»Ist Ihnen kalt?« fragte Prof. Lamina.

Mrs. Riverday verneinte.

Da standen sie nun: große, grüngelbe Traktoren mit riesigen Rädern und dicken Reifen, mit einer erstaunlich hohen Leistungskraft. Traktoren, die womöglich sogar ein ganzes Bauernhaus hinter sich herziehen könnten.

Prof. Lamina lachte. »Das sind besonders kräftige Maschinen. Sie kommen aus den Vereinigten Staaten. Macht alles meine Firma …«

»… Zoofrika, ich weiß.«

»Vergessen Sie nicht, sich Notizen zu machen«, ermahnte der Direktor.

»Danke für den Tip. Aber ich verstehe mein Geschäft.«

Prof. Lamina ging zu dem ersten Traktor und begrüßte den Fahrer. Für Mrs. Riverday spielte sich diese Begrüßung wie eine Filmszene ab. Sie sah den dicken Direktor zu dem bärtigen Fahrer schreiten. Sie sah, wie sie sich lautstark begrüßten, ihre Hände schüttelten, sich auf die Schulter klopften. Gelache, Gerufe – dann standen sie alle wie bei einem Klassentreffen zusammen. Kurze Zeit später stieg jeder Fahrer in seinen Traktor zurück. Los ging's!

Die Traktoren verteilten sich über den ganzen Zoo.

Armdicke Rampen wurden von den Pflegern über die Tiergräben geschoben, damit die Traktoren auf die Anlage fahren konnten. Schwere Karabinerhaken, die wie stählerne Affenhände aussahen, umschlossen die Verankerungen der Container. Dann ein Ruck – und die Container bewegten sich langsam vom Fleck. Oft ächzten sie dabei, manchmal quietschte es.

Mr. Eddi hielt Bananen für seine Affen bereit. Mr. Afanti kümmerte sich um jeden Elefanten. Im Mi-

nutentakt wechselte er von Bumbo zu Rumba, Bobamba, Samba und Timba. Bei Timba hielt er sich am liebsten auf.

Mr. Leo beäugte kritisch seine Löwen. Aber es ging ihnen gut. Ramses gähnte und präsentierte seine scharfen Zähne – er war wirklich ein prächtiger Kerl.

Die Giraffen konnten sich der Gegenwart ihres Pflegers sicher sein. Er sprach laufend auf Matabi ein. Mauli und Fauli schlummerten vor sich hin, und die Robben riefen wieder »Öh-öh-öh!«, als wollten sie ihren Traktorfahrer anfeuern.

So fuhr der Trupp mit den Rollcontainern langsam durch den Zoo.

»Haben wir euch also doch gekriegt«, triumphierte Mrs. Reit und grinste in den Käfig. Aber die Papageien grinsten nicht zurück.

Mrs. Habicht stand am Ausgangstor und begrüßte den Direktor, der an der Spitze des Rollkommandos mitfuhr.

»Es geht los, wir starten!« jubelte er ihr zu, und Mrs. Habicht zeigte nur stumm auf die Menschen hinter ihr. Überall standen Journalisten und Passanten vor dem Eingang, die den ganzen Trupp fotografierten.

Prof. Lamina winkte ihnen zu, und die Menschen winkten zurück, manch einer hielt ein Taschentuch bereit.

Hier und da waren Transparente und Spruchbänder zu sehen. Abschiedsgrüße, aber auch Botschaften waren auf ihnen zu lesen; nicht alle waren freundlich gemeint. Die meisten Menschen schauten ernst.

Erwartungsgemäß versuchten einige Reporter, den Direktor nochmals in ein Gespräch zu verwickeln. Aber er ließ sich nicht erweichen, nur ein »Jetzt geht es in die Zukunft« kam über seine Lippen.

Zwei Reporter waren sogar so frech, sich an einen Container zu klammern, doch sie ließen sofort von ihm ab, als Ramses aus Leibeskräften brüllte und damit die Stahlwand vibrierte. Prof. Lamina grinste bloß.

Nun kam der Einsatz des Sicherheitsdienstes an die Reihe. Zwei Wagen fuhren voran, ganz am Ende schlossen sich ebenfalls zwei an. Es fuhr noch ein Wohnwagen mit, den Prof. Lamina als transportables Büro nutzte. Auch ein kleiner Kühlwagen mit kleinen Futterrationen und Medizin war dabei. Alle anderen Dinge, also große Futtermengen, Haushaltswaren und Privatbesitz wurden mit Lkws gleich zur Bluebird gebracht, und so zogen die Traktoren gemächlich davon, den alten Zoo nun endgültig hinter sich lassend.

Die Karawane bewegte sich wie eine Kette zunächst noch durch die Stadt. Unzählige Passanten winkten noch immer den Tieren zu, und aus einer Kiste winkte tatsächlich ein Elefantenrüssel zurück.

Dann fuhr der Trupp eine Seitenstraße entlang und verließ die Metropole. Der Güterbahnhof lag außerhalb der Stadt, also mußten die Traktoren über eine asphaltierte Landstraße rattern, und das mit der atemberaubenden Geschwindigkeit von 30 Stundenkilometern.

Mrs. Riverday drückte den Duschknopf, so daß sich die Seelöwen ihres nassen Elementes erfreuten. Das Gleiche taten die Pfleger bei den Nilpferden. Natürlich suchte sich das Wasser seinen Weg und rann schließlich auf die Straße, auf der es sich wie ein Fluß ausbreitete und somit eine verräterische Spur nach sich zog. Lauschte man dem gelegentlichen Brummen der Bären und Löwen, dem Klappern der Pelikane und dem Trompeten eines gewissen Elefanten namens Rumba, konnte man meinen, den »Karneval der Tiere« zu hören. Klar, daß die anderen Dickhäuter ihrer Leitkuh antworteten. Tobi, Tutu und Matabi schauten mit ihren großen Augen stumm aus dem Fenster, und die Orang-Utans schliefen wie zusammengesunkene Kartoffelsäcke auf dem Boden des Containers.

Nach einer Stunde kamen sie am Güterbahnhof an. Der Zug stand schon bereit und die Arbeiter warteten mit großer Spannung auf den Transport. Es sah fast so aus, als ob ein Zirkus unterwegs wäre. Langsam brachten die Traktoren ihre Container in Position. Prof. Lamina, der sozusagen die Leitung des Rollkommandos hatte, stieg gleich vom Traktor hinab und rannte zu dem Bahnhofsvorsteher. Beide begrüßten sich lautstark. Dann kam noch eine Gruppe Männer hinzu, und wenige Augenblicke später kroch ein Lastenkran zum ersten Container. Die Männer kletterten, nachdem sie die Karabinerhaken von den Traktoren gelöst hatten, hinauf und hakten die armdicken Stahlseile des Krans auf dem Containerdach ein. Ab und zu rüsselte Bobamba zu ihnen hoch, was die Männer nervte.

»Können Sie dem Rüssel da mal sagen, daß er weg soll?!«

Mr. Afanti mußte grinsen. Er kannte Bobamba zu gut und verstand, warum sie so neugierig war. Aber er verstand auch die Arbeiter und redete auf die Elefantenkuh ein: »Ist ja gut, Bobamba, alles prima!«

96

Bobamba schnaufte, und der Rüssel schwenkte zu ihm herüber.

Endlich waren alle Seile eingehakt und der Kran hob den Container hoch. Mr. Afanti hockte außen am Container und beobachtete Bobamba genau. Das Beruhigungsmittel wirkte noch. Nun schwebte der Container zwischen Bahnsteig und Güterwaggon. Da Bobamba aber einen Schritt zur Seite getan hatte, kippte der Container etwas, worauf die Dame mit ihrem Gesäß langsam an die gepolsterte Wand rutschte. Rrruummss! Aber mehr geschah nicht, Bobamba neigte sich wieder zur Mitte des Containers, und damit war das Gewicht wieder austariert. Wenig später senkte der Kran die Last hinab, und dann stieß der Container unsanft auf den Waggon auf. Bobamba fand das überhaupt nicht witzig! Sie stieß mit ihrer breiten Stirn gegen die Wand, und Mr. Afanti mußte ihr zur Entschädigung gleich drei seiner bereitgehaltenen Äpfel ins Maul schieben. Doch das Herüberheben war gottlob geschafft!

Nun kam die nächste Box dran, wieder mit einem Elefanten: Rumba, die Leitkuh! Mr. Afanti, der inzwischen von Bobambas Güterwaggon herabgestiegen und zu Rumba gegangen war, sprach auf sie ein. Rumba aber ließ einen mächtigen Brüller herausschmettern. Die anderen Elefanten antworteten sofort, und der Bahnhofsvorsteher bekam es mit der Angst zu tun.

»Wird das gutgehen?« fragte er den Direktor.

»Warten Sie erst mal ab, bis wir die Affen hochwuchten«, lautete die Antwort.

Aber Rumba beruhigte sich bald.

Später waren die Giraffen an der Reihe. Mr. Gira

wurde sehr unruhig, da er sich ausmalte, daß seine drei Lieblinge die Elefanten übertrumpfen könnten. Zuerst kam Tobi dran.

»Alles gut, Tobi, alles toll! Schön machst du das. Nisch?«

Der Giraffenbulle guckte bloß. Seine großen Augen schienen aber stillzustehen, so als glaubte er, die Verladung besser überstehen zu können, indem er sich nicht bewegte. Mr. Gira redete ständig auf ihn ein, so daß Mr. Afanti dazwischenrief: »Quatsch den Bullen nicht so zu, du machst ihn ja noch ganz nervös!«

Mr. Gira schwieg nun. Erwartungsvoll schauten sich zwei Augenpaare an – die von Mr. Gira und die des Giraffenbullen. Kurze Zeit später setzte der Container auf, und Tobi hatte es damit auch geschafft.

Tutu und Matabi waren beim Verladen genauso ruhig, was Mr. Gira sehr wunderte.

Als nächstes folgten die Schimpansen. Mr. Eddi hatte gleich Mrs. Reit geholt, die ihr Blasrohr bereithielt.

Es könnte ja sein, daß das Beruhigungsmittel doch nicht mehr wirkte. Die Schimpansen hatten sich alle an die Containerwand gelehnt. Sie saßen da, als würden sie um ein Lagerfeuer hocken. Zunächst war Ruhe, doch als der Container in der Luft schwebte, fing Bongo zu kreischen an. Dem Ruf folgten seine Weibchen, so daß die ganze Affenbande wie eine wilde Teenagergruppe schrie und herumsprang. Der Container wackelte, und der Kranführer beeilte sich mit der Verladung. Das Gekreische hörte tatsächlich auch erst auf, als der Container auf dem Waggon stand.

King Bong war gar nicht ansprechbar. Das Betäubungsmittel wirkte noch so stark, so daß der Silberrükken wie ein alter Baum schlief. Gora und Bana hingegen schauten ängstlich aus dem Fenster.

»Ja, Gora-Butschi-Kutschi! Feines Mädchen!« säuselte Mr. Eddi, worauf Mr. Afanti lachen mußte.

»Deine Fluffies sind doch keine Babys«, prustete er zu ihm.

Aber Mr. Eddi ließ sich davon nicht abhalten. »Kannst gerne hochkommen und dich auch zum Affen machen«, frotzelte er.

Doch das tat der Elefantenpfleger nicht. Dann hob der Kran die Box an, und Mr. Eddi redete weiter mit leisen Worten auf Gora ein. Langsam schwenkte der Kran die Box herüber, und kurz darauf setzte er auch diese auf dem Waggon ab.

»Ja, Gora-Butschi-Kutschi, hast du gut gemacht, Goralein!«

Mr. Afanti grinste bloß.

Nun gab Mr. Leo dem Kranführer das Zeichen; jetzt waren die Raubtiere dran. Auch Mr. Leo setzte sich außen am Container hin und schaute in die Box hinein. Sumba und Gamba lagen wie Sphinxen auf dem Boden, majestätisch und gelassen. Anders verhielt es sich bei Ramses. Der Löwe brüllte aus Leibeskräften, so daß der Kranführer glaubte, sogar der Kran würde vibrieren und bald wie ein Kartenhaus in sich zusammenfallen. Der Container schaukelte auch noch, weil Ramses hin und her lief.

»Hat er gut gefrühstückt?« fragte der Bahnhofsvorsteher.

»Hm«, machte Prof. Lamina, »müßte ich mich mal erkundigen. Sie wissen ja, die Sparmaßnahmen!«

Das Gesicht des Bahnhofsvorstehers wurde blaß. Er nahm den Scherz für bare Münze.

So kamen alle Tiere auf den Zug, die Tiger, Bären, Nashörner, Kamele, Zebras, Nilpferde, Seelöwen, Papageien, Pelikane, Flamingos – und zum Schluß Lutetia, die noch immer ihre rote Schleife um den Panzer trug. Das Ende bildete der Wohnwagen, der von Mrs. Habicht über eine Rampe hochgefahren wurde. So stand er schließlich auf dem hintersten Waggon und wurde festgezurrt.

Prof. Lamina reichte dem Bahnhofsvorsteher die Hand. »Sehen Sie, es ist alles gut gegangen.«

Der Mann nickte nur.

Dann ertönte ein Pfiff, und die schwere Lok gab das erste Signal. In diesem Augenblick sah Mrs. Riverday, daß es sich doch tatsächlich um eine alte Dampflok handelte, die ihre schwarzgrauen Wolken verschwenderisch ausspuckte.

»Warum nehmen wir denn diese Dreckschleuder?« fragte sie den Direktor.

»Ach ja«, sagte der Bahnhofsvorsteher, »wir mußten kurzfristig umdisponieren. Jetzt nehmen wir die ›Luise‹.«

Mrs. Riverday staunte.

Die Lok stieß einen zweiten, noch lauteren Pfiff aus, und die Elefanten quittierten dieses Signal mit einem kräftigen Posaunenruf. Mr. Afanti hangelte deshalb gleich zu Rumba, um nach dem Rechten zu sehen, aber es war alles in bester Ordnung. Schnaufend fuhr die Lok an und zog die lange Waggonkette hinter sich her. Schnaufend hielten die Elefanten ihre Rüssel hinaus, nur Bumbo war noch mit seinen Äpfeln beschäftigt.

Mrs. Riverday betätigte die Dusche der Robben, die

Antwort war ein lautes »Öh-öh-öh!«. Aber auch Plumpi und Pampe genossen das kühle Naß, da sie von den Pflegern ebenfalls abgeduscht wurden. Grunzend quittierten sie es. Dann hörte man noch das Schnarren der Flamingos, und die Pelikane klapperten mit den Schnäbeln.

Diese Tiergeräusche vermischten sich mit dem technischen Rhythmus des Zuges: Rattertamm – rattertamm, öh-öh-öh, rattertamm – rattertamm! Prof. Lamina schaute immer wieder hinaus und ließ sich den Qualm der Dampflok um die Nase wehen. Da er Zigarrenraucher war, sah er in den schwarzen Wolken so etwas wie eine Bereicherung. Für ihn schien die Welt in Ordnung zu sein. Er war in seinem Element, aus dem er nicht mehr herauszuholen war.

Rattertamm – rattertamm!

Wieder dauerte die Fahrt eine Stunde. Langsam tuckerte die Bahn in das Hafengelände. Seeluft vermischte sich mit dem Qualm der Dampflok. Prof. Lamina atmete erleichtert auf, als er von weitem die Bluebird sah. Friedlich lag sie am Kai, und die Sonne schien mit ihrer ganzen Kraft auf dieses Schiff. Möwen umflogen es, und überall roch es nach Fisch und Maschinenöl.

»Angekommen!« stieß Prof. Lamina heraus.

Mrs. Riverday zollte Respekt: »Muß schon sagen, das haben Sie gut hinbekommen.«

Die Lok pfiff ein sehr langes Signal hinaus, und wieder antworteten die Elefanten mit lautem Trompeten. Sie mußten geglaubt haben, daß ein übermächtiger Elefant, vielleicht der Elefantengott selbst, die ganze Last gezogen hatte – Mr. Afanti ließ sie in diesem Glauben. King

Bong wachte in diesem Moment auf, doch es mangelte ihm noch an Kraft, so daß er müde liegen blieb.

Endlich stand der Zug.

Prof. Lamina stieg vom Waggon herab und begrüßte einen großen starken Mann, dessen Gesicht von einem Vollbart umrandet war und der eine weiße Mütze trug.

»Tag, Käpt'n!« sagte Prof. Lamina zu ihm.

Der Angesprochene sagte nur: »Ahoi!«

Beide reichten sich die Hände, und in diesem Augenblick fiel auf, wie klein Prof. Lamina eigentlich war. Jetzt, als er dem Kapitän gegenüberstand, wirkte der sonst durch Körperfülle so stämmig aussehende Zoodirektor wie ein kleiner Mann, fast wie ein Junge, der noch wachsen will.

»Es gibt ein paar Änderungen«, sagte der Käpitän.

»Ach so? Welche denn?«

Der Kapitän blickte den Direktor lange an.

»Wir werden zwar die Container vom Zug mit einem Kran abladen, aber auf der Bluebird geht das nicht mehr.«

»Wieso? Was geht nicht …?«

»Fürs Schiff brauchen wir einen besonders großen Kran – so richtig groß, weil die Bluebird sehr hoch liegt. Der Kran wurde uns auch zugesprochen, aber er ist seit zwei Stunden kaputt.«

»Kaputt? – Und wie kommen dann die Container aufs Schiff? Es gibt doch sicher Ersatzkräne.«

Wieder schwieg der Kapitän, so als machte es ihm Spaß, den Direktor auf die Folter zu spannen.

»Wollen Sie das nicht Ihre Elefanten erledigen lassen? Wir haben da eine besonders breite Rampe.«

Prof. Lamina verschlug es die Sprache. Mrs. Riverday, die neben ihm stand, konnte ebenfalls kein Wort herausbringen.

»Also … äh … die Elefanten … ja … die könnten das wohl … aber … nein, das geht nicht! Wir sind doch kein Zirkus!«

Der Kapitän grinste.

»War ja nur 'ne Frage.«

Dann kramte der Kapitän aus seiner Jackentasche einen Prospekt hervor.

»Hier, so einen Traktor hat mir die Hafenverwaltung angeboten. Reicht der Ihnen?«

Prof. Lamina nahm den Prospekt und überflog die technischen Details.

»Was sollen wir machen?« resümierte er. »Wir haben schließlich nicht alle Zeit der Welt.«

»Richtig so. Und wir haben auch nicht alle Traktoren dieser Welt. Ihnen bleibt also ohnehin keine andere Wahl.«

»Wieso?«

»Ja, ich kann's mir auch nicht erklären. Irgendwie haben die hier ein Wartungsproblem. Zur Zeit funktioniert nur dieser eine Traktor. Jedenfalls für diese Zwecke. Wer kommt schon auf die Idee, einen ganzen Zoo zu transportieren!«

Prof. Lamina knirschte mit den Zähnen. Ihm gefiel das gar nicht. Was, wenn dieser Traktor auch noch seinen Geist aufgab?

»Sie sprachen vorhin von ein paar Änderungen, also in der Mehrzahl. Was gibt es noch?«

Diesmal antwortete der Kapitän sofort: »Wir fahren

einen Tag später los. Gibt schlechtes Wetter. Nicht, daß
Ihre Elefanten auf der Fahrt noch kotzen.«

Diese Änderung freute den Direktor. »Das ist in Ordnung, so haben die Tiere mehr Zeit, sich an das Schiff
zu gewöhnen.«

»Na, das ist doch mal was«, brummte der Kapitän zufrieden. Dann verabschiedete er sich und ging zu seiner
Bluebird zurück, während der Kran fürs Abladen an-
rückte.

Wieder eilten Arbeiter herbei, kletterten auf den
Waggon und dann auf den ersten Container. Sogleich
befestigten sie die dicken Stahlseile des Krans. Dann
hob der Kran einen Container nach dem anderen hoch,
schwenkte jeden sehr langsam herüber und setzte die
wuchtigen Boxen nebeneinander auf dem Hafengelände
ab.

Es war ein seltsames Bild: Überall große Behälter mit
exotischen Tieren darin, die auf das Meer schauten und
vermutlich zum erstenmal in ihrem Leben einen so wei-
ten Blick über das Wasser werfen konnten.

Noch immer schien die Sonne, friedlich und warm,
und die Bluebird glänzte.

»Sieht doch gut aus, das Wetter«, sagte Prof. Lamina
zum Kapitän, der inzwischen wieder hinzugekommen
war. Dieser schaute den Direktor wieder lange an.

»Hier schon«, antwortete er. »Draußen soll es aber
schlecht werden. Wir laufen erst aus, wenn unsere Route
eben ist.«

Dann überreichte er Prof. Lamina ein dickes zusam-
mengefaltetes Papier. »Das ist für Sie.«

Der Direktor entfaltete das Papier und blickte auf eine

Zeichnung. Darauf war die Bluebird von oben zu sehen, mit allen technischen Details. Außerdem hatte der Kapitän die Tierarten in die Zeichnung hineingekritzelt, die der Zoo transportieren wollte. »Decksaufriß« stand darüber.

»Wir hatten ja schon darüber gesprochen. Aber hier ist es noch mal schriftlich von mir, zur groben Orientierung: vorne die Affen, hinten die Bären. Die Elefanten wegen ihres Gewichtes eher mittig und so weiter. Ist wichtig, nicht daß wir noch wegen Schlagseite absaufen.«

Prof. Lamina nickte. »Geht klar«, sagte er, und Mrs. Riverday fotografierte die Zeichnung.

Dann hörten alle ein lautes Knattern und Quietschen. Sie drehten sich um und schauten auf den Traktor, der nun die Container über eine Rampe auf die Bluebird ziehen sollte. Der Fahrer stieg aus und begrüßte Prof. Lamina.

»Tachtach! Ich Tomtom. Sie Direktor von Zoozoo?«

Prof. Lamina nickte stumm. Vor ihm stand ein kleingewachsener Mann mit einer schwarzen Prinz-Eisenherz-Frisur.

»Ich soll Tiere auf Schiffschiff ziehen?«

»Die Container, nicht die Tiere. Die Tiere sind in den Containern.«

»Container. Gutgut!«

»Wir haben den ganzen Tag Zeit. Aber es wäre schön, wenn Sie gleich anfangen könnten.«

»Schönschön. Wir nehmen sehr breite Ramperampe.«

»Der ist ja schlimmer als unser Giraffenspezi«, murmelte Prof. Lamina.

Mrs. Riverday mußte grinsen. Gegen Tomtom war das »Nisch« in der Tat eher vom kleineren Kaliber.

»Ich muß noch tankentanken. Dann ich ziehe Container hochhoch.«

»Gut-gut«, antwortete Prof. Lamina und wandte sich diskret an die Journalistin: »Wenn der jedes zweite Wort doppelt ausspricht, hoffe ich, daß er nicht auch noch alles doppelt sieht.«

Mrs. Riverday grinste noch immer. Dann fuhr Tomtom mit dem Traktor in eine Halle.

Dem Kapitän war anzusehen, daß ihn der Traktorfahrer amüsierte. »Wird schon klappen«, sagte er, »ansonsten haben Sie ja, wie gesagt, noch Ihre Elefanten.«

Dann ging er zur Bluebird zurück.

»Solange der sein Stahlroß tränkt, schauen wir uns mal die Zeichnung an«, schlug der Direktor vor.

»Also, die Bluebird von oben. Die breite Rampe führt achtern aufs Deck. Oben, hinter der Freifläche, liegen hintereinander diese seltsamen Aufbauten. Aber das sind alles zusammengeschweißte Hallen. In der Mitte geht ein langer Gang durch, sehen Sie?«

»Ja, der Mittelgang.«

»Genau. Jede Halle ist durch eine Wand von der nächsten getrennt. In der Mitte ist jeweils eine große Schiebetür für den Mittelgang. Sie ist sehr hoch, damit Lkws hindurchpassen.«

»Und Elefanten.«

»Genau, Elefanten – und Giraffen. Jede Schiebetür kann verriegelt werden. Den Mittelgang werden wir als Pflegergang nutzen. Verankerte Gitter links und rechts schützen uns vor den Tieren, die auf der Back- und Steuerbordseite untergebracht werden.«

Mrs. Riverday nickte.

»Wenn wir es zulassen, können die Tiere auch aufs Außendeck gehen. Jeder Hallenabschnitt hat back- und steuerbord seitliche Außentüren; wenn wir diese öffnen, sind die Tiere an der frischen Luft. Viel Platz ist da allerdings nicht. Die Tiere stehen dann vor der Reling. Dort sind auch wieder Gitterabsperrungen, sozusagen spiegelgleich zum Innenraum. Auf diese Weise bleiben die Tiere auch draußen unter sich. Oben wird ein Netz gespannt, damit kein Tier rausspringt.«

»Verstehe.«

»Die hinterste Halle gehört Mrs. Reit. Es ist die Nummer dreizehn. Dort wird die ärztliche Station sein. Es gibt einen Ruhebereich, falls ein Tier krank wird. Wir können dort sogar auch operieren. Danach folgen zwölf weitere Hallen. Vorne, direkt unter der Brücke, also unterm Kapitän, liegt die eins, dort sollen die Affen hin. Wir müssen folglich die Affen zuerst reinfahren. Wir bugsieren den Container hinein, lassen den Traktor hinausfahren, verriegeln die Schiebetür der Halle, schrauben die Mittelganggitter fest und öffnen erst dann den Container. So können sich unsere Fluffies schon mal freier bewegen. Allerdings werden auch die Gorillas von den Schimpansen und wiederum von den Orang-Utans getrennt. Haben wir das geschafft, kommt der nächste Container an Bord.«

»Interessant«, erwiderte die Journalistin. »Gutes Konzept.«

»In Halle sechs gibt es einen Extraraum mit Wasseranschluß, der ist für die Nilpferde und für die Robben wichtig. Spezialbecken, zum Baden, verstehen Sie? Dieser Extraraum befindet sich auf der Steuerbordseite und kann über Zugänge aus Halle fünf, sechs und sieben betreten werden. Die Tiere baden wechselweise und laufen über Rampen ins Wasser. In Halle fünf kommen also die Nilpferde, in Halle sechs die Robben und in Halle sieben die Pelikane, Pinguine und Flamingos.«

»Wo wohnen *wir* eigentlich?« fragte Mrs. Riverday.

»Gute Frage. Wir wohnen über den Stallungen, sozusagen im Dach der Hallen, in Kabinen. So bekommen die Pfleger mögliche Unruhen mit. Unten im Schiffsrumpf sind noch die Kühlräume für das Futter.«

Mrs. Riverday atmete tief durch. So etwas hatte sie noch nie gesehen oder erlebt. Sie wühlte in der Seitentasche ihres Rucksackes und holte das Holzmodell heraus. Sie schaute es an und umklammerte es ganz fest. Nun lag die echte Arche sozusagen vor ihr. Die richtige Arche Noah! Sie strich über ihren Talisman und steckte ihn dann wieder in die Tasche zurück.

»Was haben Sie denn da?« fragte der Direktor.

»Ach, nichts Besonderes. Nur ein Erinnerungsstück.«

Dann hörten sie wieder ein lautes Knattern und Quietschen. Tomtom war zurück und machte mit der Hupe auf sich aufmerksam.

»Jetzt ich lege loslos!« rief er mit einem breiten Grinsen.

Prof. Lamina nickte bedächtig.

Weil die Hafenarbeiter für andere Aufgaben gebraucht wurden, mußten die Pfleger einspringen. Jeder packte mit an, um den Container in den Haken des Traktors einzuklinken.

Tomtom grinste. »Wird lustig!« rief er.

Prof. Lamina hoffte, daß es nicht so lustig werden würde. Ihm reichte ein reibungsloser Ablauf völlig. Als der erste Container mit den Schimpansen angezogen

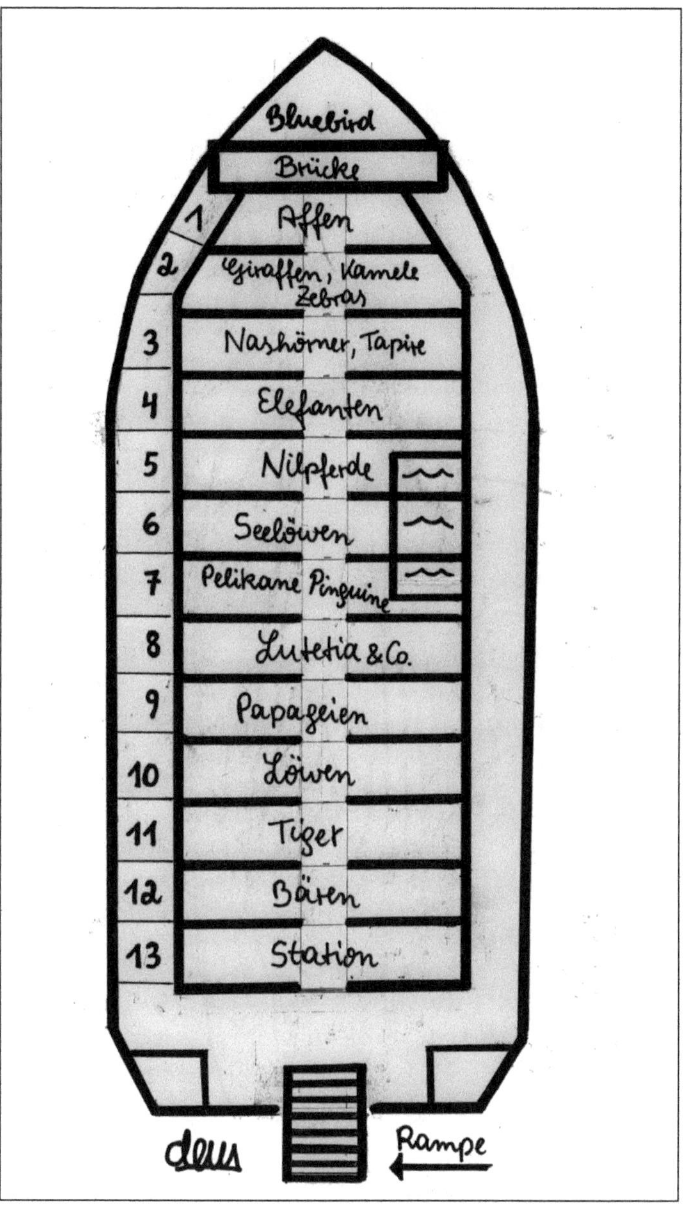

Bluebird
Brücke
1 Affen
2 Giraffen, Kamele Zebras
3 Nashörner, Tapire
4 Elefanten
5 Nilpferde
6 Seelöwen
7 Pelikane, Pinguine
8 Lutetia & Co.
9 Papageien
10 Löwen
11 Tiger
12 Bären
13 Station
Bug
Rampe

wurde, schauten Banjo, Banti und Bongo nervös umher. Sie spürten, daß sich ihre Kiste wieder fortbewegte. Wahrscheinlich überlegten sie, seit wann es fahrende Affenställe gab und welcher Oberaffe die auch noch hinter sich herzog. Wenn sie aus ihrer Kiste herauskämen, würden sie diesem Oberaffen mal ordentlich die Meinung sagen! Aber daraus wurde natürlich nichts, weder Bongo noch ein anderer kam auf die Lösung dieses Phänomens, und so mußten sie sich mit der Situation anfreunden, wieder einmal umherkutschiert zu werden.

Mr. Eddi sprach auf sie ein, und Banjo kam ganz dicht zu ihm heran. Sie preßte ihr Ohr an das Gitter, und Mr. Eddi erlaubte sich den Scherz, das Ohr nicht nur zu streicheln, sondern auch zu kitzeln. Folglich wippte Banjo wie vom Schalk geritten hoch und runter und machte dieses Gesicht, das Mr. Eddi an ihr so liebte: ein breites Grinsen. »Hu-hu-hu!« machte Banjo. »Hu-hu-hu!«

Dann rüttelte der Container, als wäre er über eine große Wurzel gefahren. Der Affenpfleger hatte Mühe, sich festzuhalten.

»Fahren Sie vorsichtig auf die Rampe!« schimpfte Mr. Eddi mit Tomtom.

Dieser gab per Hand ein Zeichen, daß er verstanden hatte. Und nun geschah das Eigenartige: Obwohl der ganze Container durch die Rampenfahrt in eine sehr schräge Lage gebracht wurde, obwohl er wegen des Rampenprofils hin- und herwackelte und obwohl der Traktor einen höllischeren Krach als je zuvor machte, waren die Schimpansen nicht verängstigt, sondern erfreuten sich plötzlich ihres Lebens: Bongo schwang sich von einer

Ecke in die andere, Banjo machte immer wieder »Hu-hu-hu!«, und Banti wippte, so, als hörte sie ihre Lieblingsmusik.

Endlich waren sie oben auf dem Deck der Bluebird angekommen. Langsam tuckerte der Traktor durch die Halle dreizehn, dann durch Halle zwölf. Das Hämmern des Motors hallte in den großen Räumen wider, es hörte sich fast so an, als ob Maschinengewehre im Einsatz wären, bis sie in Halle eins angekommen waren. Nachdem der Traktor hinausgefahren war und die Männer alle Gitter gesichert hatten, öffneten sie die Containertür.

Es brauchte keinen Zuspruch – Bongo rannte aus dem Container, wetzte durch die ganze Halle, hüpfte gegen die Wand, rüttelte am Gitter, rannte dann zum Container zurück und rief seine beiden Damen herbei.

Bei den Gorillas verlief die Rampenfahrt etwas anders. Gora und Bana schauten teilnahmslos in die Luft, und King Bong lehnte sich einfach an die Wand. Er war zwar inzwischen etwas wacher geworden, so daß er nicht mehr liegen wollte, aber so ganz bei Kräften war er dann doch noch nicht, und so beließ er es beim Sitzen. Dann rüttelte der Container, weil Tomtom ihn mit seinem Traktor die steile Rampe hochzog. Bong schaute zur Decke, als wäre er ein U-Boot-Kapitän, der Wasserbomben fürchtete. Es rüttelte immer stärker, vermutlich, weil Tomtom wegen des höheren Gewichtes der Gorillas schneller fahren zu müssen glaubte. »Langsam!« rief Mr. Eddi Tomtom zu, und dieser gab wieder per Hand ein Zeichen, daß er verstanden hatte. Als der

Container oben auf dem Deck stand, sah Mr. Eddi noch immer die beiden Gorilladamen aneinandergekuschelt sitzen. King Bong schloß die Augen fast völlig, lediglich Sehschlitze blieben offen.

Mr. Gira blickte der schrägen Rampe mit großer Skepsis entgegen. Der steile Aufstieg würde mit seinen Unebenheiten Tobi, Tutu und Matabi ordentlich durchschütteln, so daß die Tiere mit ihren langen Beinen hin- und herschlackern müßten. Wie sollte er die scheuen Tiere im Zaum halten?

Mr. Afanti überlegte nicht lange: »Schnall' sie doch an!«

Mr. Gira schaute fragend: »So wie im Auto?«

»Ja, die Container sind doch gepolstert, und wenn du deine Streichholztiere sanft anschnallst, passiert ihnen nichts. Du darfst die Gurte nur nicht so eng binden, es muß Spielraum bleiben. Kannst ihnen ja noch 'ne Beruhigungstablette geben.«

»Streichholztiere! Soll ich mal deine Elefanten durch den Kakao ziehen? – Sind richtige Postpakete. Wie wandelnde, riesige, dicke Kopfkissen! Nisch?«

Mr. Afanti lachte. »Ja, hast recht. Wandelnde Kopfkissen, mit vielen Furchen, zerknautscht und übergroß. Und soll ich dir noch was sagen? Sie haben auch viel zu große Ohren.«

In diesem Augenblick tönte ein lautes Trompeten durch die Luft. Rumba, die Leitkuh, hatte sich gemeldet. Sie wird ihren Pfleger nachher einmal zur Rede stellen … die Sache mit den Ohren schien ihr nicht wirklich zu gefallen, da war sie wohl empfindlich …

Mr. Gira nahm den Vorschlag an. Er gab den Tieren

etwas zu fressen und schnallte sie mit breiten gepolsterten Gurten an.

»Gut, Matabi, alles schön. Nisch?«

Matabi bezüngelte die Riemen, worauf Mr. Gira ein paar Blätter unter die Riemen schob. Der Trick funktionierte. Matabi zupfte ein Blatt nach dem anderen hervor, und als sie alle gefressen hatte, schob Mr. Gira weitere Blätter nach.

»Langsam!« rief Mr. Gira vorsichtshalber zu Tomtom, der wieder ein Handzeichen gab. »Mußt du nicht mehr sagen, daß ich soll langsam fahrenfahren.«

Trotzdem trat Tomtom kräftig auf das Gaspedal, und so rüttelte sich ein Container nach dem anderen mit Tobi, Tutu und Matabi hoch.

Die Zebras und Kamele, aber auch Mauli und Fauli ließen das Prozedere wie selbstverständlich über sich ergehen, dann waren die Elefanten an der Reihe.

»So, Rumba, jetzt hör mal zu«, sprach Mr. Afanti auf sie ein, während es die steile Rampe hochging, »das mit den Ohren sagte ich doch nur, um den ollen Gira aufzumuntern. So schicke Ohren wie du hat hier niemand. Nicht einmal der Zoodirektor.«

Rumba interessierte sich für diese sanften Worte aber nicht, da sie mit ihrem dicken Hintern an die Achterwand des Containers rutschte. Dabei gab es einen Knall. Ein Polsterkissen war geplatzt, und so flog die ganze Füllung raus. Rumba trötete einen elefantastischen Brüller hinaus, und wieder antworteten ihr die anderen Kühe, gefolgt von einem zarten Ruf, der von Timba stammte.

»Was hast du Rumba denn nun wieder erzählt?« wollte

Mr. Eddi wissen, der sichtlich entspannt war, da seine Fluffies bereits an Bord waren.

»Hör' bloß auf mit den Frauen!« war der kurze Kommentar. Dann gab er der Leitkuh gelbe, grüne und rote Äpfel, die sie sich gleich ins Maul schob.

»Hoffentlich muß die jetzt kein Käckeli machen. So wie sie jetzt mit ihrem Hintern an der Wand lehnt, wäre das eine schöne Schweinerei.«

Mr. Afanti fand die Bemerkung Eddis wenig spirituell. »Wie wäre es, wenn deine Fluffies dann meine Container saubermachen würden? Hä?«

»Ja, sind wir denn hier im Zirkus?« mischte sich Prof. Lamina ein, der sich dazugesellt hatte. Tomtom gab mehrmals Gas, da Rumbas Gewicht den Container mit seinen Rädern in das Profil der Rampe drückte, ihn somit abbremste, so daß sie schließlich auf der Stelle standen. Keinen Zentimeter mehr konnte der Container fortbewegt werden.

»Los, Tomtom! Schneller! Dreimal Wahnsinnige!« rief Mr. Afanti.

»Ja, was denn jetzt? Erst langsam, dann schneller-schneller?« rief Tomtom und trat das Gaspedal tatsächlich bis zum Anschlag durch. Der Traktor ruckte, dann löste sich der Container aus seiner Starre, und so zog das Stahlroß ihn endlich die Rampe hoch. Oben in Halle vier angekommen, öffnete Mr. Afanti die Containertür, und Rumba wankte mit den Resten der Kissenfüllung heraus. Ihrem Blick war anzusehen, daß sie so schnell nicht wieder umziehen würde.

Nach den Elefanten wurde eine kurze Pause gemacht. Dann ging es um die Hallen fünf, sechs und sieben: Nilpferde, Seelöwen, Pelikane, Pinguine und die Flamingos – jene Tiere, die ständig mit Wasser zu versorgen waren. Da Tomtom nun gleich auf die Tube drückte, ratterte der Traktor mit den Nilpferdcontainern schwungvoll zur Bluebird hinauf. Das sonore Rülpsen der Flußpferde übertönte dennoch das Motorengeräusch. Oben angekommen wurden sie gleich in die Halle fünf bugsiert und fanden dort große Salatköpfe vor.

Bei den Seelöwen war auch wieder Mrs. Riverday dabei. Diesmal wurde aber nicht die Dusche eingesetzt, da das Wackeln auf der schiefen Ebene für zu viel Unruhe sorgte und das ablaufende Wasser die Rampe in eine Rutsche verwandelt hätte. Bald darauf kam auch Lutetia – noch immer mit der roten Schleife versehen – an Bord, dann die Papageien, die als einzige während der Überfahrt in ihren Käfigen bleiben sollten, danach die Löwen. Sumba und Gamba waren sehr nervös und zuckten, Ramses dagegen legte sich einfach auf den Bauch und ließ seinen Kopf auf den übereinandergeschlagenen Vorderpfoten ruhen.

Die Tiger verhielten sich ebenfalls recht ruhig, und Nero gähnte so lange, daß Mrs. Riverday sogar noch Fotos von seinem Gebiß machen konnte.

Alles in allem war es aber dennoch eine recht anstrengende Aktion, gleichermaßen für Mensch und Tier, und so manche tierische Ruhe ließ sich nur mit dem Beruhigungsmittel erklären.

Die Männer legten nochmals eine kurze Pause ein. Kurz darauf wurden die Bären hochgefahren. Tomtom war auch froh, mit ihnen den letzten Transport zu fahren. Ständig irgendwelche exotischen, gefräßigen Tiere im Nacken zu haben, behagte ihm nicht wirklich, auch wenn die Kreaturen hinter Schloß und Riegel waren.

Als die Containertür in Halle zwölf geöffnet wurde, ging Schnute gleich hinaus und schnüffelte herum.

»Hast du die Wände mit Honig eingeschmiert?« fragte Mr. Eddi.

»Nö. Die schnüffeln immer so. Aber vielleicht ist es wegen der Seeluft – sind eben richtige Seebären, die beiden.«

Letztlich nahm Mrs. Reit die Halle dreizehn in Beschlag, und dann fuhr Mrs. Habicht noch den Wohnwagen die Rampe hinauf, Prof. Laminas provisorisches Büro.

Der Direktor stand zu diesem Zeitpunkt unten auf dem Hafengelände. Mr. Gira schritt die Rampe zu ihm hinunter.

»Können Sie mal kommen?« fragte Mr. Gira. »Der Kapitän will Sie sprechen.«

Der Direktor lief die Rampe hinauf und eilte zum Kapitän, der oben an der Reling auf ihn wartete. Mr. Gira folgte ihm.

»Was gibt es denn?« fragte Prof. Lamina außer Atem.

»Wir können doch eher abfahren, und zwar schon morgen früh. Die Wetterlage hat sich gebessert. Reicht Ihnen die Zeit bis dahin?«

Prof. Lamina überlegte. »Also eigentlich schon … Wir müssen aber noch die Kühlräume füllen … Fleisch und Obst. Und Heu für die Elefanten.«

»Und wir müssen noch die Netze für die Außenanlagen spannen. Nisch?«

»Das können wir notfalls noch unterwegs erledigen, die Tiere bleiben ohnehin zunächst in den Hallen.«

116

Mr. Gira nickte.

»Schön, dann morgen früh. Spart Liegegebühren«, freute sich der Kapitän und verschwand.

In der nächsten Stunde machte sich Tomtom daran, sämtliche Futterkisten auf die Bluebird zu verladen. Nach einiger Zeit waren dann auch die letzten Dinge auf der Bluebird verstaut, und endlich konnte Prof. Lamina Tomtom verabschieden. Beide reichten sich am Kai die Hände.

»Und? Zufrieden, Chefchef?«

»War okay. Aber warum sprechen Sie eigentlich manche Worte doppelt aus?«

Tomtom überlegte. Was für eine Antwort sollte er darauf geben? Er hatte sich dafür nie eine griffige Begründung ausgedacht. Es war eigentlich nur eine Marotte.

»Ist mein Markenzeichenzeichen«, fiel ihm spontan ein. »Damit Sie sich an mich erinnern.«

Prof. Lamina nickte.

»Wünsche Ihnen alles Gute! Und sagen Sie Ihren Elefanten, daß sie nicht so laut trötentröten sollen. Ich komm' sie aber trotzdem gern besuchensuchen.«

Dann fuhr Tomtom mit seinem Traktor in die Wartungshalle des Hafens zurück, und der Direktor atmete auf.

»Jetzt ist also alles an Bord. Ein schöner Gedanke.«

Mr. Gira nickte, obwohl er seine Matabi lieber an Land gehabt hätte.

Die beiden gingen die Rampe hoch und trafen oben Mr. Afanti und Mr. Eddi.

»Wir werden doch schon jetzt die Netze über die Freianlagen spannen«, sagten sie. »Zur Zeit ist es an Bord ruhig, nachher haben wir vielleicht andere Dinge zu tun.«

Prof. Lamina hob die Hand zum Abschied. Dann ging er die steile Treppe zu seiner Kajüte hinauf, die oben über den Stallungen lag. Er fläzte sich in den Sessel und streckte seine Beine und Arme wie ein müder Bär aus. Lautstark ließ er ein Gähnen durch die Abendstille verlauten, dann schaute er gedankenverloren durch das Bullauge. Der Himmel war inzwischen dunkler geworden, vielleicht noch eine Stunde, dann würde die Sonne hinter dem Horizont verschwinden. Eine Stunde … was könnte man in dieser Zeit noch alles erledigen! Doch der Direktor war außerstande, noch irgend einen Handgriff zu tun, und so schlief er in dem Sessel ein. Überflüssig zu erwähnen, daß er mit seiner Körperfülle dabei wie ein dicker Orang-Utan aussah, der sich in eine Ecke gelümmelt hatte.

Mr. Afanti und Mr. Eddi befestigten inzwischen die Netze an der Reling und verknüpften sie mit den Außenwänden der Hallen, damit kein Affe, kein Löwe oder sonstiges Tier versehentlich über die Reling ins Meer fallen oder gar springen konnte. Ab und an schauten sie durch die runden Fenster in die Tierhallen. Jede Tür hatte so ein Fenster.

»Du kannst es wohl kaum erwarten, deine Fluffies rauszulassen, was?«

Mr. Eddi grinste.

Als die beiden Männer damit fertig waren, schraubten sie noch die Gitterwände fest, die die Tiere auch draußen voneinander trennen sollten.

Mrs. Riverday wohnte dieser Aktion bei. Sie faßte aber

diesmal nicht mit an, sondern fotografierte lieber. Sie lichtete die beiden Männer ab, die wie Artisten die Reling hochgeklettert waren und die dicken Seile einhakten; sie fotografierte die Tierhallen von außen, dann die Brücke der Bluebird, das Heck, und schließlich wollte sie noch in den Tierhallen Aufnahmen machen. Als sie die Klinke von Halle dreizehn hinunterdrückte, wurde sie von hinten angetippt. Erschrocken drehte sie sich um und sah Mrs. Reit.

»Wollen Sie etwa bei Lutetia übernachten?«

»Nein … äh … also … ich wollte nur mal durch den Mittelgang gehen und mir die Tiere ansehen.«

»Das können wir gerne gemeinsam tun. Aber bitte fotografieren Sie ohne Blitzlicht, wegen der Tiere.«

Die Journalistin willigte ein. Ganz leise liefen sie durch die Hallen und beobachteten die schlafenden Tiere. Das ganze Schiff war von einem tiefen Frieden erfüllt. Mrs. Riverday fotografierte nur selten, da sie kein Tier aufwecken wollte. Als sie die Halle acht betraten, trafen sie überraschenderweise Mrs. Habicht an.

»Was machen Sie denn hier?« fragte die Ärztin.

»Entschuldigen Sie, ich suche den Herrn Direktor, er muß noch etwas unterschreiben.«

»Jetzt, um die Zeit?«

»Ja, ich saß doch die ganze Zeit im Wohnwagen, im Büro sozusagen, und habe noch ein paar Dokumente bearbeitet.«

Mrs. Reit wunderte sich. »Professor Lamina wird bestimmt oben in seiner Kabine schlafen. Legen Sie ihm doch morgen die Dokumente vor.«

»Hm. Wenn Sie meinen?«

»Ja, meine ich. Und wir gehen jetzt auch schlafen, nicht wahr, Mrs. Riverday?«

»Genau, ich schlafe fast im Stehen ein.«

So liefen alle drei zur Halle dreizehn zurück und verschlossen hinter sich die Türen. Mrs. Reit machte es sich auf ihrer Station bequem, Mrs. Habicht und Mrs. Riverday gingen in ihre Kajüten. Sodann legten sie sich zur Bettruhe.

Es war die erste Nacht an Bord, und ein sanfter Wind umwehte das Schiff. Alle hatten auf der Arche ihren Platz eingenommen, doch sie hatten das Land noch nicht gänzlich verlassen. Da die Bluebird noch im Hafen vertäut lag und die Rampe noch angelehnt war, konnte jeder, der wollte, ohne Schwierigkeiten von Bord gehen und sich davonschleichen – doch wer wollte das? Jeder blieb auf dem Schiff, das in der nächtlichen Stille schwankte und im Mondlicht schimmerte.

Trotzdem gab es eine Ausnahme. Eine dunkle Gestalt musterte die Umgebung, zwängte sich durch eine versteckte Öffnung und kletterte die Leiter hoch. Oben angekommen hangelte sie sich durch eine Luke und saß plötzlich auf dem Dach der Bluebird. Zart strich der Wind über das schwarze Fell, und die Augen blitzten. Immer wieder schaute das Wesen umher und schnupperte. Irgendwo mußte es hier etwas geben, was bisher kein Affe dieser Welt gesehen hat.

Der Affe grunzte, schnaufte, schlug mit der Faust auf die Stahlplatte. Doch er wagte es trotz seiner Neugierde nicht, das Schiff zu erkunden. Still hockte er auf dem Dach. Erst nach einer Stunde kletterte er in seine Halle zurück. Kein Mensch hat ihn dabei gesehen.

Am nächsten Morgen saß Mrs. Habicht bereits an Deck und genoß die wärmende Morgensonne. Sie hatte die lederne Mappe griffbereit, in der die Dokumente geordnet waren. Sie schaute aufs Meer, das auf und ab tanzte, auf die Reling, deren weißer Lack im Licht glänzte. Nach einiger Zeit stand sie auf, um sich etwas die Beine zu vertreten, und als sie sich umdrehte, sah sie den Kapitän.

»Guten Morgen, Mrs. Habicht. Gut geschlafen?«

»Ja, soweit es möglich war. Die Listen sind fertig, aber unser Chef muß sie noch unterschreiben.«

»Zeigen Sie doch mal.«

Mrs. Habicht reichte dem Kapitän die Mappe, der sogleich die Dokumente herauszog.

»Also, was haben wir denn so alles hier … hm … den Direktor, Sie, die Pfleger, eine Ärztin, eine Journalistin … dann fünf Elefanten, zwei Nilpferde und zwei Nashörner. Dann sind da noch drei Gorillas, drei Schimpansen, die Orang-Utans, drei Giraffen, Zebras und Antilopen … hm … alles wie besprochen … gut … drei Kamele … drei Löwen … zwei Tiger … drei Faultiere, sechs Steinböcke, Bisons, die Seelöwen … zwei Tapire und zwei Bären … gut. Dann sind da noch ein Haufen Papageien, Beos und Kiwis, zehn Pinguine, neun Flamingos, zwei Störche, fünf Pelikane, Marabus, Schuhschnäbel … Flammenweber, drei Löffler … hm … zwei Kiebitze, drei Inkaseeschwalben, zwei Baßtölpel, eine Lumme … hm … zwei Kolibris, vier Kormorane, zwei Spaltfußgänse, drei Papageitaucher, acht Erdmännchen, einen Pfau … ach – und eine Schildkröte? Davon hat mir Ihr Chef aber nichts gesagt.«

»Ist das ein Problem? Lutetia muß unbedingt mit. Sie ist unser Maskottchen.«

»Maskottchen? So? ... Aber nicht, daß mir noch die Tierschutzbehörden auf die Mütze spucken!«

»Glauben Sie mir, die Behörden haben sich schon daheim im Zoo von allem überzeugt. Es ist alles in trokkenen Tüchern. Hier ist die Bestätigung.«

Der Kapitän überprüfte die Bestätigung und kratzte sich den Bart. »Na schön, dann eben noch die Kröte. Was haben wir denn noch so an Bord ... Aha, die Futtervorräte, einmal gekühlt, einmal ungekühlt. Dann Medizin – und was ist das hier?«

Mrs. Habicht schaute auf die Liste. »Ach, das sind diverse Geräte, ein Blasrohr, Netze, Ketten ... alles, was man braucht, wenn's mal brenzlig wird.«

Der Kapitän nickte. »Ist ja die reinste Arche Noah.«

»Ja, das sagen wir auch immer. Hier unten habe ich übrigens noch das Kleinvieh notiert, also zum Beispiel Hühner, Tauben, Mäuse, Biber, Dampfschiff-, Reiher-, Affen- und die Hottentotten-Enten.«

Der Käpt'n nickte wieder. Kurz darauf kam Prof. Lamina dazu.

»Guten Morgen, Käpt'n! Haben Sie gut geschlafen?«

»Seebären schlafen immer gut«, war die prompte Antwort.

»Diesmal haben Sie aber ganz besondere Bären an Bord«, schmunzelte der Direktor.

»So ist es. Ich habe Mrs. Habicht gebeten, mir noch mal alles ganz genau zusammenzustellen. Ich hab' ja als Kapitän so etwas wie eine Verantwortung für den ganzen Kram hier. Um das gleich noch mal klarzustellen: Bringt ein Löwe oder ein Bär oder was auch immer ein Besatzungsmitglied in Gefahr, erschießen wir das Tier! Unterschreiben Sie das mal? Dann können wir losschippern.«

Prof. Lamina ließ sich die Listen herüberreichen. Er schaute gar nicht auf das Papier, sondern unterschrieb den Wisch sofort.

»Ich habe größtes Vertrauen zu meiner Sekretärin«, erklärte der Zoodirektor. »Und glauben Sie mir, kein Tier wird ausbrechen oder jemanden in Gefahr bringen. Und falls doch, bitte ich Sie, sofort einen von uns Zoologen zu rufen. Bevor wir ein Tier umlegen, müssen wir gewisse Dinge beachten. Oft reichen auch schon einfache Tricks, um die Situation zu entschärfen.«

»Schön«, gab der Kapitän zurück. Dann schaute er zu den Tierhallen und sagte: »Und mit diesen Passagieren wollen Sie also den Zoo der Zukunft gründen?«

»Ja, Zootopolis.«

Der Käpt'n brummte vor sich hin, während der Direktor ihn stumm ansah. Dann schaute der weißbemützte Mann aufs Meer und kraulte sich den Bart. »Klingt ja sehr futuristisch.«

»Genau«, entgegnete Prof. Lamina, »wir haben viel vor, vor uns liegen große Ziele.«

Der Käpt'n strich über die Reling und klopfte dann darauf. Dann atmete er tief durch. »Ziele muß man immer haben. Ein Mensch ohne Ziel ist wie ein Schiff ohne Kapitän.«

»Ja, so ist es.«

»Könnte mir ein Leben ohne die Bluebird gar nicht

vorstellen. Mein Gott, was wir schon alles durchgestanden haben! Zum Nordpol sind wir gefahren, mit einem Forscherteam, Kap Horn haben wir umschippert, in Australien waren wir auch schon – und jetzt kutschieren wir sogar noch einen ganzen Zoo. Wer hätte das gedacht!«

Prof. Lamina fühlte sich geehrt. Doch er kam gar nicht dazu, das dem Kapitän mitzuteilen, da dieser zum Himmel stierte, so als wollte er sich ein letztes Mal vom Wetter überzeugen, bis er schließlich rief: »Na, dann wollen wir uns mal loseisen! Nicht wahr?«

Alle nickten.

Der Kapitän gab dem ersten Offizier ein Zeichen, dieser eilte sofort zur Brücke. Andere Besatzungsmitglieder zogen die Rampe an Bord, lösten die Taue und rollten sie an Deck ein.

Plötzlich vibrierte das Schiff. Das Motorengeräusch drang dumpf aus dem hintersten Winkel hervor und das Wasser um die Bluebird herum schwoll an. Achtern, sogar auch back- und steuerbord blähte es sich auf, und dann drang ein starkes Rauschen hervor. Keine Frage, die Bluebird setzte sich in Bewegung. Inzwischen war auch wieder Tomtom am Kai zu sehen, diesmal ohne Traktor.

Mrs. Riverday war den Tränen nahe. Sie winkte Tomtom zu.

»Hätten wir ihn nicht mitnehmen können?« seufzte Mrs. Riverday, die Sympathie für Tomtom empfand.

»Als was denn? Als Traktorfahrer? – auf Zootopolis gibt es genug Arbeitskräfte.«

»Aber er hat ein Herz, spüren Sie das denn nicht?«

»Frauen …«, murmelte der Direktor, dann winkte er mit bemüht grinsendem Gesicht Tomtom zurück, der seine Arme heftig hin- und herschwingen ließ.

In diesem Augenblick drang ein tiefes langes Signal durch die Luft, und aus dem Schornstein quoll schwarzer Rauch. Tuuuuut!! Dreimal. Es klang so markerschütternd, daß Mrs. Riverday Gänsehaut bekam. Aber da war mehr als nur der Ton aus dem Schornstein, viel mehr. Das Getröte kam aus Halle vier.

Rumba, Bobamba, Samba, Timba und sogar Bumbo stimmten auf den Ton mit ein. Sie antworteten sozusagen in einem Rüsselzug, als hätten sie das lange für diesen besonderen Augenblick geübt. Immer wieder kamen die Rufe aus Halle vier, und es war Mrs. Reit, die voller Sorge nach den Dickhäutern schaute.

Nun ging es also nach Zootopolis. Eine Möwe umflog das Schiff und beäugte das seltsame Gefährt. Dann rief sie mit lang gestrecktem Hals, als wollte sie eine Oper singen. Sie schwenkte zum Schornstein herüber und landete dort, putzte sich und ließ dann ihren Schnabel im Gefieder ruhen. Kurz darauf schlief sie ein.

Der Kapitän hatte inzwischen auf der Brücke das Ruder übernommen und den ersten Offizier auf Kontrollgang geschickt. Prof. Lamina machte es sich in seiner Kabine bequem. Er lümmelte sich in den Sessel und legte die Beine hoch. Mrs. Reit spazierte immer wieder durch die Hallen und beobachtete ihre Schützlinge. Mrs. Habicht sonnte sich auf dem Deck, und Mrs. Riverday stand an der Reling. Diese frische Seeluft hatte es ihr angetan. Sie blickte lange aufs Meer und sah dem achtern aufgewühlten Wasser nach. Wenn sie genau hinschaute, sah sie auch die Luftblasen, die sich nach oben bahnten, und als sie besonders aufmerksam hinhörte, nahm sie auch das Zischen dabei wahr. Das Meer, aus dem alles Leben kam, war noch immer die wichtigste Lebensquelle, und durch diese Quelle bahnte sich die Bluebird – mit einem Haufen exotischer Tiere und ein paar idealistischen Menschen an Bord.

Prof. Lamina hatte große Schwierigkeiten, aus seinem Sessel wieder herauszukommen, fast glaubte er, das Gewicht von Bobamba zu haben.

»Man wird nicht jünger«, versuchte er, sich selbst zu rechtfertigen. Endlich hatte er sich aus dem Sessel gehievt und stand in der Kajüte wie ein dicker Gallier, der gerade seinen Hinkelstein abgeladen hatte. Der Direktor bemerkte das Schwanken der Bluebird und spürte, daß es ihm nicht sonderlich gut dabei ging. Er bewegte seine Arme, lief ein paar Schritte und vermied es, aus dem Bullauge zu sehen. Dann hielt sich Prof. Lamina am Tisch fest und atmete tief durch, schließlich wagte er doch einen Blick aus dem Fenster.

»Kaum zu glauben«, murmelte er, »die See ist eher ruhig, und trotzdem schwankt alles.«

Dann schritt er zur Tür und ging aufs Oberdeck. Frische Luft durchströmte seinen beleibten Körper. Tief atmete er sie ein, und nach wenigen Augenblicken ging es ihm viel besser.

»Sauerstoffmangel«, erklärte er sich und stieg die Treppe hinunter.

»Guten Morgen, Professor Lamina!« rief Mrs. Riverday ihm scherzhaft entgegen, die unten wartete.

»Ja, selber guten Morgen. Jetzt sind wir endlich auf See, unsere Arche ist unterwegs. Zootopolis – wir kommen! Haha!«

Mrs. Riverday schaute dem Direktor zu, wie er die steile Treppe hinunterkraxelte und sichtlich erleichtert unten ankam.

»Sie sind wohl auch nicht mehr der Jüngste, was?«

Prof. Lamina wischte sich mit dem Ärmel den Schweiß von der Stirn. »Ist alles noch ganz ungewohnt. Das Schiff, die Seeluft!«

»Ja, gewiß. Was halten Sie von einem Spaziergang?«

»Spaziergang? Wo wollen Sie denn hier hinwandern?«

»Zum Beispiel auf dem Deck von vorn nach hinten?

Oder wie wäre es mit einem Kontrollgang durch die Tierhallen?«

Besonders der zweite Vorschlag gefiel dem Direktor. »Gute Idee! Wir gehen zu den Tieren. Das ist bestimmt auch für Sie sehr interessant.«

Just holte er sein kariertes Taschentuch hervor, schneuzte sich und marschierte, gefolgt von Mrs. Riverday, zur Tür von Halle dreizehn.

Mrs. Reit saß am Tisch und überprüfte das Eingangsbuch der Medikamente.

»Na, immer noch brav bei den Schularbeiten?« scherzte er.

Die Ärztin nickte.

»Gibt es irgendwelche Neuigkeiten?« erkundigte sich Prof. Lamina.

»Ja, in Dänemark ist ein Keks auf die Erde gekullert.«

»Sehr witzig! Ich meine natürlich unsere Tiere.«

»Da ist alles im grünen Bereich. Außer bei Lutetia, die will nicht mehr fressen. Wenn die so weitermacht, verliert sie ihre rote Schleife.«

»Lutetia?« sorgte sich Mrs. Riverday.

»Lassen Sie mal«, beruhigte der Direktor. »Frauen sehen das immer so dramatisch. Ich spreche mit der Kröte, dann wird's schon was.«

Mrs. Reit richtete sich auf. »Mit Kröte meinen Sie doch hoffentlich nicht mich, oder?«

Der Direktor sah die Frau an. »Nein … äh … wie kommen Sie denn darauf?«

Die Ärztin runzelte die Stirn und vertiefte sich dann wieder in das Eingangsbuch.

Prof. Lamina öffnete die Tür zu Halle zwölf. Die Journalistin folgte ihm und schaute ganz mitleidig zu Schnuppe und Schnute. Die Bärin lag in der Ecke und grunzte leise vor sich hin, ihr Partner aber sah die Besucher still an.

»Sie gehören zu den größten Landraubtieren«, begann Prof. Lamina zu philosophieren, ohne danach gefragt oder darum gebeten zu werden, »und sie haben schon für zahlreiche Mythen und Sagen hinhalten müssen.«

»Aha.«

»Sie können nur durchschnittlich gut hören, dafür aber verdammt gut riechen. Sie haben keinen Blinddarm und sind sogenannte Sohlengänger.«

»Sohlengänger?«

»Ja, sie setzen bei der Fortbewegung den Fuß mit der ganzen Sohle auf. Taps, taps! Und sie laufen im sogenannten Passgang, das heißt, daß die Beine einer Körperseite gleichförmig nach vorn gesetzt werden.«

Mrs. Riverday staunte.

»Ist es Ihnen überhaupt recht, wenn ich etwas über die Tiere erzähle?«

»Ja, klar. Erzählen Sie!«

Prof. Lamina ließ sich das nicht zweimal sagen. Er hielt so furchtbar gerne Vorträge …

»Sie haben ein maximales Gewicht von 780 Kilogramm. Mich tröstet so was, weil mir dann klar wird, daß ich doch nicht so schwergewichtig bin. Haha!«

Mrs. Riverday lachte.

»Sie leben in Nordamerika, Eurasien und Nordafrika. Durch Bejagung und Zerstörung ihres Lebensraumes wurden die Braunbären allerdings stark reduziert. Sie sind dämmerungs- und nachtaktiv. Und sie können, was Geschwindigkeit angeht, es glatt mit einem Auto aufnehmen: 50 Kilometer pro Stunde!«

»Wow!«

»Ihre Winterruhe beginnt ab Oktober und sie endet im März. Sie sind Einzelgänger und wandern saisonal. Braunbären sind ruhige Tiere, geben selten Laute von sich. Und sie sind Allesfresser, aber pflanzliche Nahrung steht ganz oben auf ihrer Speisekarte.«

»Wie vorbildlich!«

»Bären werden zwischen sechs und dreißig Jahre alt. Übrigens: Sollten Sie mal von einem Bären angegriffen werden, laufen Sie nicht weg, sondern stellen sich tot. Alles andere provoziert ihn nur.«

»Gut zu wissen.«

Prof. Lamina schaute die Bärin lange an. Aber ihr schien es gut zu gehen. Dann öffnete er die Tür zur Halle elf.

Shirka und Nero balgten sich, so daß sie von dem Eindringen der beiden Menschen gar nichts mitbekamen.

»Sehen Sie, wie die Streifen am Körper verlaufen? Sie haben eine Tarnfunktion, so können sie sich im Wald gut verstecken. Das Fell ist kurzhaarig. Aber sie haben lange Krallen, ausgefahren können sie schon mal eine Länge von zehn Zentimetern haben. Tiger fressen gerne Antilopen, Hirsche, Schafe und Ziegen – gelegentlich reißen sie auch junge Elefanten oder Nashörner. Tiger schleichen sich an ihre Beute heran, dann springen sie auf sie hinauf und beißen ihr ins Genick oder in die Kehle. Krrkksss!«

Die Journalistin mußte schlucken.

»Weiße Tiger gibt es übrigens auch. Wir bevorzugen aber eher die gängige Variante.«

»Aber sollte der Zoo der Zukunft nicht auch den weißen Tiger zeigen?«

Prof. Lamina überlegte. Er schneuzte sich, vielleicht, um Zeit zu gewinnen, dann antwortete er ganz bedächtig: »Ja, Sie haben recht. Aber der Zoo der Zukunft zeichnet sich aus meiner Sicht nicht durch Masse, sondern durch Klasse aus. Sonst müßten wir ja auch noch den Schneetiger, der gar keine Streifen hat, und auch den schwarzen Tiger zur Schau stellen.«

Mrs. Riverday griff ihre Kamera und fotografierte Shirka und Nero, die in diesem Augenblick ganz still waren und der Journalistin direkt in die Augen stierten. Es machte klick.

»Auch wieder wahr«, resümierte sie dann.

»In China galt der Tiger einst als Symbol für den Westen. Auch für die Tapferkeit stand er Pate.«

»Apropos Tapferkeit – was ist eigentlich dran an der Sache mit dem Feuer?«

Der Direktor kraulte sich die Nackenhaare. »Nero ist als Jungtier tatsächlich mit Feuer in Berührung gekommen – eine ernste Geschichte. Er lebte damals noch mit seiner Mutter in einem anderen Zoo. Mitten in der Nacht brannte sein Stall. Mutig sprang der Kleine über die Flammen und landete in einem Wasserbehälter. Pudelnaß torkelte er dort hinaus und rief nach seiner Mutter. Dann brach die Decke herunter, so wurden Mutter und Junges voneinander getrennt. Seine Mama hatte das Feuer zunächst mit schweren Verletzungen überlebt. Doch bald starb sie, und der Kleine war alleine. Aber die Pfleger kümmerten sich natürlich um ihn. Heute ist er als erwachsener Tiger bei uns und amüsiert sich mit Shirka.«

»Respekt!« erwiderte Mrs. Riverday.

»Ja, wir werden das auch in Zootopolis erwähnen. Jedes Tier hat seine eigene Geschichte, und die soll der Besucher an Ort und Stelle nachlesen können. Es wird später auch ein Museum dafür geben.«

»Meinen Sie, daß die Besucher das überhaupt interessiert?«

»Natürlich! So werden die Tiere erlebbarer. Der Besucher entwickelt mehr Verständnis, wenn er die Geschichte des einzelnen Tieres erfährt. Vielleicht identifiziert er sich sogar damit – jedenfalls zu einem gewissen Grad.«

»Hm«, machte Mrs. Riverday, »wenn Sie meinen …«

»Ja, meine ich. Kommen Sie, lassen Sie uns zu den Löwen gehen.«

Mrs. Riverday war einverstanden.

Sie wurden von einem brüllenden Ramses begrüßt. Der Brüller war so laut, daß er die ganze Halle ausfüllte und kräftig nachhallte. Ramses zeigte seine scharfen Zähne, und der Löwendunst breitete sich aus. Immer wieder brüllte das Tier, und Mrs. Riverday bekam es mit der Angst zu tun.

»Keine Sorge«, beruhigte sie der Direktor, »das ist ganz natürlich. Mr. Leo versorgt ihn gut, Ramses wird ganz bestimmt keinen Appetit auf Journalistinnen haben.«

»Vielleicht aber auf dicke Zoodirektoren?« – Mrs. Riverday konnte sich diesen Scherz nicht verkneifen.

»Löwen fressen grundsätzlich keine Zoodirektoren. Haha!«

Mrs. Riverday schwieg. Dann beruhigte sich Ramses, und so war es auf einmal still in Halle zehn.

»Dem König der Tiere ist wohl die Puste ausgegangen, was?« rief Prof. Lamina durch das Gitter.

Ramses ließ sich davon nicht beeindrucken. Noch einmal brüllte er aus Leibeskräften, dann legte er sich einfach hin und schloß die Augen.

»Er ist einer der prächtigsten Exemplare der Welt. Seine Gene müssen unbedingt weitervererbt werden! Er ist über zwei Meter lang und wiegt weit mehr als 200 Kilogramm. Sehen Sie seine Mähne? Sie ist sein ganzer Stolz. Mit seinen Katzenaugen kann er übrigens auch nachts sehr gut sehen.«

»Ja, ich finde, daß Löwen einen sehr durchdringenden Blick haben«, erwiderte Mrs. Riverday. »Sieht mich ein Löwe an, fühle ich mich durchschaut. Sein Blick durchbohrt mich gewissermaßen, und ich fühle mich wehrlos!«

»Genau so ist es.«

»Wie kommt es denn eigentlich, daß Löwen so gut sehen können?«

»Sie tragen Kontaktlinsen. Haha!«

Mrs. Riverday bemühte sich zu lächeln.

»Nein, im Ernst, sie haben eine besondere Schicht hinter der Netzhaut, man nennt sie ›Tapetum‹. Dieses Tapetum verstärkt das einfallende Licht. Die haben sozusagen ein kleines Filmstudio hinter der Pupille. Das ist wie bei den Hauskatzen. Deshalb können sie nachts besonders gut sehen.«

»Klingt einleuchtend. Könnte man das nicht auch beim Menschen einpflanzen, dieses Tapetum?«

»Vielleicht in zwanzig Jahren – oder früher. Irgendwann können wir alles. Zur Zeit fragt man sich noch, ob man dieses und jenes auch tatsächlich braucht. Andererseits möchte ich nachts keinem Menschen begegnen, dessen Augen wie Scheinwerfer leuchten. Aber in Zukunft wird vieles eine Notwendigkeit haben, was uns jetzt noch utopisch erscheint.«

Mrs. Riverday staunte über die bedeutungsschwangeren Sätze. Der Herr Direktor war also auch ein Philosoph? Und gab es da etwa eine Metapher zu Zootopolis?

»Übrigens ziehen Löwen ihren Nachwuchs gemeinsam groß. Die Jungen dürfen so viel spielen, wie sie wollen. Selbst der sonst so unnahbare Papalöwe läßt es sich gefallen, wenn die Babys auf ihm herumkrabbeln.«

»Tjaja, die Kinder …«

»Man darf sich gar nicht vorstellen, wie diese Tiere damals in römischen Arenen auf die Gladiatioren gehetzt wurden. Es muß ein grausames Spektakel gewesen sein.«

Mrs. Riverday schüttelte sich. An so etwas wollte sie nicht denken.

»Löwen leben in Asien und Afrika. Die Jagd übernehmen die Weibchen, sie ziehen in einer Gruppe los und gehen dabei sehr systematisch vor. Das Opfer wird früh ausgewählt und weiträumig eingekreist. Andere Löwen scheuchen es auf, so daß es in eine bestimmte Richtung läuft. Dort warten die anderen Löwen, die das Opfer schließlich wieder einkreisen. Wo immer das gejagte Tier auch hinrennt, es läuft in eine Falle. Erschöpft

wird es von den nächsten Löwen gerissen. So fressen sie
dann Huftiere, auch schon mal eine junge Giraffe. Löwen erkennen sich übrigens am Geruch. Sie reiben ihre
Köpfe aneinander und übertragen damit ihren eigenen
Geruch auf die anderen Rudeltiere. So entsteht der ty-
pische Gruppengeruch – ganz wichtig! Ihr Fell pflegen
sie mit ihrer rauhen Zunge. Damit ziehen sie nicht nur
lose Haare heraus, sondern auch kleine Insekten, die sich
verfangen haben. Nach dem Putzen gibt es also noch ein
kleines Leckerli. Haha!«

Mrs. Riverday nickte.

»Sie sind schlechte Schwimmer und gehen daher selten
ins Wasser, Katzen sind nun einmal wasserscheu. Aber
daß sich bei den Männchen die Mähne so vollsaugt, daß
sie ertrinken, ist wohl eher ein Märchen. Jedenfalls habe
ich noch keinen Löwen ertrinken sehen. Aber schön, es
gibt Leute, die das behaupten. Von mir aus soll es so sein,
auf jeden Fall werden wir unsere Löwen sicher unterbrin-
gen. Aber achten Sie mal darauf: Man liest und hört so
manches über Tiere, nicht alles davon stimmt wirklich.
Vor ganz langer Zeit glaubte man ja sogar, daß die Vögel
aus den Bäumen wachsen! Man dachte, daß die Bäume
sozusagen die Vögel gebähren – so ein Quatsch! Vieles
verändert sich außerdem im Laufe der Jahre, und neue
Erkenntnisse kommen hinzu. Niemand weiß also wirklich alles.«

»Warum sollte man auch alles wissen?! Niemand kann
das. Ich bin schon sehr gespannt auf Ihre detaillierten
Beschreibungen von Zootopolis.«

Prof. Lamina nickte stumm.

»Ich möchte gerne Näheres über Ihren neuen Zoo

erfahren, Professor Lamina! Das, was Sie vor wenigen Tagen den Reportern und mir im Büro erzählt haben, kann's doch nicht gewesen sein, oder?«

Der Direktor nickte wieder. Die Hände verschränkte er hinter seinem Rücken, und den Körper neigte er leicht nach vorn – es sah fast so aus, als plagten ihn Rückenschmerzen. Dann aber stellte er sich wieder gerade hin und schaute die Lady an.

»Richtig so«, sagte er schließlich. »Sie bekommen Ihre Informationen. Aber vorher werden Sie sich noch ein paar Details über unsere Tiere anhören müssen. Da müssen Sie durch. Morgen kommt dann der nächste Teil dran. Versprochen!«

Die Journalistin seufzte.

Halle neun, die Papageien. Als Mrs. Riverday die Tür öffnete, wurden sie gleich mit einem wilden Gekreische begrüßt, das für kurze Zeit zwar abebbte, dann jedoch wieder in voller Lautstärke zu hören war. Prof. Lamina ging als erstes zu Kiki und Kaspar, die, wie alle Vögel, in Käfigen des begehbaren Containers gehalten wurden und nebeneinander auf hölzernen Stangen hockten.

Plötzlich war es wieder etwas ruhiger im Käfig geworden.

»Na, Ihr Süßen?« schnalzte Prof. Lamina.

Kiki und Kaspar guckten gar nicht, sie waren ohnehin die einzigen, die nicht in das Gekreische eingestimmt hatten. Sie versteckten ihre Schnäbel im Gefieder und schliefen. Dann aber wachte Kiki auf, und als sie zum Direktor blinzelte, öffneten sich ihre Augen ganz weit, und so zog sie ihren dicken Schnabel hervor, streckte die Flügel und sprang zum Gitter, direkt zu Prof. Lamina hin. Dieser kraulte ihr den Bauch, während Kiki ihren Kopf ans Gitter lehnte, so als wollte sie den nächsten Worten des dicken Direktors lauschen.

»Na, Kiki, alles schön?«

»Kiki schööön!« bekam er zur Antwort, während der Vogel mit dem Kopf wippte.

»Ja, dein Name ist Kiki Schön.«

Kaspar wurde wach und sprang, nachdem er sich ebenfalls gestreckt hatte, neben Kiki zum Direktor ans Gitter.

»Alles Quuatsch!« krächzte er dem Direktor zu. »Alles Quuatsch!«

Mrs. Riverday mußte grinsen. Wen oder was meinte der Vogel jetzt? Kiki? Den Umzug? Den Direktor?

»Papageien sind schlaue Tiere«, kam es von Prof. Lamina. »Manche Papageien verstehen sogar, was sie sagen. Ein Graupapagei zum Beispiel kann, wenn er lange genug geschult wird, Farben und Mengen voneinander unterscheiden. Wenn Sie ihn fragen, welche von den blauen und roten Würfeln in der Mehrzahl sind, wird er Ihnen die Lösung tatsächlich verraten. Und das alles mit so einem kleinen Hirn!«

»Mit einem Spatzenhirn?« scherzte Mrs. Riverday.

»Papageienhirn. Es gab mal einen Graupapagei, dessen Gedächtnisleistung angeblich der eines Schimpansen gleichen sollte. Ob das wirklich stimmt, weiß man aber nicht so genau.«

Mrs. Riverday staunte. Immer wieder krächzten die Vögel, so als wollten sie sich an dem Gespräch beteiligen.

»Sehen Sie dahinten die anderen Vögel? Hinter den

Aras sind die Kakadus, Sittiche und Flammenweber. Hinter einer Wand haben wir auch noch den Kiwi, davor die Kolibris.«

»Ja, soweit möglich, kann ich es erkennen. Es ist eine sehr große Voliere.«

»Papageien wollen ja auch nicht alleine sein. Sie brauchen andere Vögel, oder zumindest einen menschlichen Ansprechpartner, ihr Leben lang. Sie sind sensibel, rupfen sich schon mal die Federn aus, wenn sie Kummer haben. Und sie können, wie wir ja wissen, verdammt gut kreischen.«

Genau in diesem Augenblick drang ein besonders lauter Ruf durch Halle neun, so daß sich Mrs. Riverday die Ohren zuhalten mußte.

»Die könnten eigentlich auch als Alarmanlage arbeiten!« rief sie.

»Ja. Und nun rechnen Sie mal«, schrie der Direktor zurück, »ein Papagei erreicht mühelos siebzig Dezibel, das multiplizieren Sie jetzt mal mit …«

»… mit der Summe x.«

»Genau. Sie kennen unseren Zoo ja, ich überlasse Ihnen also die Rechenaufgabe. Und wenn Sie lange genug hier drin waren, haben Sie sich auch an den Lärm gewöhnt. Eine gute Idee, nicht wahr?«

»Ich werde darüber nachdenken!« rief Mrs. Riverday, während sie langsam ihre Hände von den Ohren nahm, da das Gekreische inzwischen wieder einen mittleren Pegel erreicht hatte.

»Um Ihr Trommelfell zu schonen, gehen wir nun in Halle acht. Dort ist der Pfau und Ihre Freundin Lutetia«, schlug der Direktor vor.

Das Wort Lutetia hatte Mrs. Riverday in große Freude versetzt. Als sie dann in die Halle traten und die Tür hinter sich verschlossen hatten, atmete die Journalistin hinsichtlich der Stille durch.

Dann aber schaute sie ganz besorgt in die Box der Schildkröte. Sie hockte in der Ecke, doch als sie Prof. Lamina sah, kam sie langsam angekrochen. Noch immer war ihre rote Schleife um den Panzer gebunden, Kunststück, sie kam ja mit ihrem Maul ohnehin nicht an sie heran. Am Rande der Box lagen noch einige Blätter, so daß Prof. Lamina von einem geringen Appetit ausgehen konnte.

»Wie alt Lutetia genau ist, können wir nicht ermitteln. Sie ist aber eindeutig in ihrer zweiten Lebenshälfte angekommen. Ihre Mutter soll sogar noch Charles Darwin gekannt haben, und sie soll erst mit 176 Jahren gestorben sein. Lutetia wird mich also höchstwahrscheinlich überleben. Sie ist unser Maskottchen, wegen ihrer Würde, ihrer unendlichen Zeit und Ruhe. Schildkröten gab es schon vor den Dinosauriern. Und sehen Sie: Es gibt sie noch immer. Ich glaube ganz fest daran, daß sie noch existieren werden, wenn wir Menschen einmal ausgestorben sind. Wer die Dinosaurier überlebt, hat auch den längeren Atem dem Menschen gegenüber.«

Mrs. Riverday nickte. »Schade nur, daß es mehrere Generationen von Schildkröten braucht, um die ganze Weltgeschichte zu überdauern. Es wäre doch fantastisch, wenn eine einzige Schildkröte so alt werden könnte, daß sie sämtliches Leben auf dem Planeten Erde miterlebt, nicht wahr?«

»Nun übertreiben Sie aber«, brummte der Direktor.

»Solche Ideen sind ja ganz nett, aber sie entspringen mehr pubertärem Wunschdenken.«

»Das ist nicht minder pubertär als der Zoo der Zukunft auf irgendeiner Insel, die keiner kennt!« schimpfte die Journalistin.

Der Direktor ging darauf nicht ein, sondern erzählte weiter. »Man nennt sie auch Elefantenschildkröten. Ihre Panzerlänge beträgt 130 Zentimeter. Es gibt nicht viele von ihrer Art. Sie fressen Gräser, diverse Kräuter, Beeren und sogar Kakteen. Vom Dezember bis August paaren sie sich, die Eier werden von Juni bis November abgelegt. Es kommen bis zu 17 Eier heraus. Diese relativ hohe Zahl ist sehr wichtig, denn vier der fünfzehn bekannten Unterarten sind bereits komplett ausgerottet.«

»Wie soll Lutetia eigentlich für Nachwuchs sorgen, wenn sie im Zoo alleine lebt?«

»Eine gute Frage, Mrs. Riverday. Auch dafür haben wir einen Plan. Aber haben Sie bitte Geduld, Sie erfahren alles.«

Die Journalistin nickte und brauchte nicht lange auf das Zauberwort zu warten, das Prof. Lamina schließlich hervorbrummte: »Zootopolis.«

Mrs. Riverday streichelte den Panzer und flüsterte der Schildkröte etwas zu. Prof. Lamina lauschte, verstand aber die leisen Worte nicht. Dann kraulte Mrs. Riverday Lutetia den Hals. Sachte schwenkte die Schildkröte daraufhin ihren Kopf hoch und schaute die Journalistin lange an. Es war fast so, als ob die Kröte in ihre Seele blicken würde. Immer wieder flüsterte Mrs. Riverday auf sie ein. Dann senkte Lutetia den Kopf und kroch zu einem der vielen Blätter, die überall herumlagen. Sie schnupperte an dem Blatt und nahm es schließlich auf, schob es sich mit der Zunge ins Maul und mampfte. Lutetia fraß!

»Wie haben Sie denn das geschafft!?« fragte Prof. Lamina verblüfft.

Mrs. Riverday lachte. »Mit Liebe und mit Zeit. Und Lutetia hat doch alle Zeit der Welt, oder?«

Der Direktor staunte. »Respekt!« sagte er. »Das dürfen wir aber nicht Mr. Afanti erzählen, der wird sonst sehr eifersüchtig.«

»Hast du gehört, Lutetia? Kein Wort zum Elefantenpfleger!«

Lutetia kaute inzwischen am nächsten Blatt, dann kroch sie in ihre Ecke zurück und verharrte dort.

Es dauerte nicht lange, und sie schlief ein. Mrs. Riverday war davon noch mehr ergriffen als Prof. Lamina, doch auch dieser vergaß in diesem Moment den Pfau, der in derselben Halle untergebracht war. Schweigend öffneten sie die Tür zu Halle sieben – die Flamingos, Pelikane und Pinguine warteten schon auf sie.

»Sehen Sie, wie die Flamingos in Wannen stehen? Hat alles Mr. Afanti gebastelt.«

Mrs. Riverday bejahte die Frage, schließlich standen ja die rosaroten Vögel direkt vor ihnen. Mit ihren dünnen Beinen stelzten sie im flachen Wasser in den von Mr. Afanti hingesetzten kleinen Schalen und zogen ihre Schnäbel dabei hin und her.

»Ihre Seihschnäbel gleichen im Prinzip den Barten eines Wals, auf den Lamellen sitzen feine Härchen. Die Vögel schwingen ihre Schnäbel seitlich durch das Wasser und halten sie dabei halb geöffnet. Dabei fährt die Zunge ständig vor und zurück, so filtern sie die wichtigen Stoffe heraus. Übrigens sind Flamingos recht anspruchslos, was die Wasserqualität angeht.«

»Aha.«

»Die Rosafärbung des Gefieders kommt übrigens durch die Aufnahme von Carotinoiden in der Nahrung, also zum Beispiel durch planktonische Algen. In der Leber wird der Stoff mit Hilfe von Enzymen umgewandelt, so entsteht Canthaxanthin, das in Haut und Federn eingelagert wird.«

»Interessant.«

»Flamingos leben größtenteils in Afrika und Südamerika. Sie sind Koloniebrüter, ihre Nester bestehen aus konischen Schlammhügeln mit einer Mulde. Nur ein Ei kommt dort hinein, und wenn der Jungvogel geschlüpft ist, braucht er zweieinhalb Monate, bis er flügge ist.«

Gerade in diesem Augenblick zankten sich zwei Flamingos und schnarrten dabei, während sie ihre krummen Schnäbel aneinanderlegten.

»Das ist nur der Futterneid«, erklärte Prof. Lamina und ging dann zu den Pelikanen. Ein halbes Dutzend hockte auf künstlichen Erhebungen und putzte sich, dabei wackelten ihre Kopffedern wie die Fransen eines Staubwedels.

»Witzig, die Frisuren, nicht wahr?«

Mrs. Riverday mußte herzhaft lachen.

»Mit ihren Kehlsäcken können sie bis zu 13 Liter fassen, sie benutzen sie zum Fischen. Pelikane sind sehr gute Thermiksegler, aber sie brauchen eine Ewigkeit für den Start. Wie ein Schwan läuft der Pelikan flügelschlagend über die Wasseroberfläche. Ist er aber erst mal in der Luft, kann er 24 Stunden ohne Pause fliegen.«

»Wow!«

»Ein Pelikan frisst am Tag für gewöhnlich 10 Prozent seines Körpergewichts. Die Vögel jagen in Gruppen. Meistens schwimmen sie in einer Hufeisenformation und treiben die Fische in flacheres Wasser. Heftiges Flügelschlagen unterstützt ihre Taktik. Schließlich ist der Tisch für sie gedeckt.«

»Ich staune immer wieder, wie strategisch Tiere manchmal sind.«

»Dann warten Sie erst mal die Schimpansen ab.«

»Ach so?«

»Natürlich können die Vögel auch alleine auf die Jagd gehen. Der Braunpelikan zum Beispiel jagt aus der Luft. Er stürzt sich ins Meer und jagt die Fische unter Wasser.«

»Also wie ein Eisvogel?«

»So ähnlich. – Zur Balz verfärben sich die nackten Hautpartien im Gesicht. Dabei wird der Hautsack wie ein Ballon aufgeblasen. Außerdem recken sie Kopf und Schnabel empor. Wenn sich dann zwei gefunden haben, sucht das Weibchen einen Nistplatz. Auch hier tanzt der Braunpelikan aus der Reihe, bei seiner Art sucht das Männchen die geeignete Stelle.«

»Tja, die Gleichberechtigung!« witzelte Mrs. Riverday.

»Graupelikane brüten gerne auf Mangobäumen, Feigen, Palmyra- oder Kokospalmen. Das Baumaterial wird übrigens vom Männchen herbeigeschafft. Dabei dient ihm sein Schnabelsack sozusagen als Einkaufstüte.«

»Schon wieder Gleichberechtigung!« freute sich die Journalistin.

»Im Zoo gehaltene Pelikane werden etwa 40 Jahre alt. In freier Wildbahn ist das anders, oft wurden sie sogar gejagt. Früher glaubte man, daß ihr Fett gegen Rheuma helfe, vor allem Jungvögel waren begehrt. Inzwischen hat sich das aber wieder beruhigt. Man versucht, mit ihnen in Frieden zu leben. In Indien brüten sie sogar auf Dächern, so wie es bei uns die Störche tun.«

Mrs. Riverday zeigte zu den Pinguinen. Einer rutschte den Boden entlang und schubste den anderen, der stramm wie ein Soldat stand, um. Grinsend schritt der Direktor zu ihnen hin.

»Sind sie nicht niedlich? Alle im Frack. Haha! – Wir haben hier Brillenpinguine. Und wie alle Pinguine können auch diese hier fliegen.«

»Fliegen? Pinguine?«

»Ja, wußten Sie das nicht? Pinguine fliegen … im Wasser! Es gibt keinen Vogel, der sich so effizient im Wasser bewegt wie ein Pinguin. Sein Gefieder besteht aus haarähnlichen Federn, und der Knochenbau ist für diese Schwimmstrapazen gut ausgerüstet. Anstelle der bei Vögeln sonst üblichen hohlen Knochen haben Pinguine dichte und schwere Knochen. Übrigens gibt es vier Arten: den Brillen-, den Humboldt-, den Galapagos- und den Magellanpinguin. Es gibt natürlich auch noch Felsenpinguine. Und es gibt Königs- und Kaiserpinguine, doch diese brauchen eine spezielle Anlage, die ihnen das Polklima simuliert. Im nächsten Jahr wird so eine Anlage auch auf Zootopolis fertig sein.«

»Das wäre ja auch erbärmlich, wenn der Zoo der Zukunft keine Kaiserpinguine hätte, nicht wahr?«

Prof. Lamina gab hierauf keine Antwort.

»Ihre Augen sind auf scharfe Unterwassersicht ausgerichtet. Daher haben sie eine sehr flache Hornhaut, was wiederum eine Kurzsichtigkeit an Land bedeutet. Vielleicht erklärt sich damit auch ihre amüsante Tolpatschigkeit.«

»Ja, genau das liebe ich an ihnen, dieses Wackeln, und wenn sie dann an der Uferkante stehen, trauen sie sich doch nicht, ins Wasser zu springen.«

»Tja, Pinguine sind eben richtige Clowns, hier an Land zumindest. Wir lassen sie nachher in das Spezialbecken hinein, dann können sie sich darin austoben.«

Mrs. Riverday fotografierte die Pinguine, Pelikane und die Flamingos, dann öffnete Prof. Lamina die Tür zu Halle sechs. Da Robbie und Flobbe schliefen, war diesmal kein »Öh-öh-öh« zu hören.

Prof. Lamina änderte das aber ungewollt, indem er versehentlich gegen das Gitter stieß und die Tiere damit aufweckte. Sofort richteten sie sich auf, blökten wie die Blöden und robbten zu ihm hin.

Prof. Lamina grinste. »Das hab' ich nun davon. Darf ich Ihnen eine Fütterung vorführen?«

Mrs. Riverday bejahte.

Dann griff Prof. Lamina den Eimer, in dem einige Fische bereitlagen, öffnete die Gittertür und betrat die Anlage. Robbie richtete sich auf und legte seinen Bauch an die Beine des Direktors. Mit seinen Flossen umarmte er sie. Prof. Lamina hielt den Fisch sehr hoch, so mußte sich Robbie strecken. Er wirkte jetzt noch eleganter als sonst. Dann ließ Prof. Lamina den Fisch los, so daß er schnurgerade in den Schlund der Robbe rutschte. Ein zweiter Fisch, ein dritter und ein vierter – dann robbte Robbie zur Seite, und Flobbe war an der Reihe. Hier geschah dasselbe Spiel: Vier Fische rutschten in den Schlund, dann bewegte sich Flobbe zur Seite. Beide Tiere saßen nun nebeneinander und warteten, bis Prof. Lamina mit dem nächsten Eimer näher kam. Dann gab er ihnen ein Zeichen. Die Tiere erhoben sich und klatschten mit den Flossen. Dann legten sie sich auf den Bauch und streckten ihre Schwanzflossen in die Höhe. Zur Belohnung gab es vier Fische. Dann hielten sich die Robben auf Befehl mit der rechten Flosse die Augen zu, dann mit der linken. Wieder gab es Fische zur Belohnung.

»Öh-öh-öh!« lautete die Antwort.

Jetzt sollten sie ihren Fütterer küssen. Sanft schmiegten sie ihre Schnauzen an die Wange des Direktors, der sich dafür hinhocken mußte. Noch einmal für jeden zwei Fische. Prof. Lamina zeigte dann in die Ecke, und beide Robben rutschten mit Geblöke dorthin.

»Ist alles noch die Schule meines Vorgängers«, kommentierte Prof. Lamina.

Mrs. Riverday wurde nachdenklich. Der gute, alte Eulenrath …

»Er muß doch seine Tiere vermissen«, sagte sie.

»Ja, es ist schwer, in Rente zu gehen, wenn man so einen Beruf hat wie wir. Dem Eulenrath ist es in der Tat nicht leichtgefallen, aber ich glaube, er hat sich gefangen und genießt jetzt doch seinen Ruhestand.«

Mrs. Riverday wollte das nicht wirklich glauben. Eulenrath und Ruhestand? Der? Aber es war noch zu früh, dieser These zu widersprechen.

»Warum schwimmen die Robben nicht im Spezialbekken?« wollte sie wissen.

»Ihre Zeit kommt noch, jetzt baden gerade die Nilpferde.«

»Soll ich die Robben vielleicht abduschen?«

»Warten Sie damit bis nachher, jetzt sind sie müde und ruhen sich aus. Wenn Sie möchten, kann ich Ihnen aber noch ein paar Eckdaten über die Robben geben.«

Mrs. Riverday wollte das.

»Robbie bringt 280 Kilogramm auf die Waage, Flobbe wiegt etwa ein Drittel davon. Ihre Heimat ist Kalifornien und Nordmexiko. Sie bevorzugen Sandstrände und bleiben in der Regel in Küstennähe. Robben tauchen 40 Meter tief und fressen auch Tintenfische. Oft jagen sie in Gruppen. Sie bewegen sich im Wasser sehr elegant und können es schon mal auf 40 Kilometer pro Stunde bringen. Sie sind sehr verspielt und neugierig – und vor allem interessiert. Verstehen Sie, was ich meine? Neugierde ist das eine; Neugierde verschwindet, wenn man das Neue erfahren hat. Interesse aber ist viel mehr. Es bedeutet, daß man das Neue vertiefen möchte, weiterlernen will. Die Fähigkeiten der Robben gehen sogar so weit, daß manche Arten von ihnen für Sonderzwecke eingesetzt werden. Sie können zum Beispiel nach versunkenen Gegenständen suchen, oder die Polizei läßt sie als schwimmende Spürhunde arbeiten. Nicht selten finden sie im Hafenbecken Rauschgift oder Waffen. Robben eignen sich auch für Unterwasserfotos, und das Militär setzt die Tiere für Bergungen ein. Eine beeindruckende Vorstellung, nicht wahr?«

»Ja, beachtlich.«

»Flobbe ist übrigens schwanger – wie einige Tiere von uns, nebenbei bemerkt. Nachwuchs wird es bei den Löwen, Tigern, Nashörnern, Nilpferden und auch bei den Affen geben. Die Elefanten gehen diesmal leer aus, sie haben ja Timba.«

»Das ist ja großartig!« freute sich die Journalistin.

»Nun geht es aber zu den Nilpferden.«

Prof. Lamina öffnete die Tür zu Halle fünf, dann die Tür zum Spezialbeckenraum. Ein lautes Gegrunze begrüßte sie, Plumpi und Pampe badeten. Ihre Mäuler waren so weit aufgerissen, daß Mrs. Riverday schon glaubte, sie hätten sich die Kiefer ausgerenkt. Bedrohlich blitzten die Zähne hervor. Dann flog aus einer Ecke ein Kohlkopf herüber und landete im Maul von Pampe. Das Tier schloß den Kiefer, kaute und tauchte ab.

Ein zweiter Kohlkopf flog herüber, diesmal galt er Plumpi. Sie schluckte den Kohlkopf wie eine Praline hinunter und tauchte ebenfalls ab. Mr. Afanti kam ins Licht.

»Tag, die Dame und der Herr!« begrüßte er beide.

Mrs. Riverday lachte. »Bekommen wir auch einen Kohlkopf?«

»Nein«, grinste Mr. Afanti, »der Smutje hat für uns viel schönere Sachen.«

»Alles soweit in Ordnung?« erkundigte sich der Direktor.

»Ja. Wir werden nachher die Tiere aufs Freideck lassen.«

»Hm. Wie wäre es, wenn Sie unserer Journalistin etwas über Nilpferde erzählen? Ich habe schon ganz viele
Fusseln auf der Zunge.«

»Geht klar, Boß! Also, wo fangen wir denn da an …
Zunächst mal der Name. Man sagt Nilpferd, oder auch
Flußpferd. Aber vom Pferd stammt das dicke Tier dann
doch nicht ab, sondern eher vom Wal. Aber das ist so
eine Sache … sehen Sie die Haut? Sie ist eher bräunlich,
kupferfarben. Hier und da gibt es sogar rosafarbene Flekken. Sieht irgendwie auch nach Schwein aus, oder?«

Mrs. Riverday grinste.

»Sie können sich wie U-Boote verstecken, sehen Sie?
Nur Stirn und Augen schauen heraus, der Rest ist unter
Wasser. – Richtige Glupschaugen haben sie.«

Mrs. Riverday schluckte. »Ich? Glupschaugen?«

»Nein, die Nilpferde.«

»Ach so …« – Mrs. Riverday lachte so laut, daß Plumpi
und Pampe mit Geröhre antworteten. Lange hallte ihr
Ruf in Halle fünf nach.

»Ihre Eckzähne, die Hauer, haben eine Länge von
70 Zentimetern. Davon ragen dann 30 Zentimeter aus
dem Zahnfleisch – sie brauchen also eine große Klappe.
Ihre Kiefer können sie bis zu 150 Grad öffnen, wie man
sieht.«

Mrs. Riverday verstand so gut wie gar nichts, da beide
Tiere wieder ihre Lautstärke unter Beweis stellten.
Mr. Afanti wiederholte deshalb die Sache mit den Zäh-
nen und der großen Klappe.

»Also was wäre denn da noch … Ach so: Flußpferde
verbringen den Großteil des Tages im Wasser, nachts gehen sie an Land, um sich Nahrung zu suchen. Dabei

können sie sich einige Kilometer vom Wasser entfernen. Es gibt aber Berichte von Dürreperioden und daß die Nilpferde so lange unterwegs gewesen seien, daß sie erschöpft zusammenbrachen und starben. Ihr maximaler Bewegungsradius um ihren Fluß herum soll sieben Kilometer betragen. Aber das ist auch wieder so eine Sache.«

Mrs. Riverday staunte.

»Sie brauchen viel Feuchtigkeit, sonst wird ihre Haut rissig. Daher halten wir sie auch für längere Zeit im Spezialbecken.«

Prof. Lamina bestätigte das mit Kopfnicken.

»Erwachsene Flußpferde haben so gut wie keine natürlichen Feinde. Jungtiere werden allerdings schon mal von Krokodilen oder Löwen gefressen.«

Plumpi tauchte auf. Das abfließende Wasser verlieh dem Tier einen Glanz. Neugierig glupschten die Augen zu Mr. Afanti, doch dieser spendierte keinen weiteren Kohlkopf.

»Wie wäre es mit einem Besuch bei den Elefanten?« schlug Mr. Afanti vor.

»Na logisch! Ohne Elefanten ist ein Zoo nur halb so viel wert!« stieß Mrs. Riverday hervor.

»Willkommen in Halle vier!« sagte Prof. Lamina und öffnete die Tür.

Ein süßfauliger Geruch empfing sie. Er stammte von fünf Elefanten, vornean vom Bullen Bumbo.

Wenn auch die Nilpferde schon beeindruckend waren, so konnten sie es doch nicht mit diesen fünf Rüsseltieren aufnehmen.

»Prächtige Tierchen, nicht wahr?« scherzte Prof. Lamina.

»Ja, sehr beeindruckend.«

Mr. Afanti ergriff das Wort: »Zu Elefanten gibt es viel zu erzählen. Zunächst einmal die Sache mit dem Alter. Wissen Sie, warum es im Zoo früher so uralte Elefanten gab?«

»Weil sie im Zoo generell eine längere Lebenserwartung haben?«

»Ja, auch, aber ich meine diese Märchen mit den hundertjährigen Elefanten und so weiter.«

»Nein, weiß ich nicht.«

»Weil ein großer Elefant im Zoo einfach nicht sterben durfte, darum. Je höher sein Alter war, desto mehr Leute kamen, um ihn zu sehen. Aber niemand wollte sich eingestehen, daß auch diese Riesen einmal aus der Welt gehen müssen. Starb er tatsächlich doch einmal, wurde einfach ein neuer Elefant besorgt, der den alten Namen trug. So wurden die Elefanten eben noch ›älter‹, da sie ja das Geburtsdatum ihres Vorgängers quasi übernahmen. Und alle waren froh, daß es den alten Dickhäuter noch gab – wer bemerkte schon den Unterschied?!«

»Das glaube ich nicht!«

»Müssen Sie auch nicht. War aber so. Ihre richtige Lebenserwartung liegt zwischen vierzig und sechzig Jahren. Kommen wir zum nächsten Märchen, ihre Namen. Wissen Sie, wie unsere Elefanten heißen?«

»Ja, Rumba, Bobamba, Samba … dann Timba und … Bumbo, der Bulle.«

»Falsch.«

»Falsch? Wieso?«

»Unser Bulle heißt nicht Bumbo. Wir mußten ihn aber so nennen, weil die Firma, die die Patenschaft für ihn übernahm, das so wollte. Kennen Sie die Bumbo-Busse?«

»Äh … ja, kenne ich.«

»Deshalb also Bumbo. Er heißt aber in Wirklichkeit Colonel.«

»Colonel … tatsächlich?«

Prof. Lamina bestätigte es.

»Wie heißen denn die anderen Elefanten? Vielleicht Colorado, Cola und Clondyke?«

Beide Männer lachten.

»Rumba heißt Hatine, Bobamba heißt Fatume, Samba hört auf Sheila und Timba bleibt Timba. Da konnten wir uns ausnahmsweise durchsetzen.«

»Wir rufen sie hinter den Kulissen bei ihren richtigen Namen, also Hatine und so weiter, aber für das Publikum heißen sie natürlich nach wie vor Rumba, Samba …«, ergänzte der Direktor.

»Verstehe.«

»Bumbo … äh … Colonel ist mit viereinhalb Metern der größte Elefantenbulle der Welt. Seine Stoßzähne haben die Länge eines Menschen. Und er wiegt etwa sieben Tonnen. Zum Frühstück gibt es 40 Kilogramm Quetschhafer-Kleie-Müsli. Dann folgen zwei Zentner Heu, außerdem Möhren und Äpfel, zum Nachtisch eine Ananas. Colonel ist 40 Jahre alt.«

Mrs. Riverday blieb die Spucke weg. »Der größte Elefantenbulle der … Welt?«

»Bis jetzt jedenfalls. Ist auch so eine Sache. Man kann nicht alle Elefanten der Welt kennen.«

Die Journalistin ging, so gut sie konnte, ganz dicht an das Gitter des Bullen heran. Seine Stoßzähne waren in der Tat beeindruckend, und sein Blick schien vor Überlegenheit nur so zu strotzen. Rosafarbene Flekken verteilten sich über Stirn und Ohren. Sonst war der Bulle überall grau, fast schwarz. Tief atmete die Journalistin den Geruch des Tieres ein. Sie wollte noch einmal genau wissen, wie der größte Elefantenbulle der Welt riecht.

»Elefanten laufen auf leisen Sohlen«, erzählte Mr. Afanti, »sie gehen auf Polstern, fast lautlos. Also schön aufpassen, wenn sie heute Nacht in Ihrer Kabine schlafen!«

»Sehr witzig!« kam es von Mrs. Riverday zurück.

»Der Rüssel hat keinen einzigen Knochen. 40.000 Muskeln machen ihn beweglich. Elefanten haben ein großartiges Gedächtnis. Ihre Haut ist etwa zwei Zentimeter dick, und sie mögen Zärtlichkeiten. Also immer schön nett zum Colonel sein!«

Mrs. Riverday nickte ergriffen.

»In London gab es vor sehr langer Zeit mal den berühmten Elefanten Jumbo. Er entwickelte sich zu einem unberechenbaren Bullen, so wurde er an den Zirkus Barnum verkauft. Was für ein Wahnsinn! Nur drei Jahre später starb Jumbo. Er war mit einer Lokomotive zusammengestoßen.«

Mrs. Riverday wollte das nicht glauben: »Mit … einer … Lokomotive?«

»Ja. Aber sein Name war dann zu noch Höherem berufen. Nicht eine Lokomotive, sondern gleich ein Flugzeug wurde nach ihm benannt: die Boeing 747, ein Jumbo-Jet!«

Die Journalistin staunte.

»Elefanten tragen ihr Baby 22 Monate im Bauch. Elefanten fressen fast den ganzen Tag, und manch einer fragt sich, wie man mit Heu so groß werden kann. Aber Elefanten haben nun mal einen besonderen Stoffwechsel.«

Prof. Lamina schaute leicht verlegen zur Seite. Die Sache mit dem Stoffwechsel kam ihm sehr bekannt vor, zumal er ja selbst eine beachtliche Körperfülle vorweisen konnte.

»Nun stehen die Nashörner auf dem Programm«, warf er deshalb ein, während der Colonel stoisch auf- und abwanderte und dabei mit seinen breiten Füßen über den Stahlboden schlurfte.

»Bitte schön: Halle drei!«

Mauli und Fauli liefen gerade umher, nachdem sie sich für längere Zeit ausgeruht hatten. Als der Besuch kam, blieben sie stehen und schnupperten. Mr. Afanti blieb allerdings bei seinen Elefanten, so waren also wieder nur Prof. Lamina und Mrs. Riverday zugegen.

»*Breitmaulnashorn*!« präsentierte der Direktor.

»Warum betonen Sie das so?«

»Vielleicht wissen Sie das ja gar nicht, es ist auch mal als ›Weißes Nashorn‹ bekannt gewesen. Man sagt, daß daran ein Übersetzungsfehler schuld sei. Die Buren hatten es wegen seines breiten Mauls als ›wyd‹, also ›breit‹, bezeichnet. Die schlauen Briten verstanden aber ›white‹, also ›weiß‹. Witzig, nicht wahr?«

»Ja, total witzig. Ich schätze aber, daß dem Nashorn das egal ist.«

»Da schätzen Sie richtig. Nun denn, sehen Sie die starke Nackenmuskulatur? Die ist bei Mauli stärker als bei einem Bison. Beeindruckend, nicht wahr? Kommen wir mal zu den Daten: Kopfrumpflänge vier Meter, Schulterhöhe 200 Zentimeter und ein Gewicht von 3.500 Kilogramm. Das vordere Horn ist knapp 150 Zentimeter lang.«

»Irre!«

»Die Unterlippe ist mit einer hornigen Kante ausgestattet. So werden die fehlenden Schneidezähne ersetzt. Nashörner beißen also tüchtig ins Gras. Haha!«

»Höre ich da eine Metapher wegen des Horns?«

Prof. Lamina runzelte die Stirn. »Wie? Ach so, ja … die Nashörner wurden tatsächlich wegen ihres Horns gejagt. Aber das hat sich heutzutage beruhigt, wenn es auch leider noch ein paar Ausnahmen gibt. Dazu komme ich noch gleich.«

»Okay.«

»Nashörner haben einen sehr ausgeprägten Geruchssinn. Ohren und Augen spielen dagegen eine geringe Rolle. Sie können nur bis zu 20 Metern etwas erkennen, bei manchen ist der Sehradius sogar noch kleiner.«

»Dann sollten sie sich mal die Augen der Löwen ausleihen«, witzelte Mrs. Riverday.

»Breitmaulnashörner sind nicht so konsequente Einzelgänger wie andere Nashornarten. Sie bilden Gruppen von etwa zehn Tieren. Bullen werden dabei geduldet, solange sie sich nicht an die nicht brünstigen Weibchen heranmachen. Versuchen sie es dennoch oder droht eine andere Gefahr, bilden sie einen Kreis – dabei richten sie dem Angreifer ihre Hörner entgegen.«

»Sehr gutes System!«

»Genau. Sonst sind die Tiere aber wenig angriffslustig.

Wenn sie dennoch angreifen oder flüchten, galoppieren sie etwa 40 Kilometer pro Stunde. Übrigens macht sie ihre schlechte Sehkraft sehr unberechenbar. Man darf ein Nashorn niemals unterschätzen.«

»Aha.«

»Ihre Paarung dauert entgegen vieler anderer Tierarten recht lange. Eine halbe Stunde kann es schon mal dauern, aber das ist natürlich nicht immer so. Alle paar Minuten stößt der Bulle seinen Samen aus, und gerade das hat zu dem Irrglauben geführt, daß das pulverisierte Horn potenzfördernd sei. Deshalb hatte man viele Nashörner getötet.«

»Aha, verstehe.«

Mauli und Fauli schienen sich den Vortrag des Direktors genau angehört zu haben. Obwohl Prof. Lamina ja von einer eher geringen Rolle des Gehörs gesprochen hatte, waren sie aufmerksam, jedenfalls machten sie durch ihre Ohrbewegungen diesen Eindruck. Vielleicht lag es aber auch daran, daß die Halle jede Stimme widerhallen ließ und somit der Ton verstärkt wurde.

»Die wollen was lernen«, ulkte die Journalistin.

In diesem Augenblick ließ Fauli einen kräftigen Nieser heraus, so daß Mrs. Riverday zusammenzuckte.

»Gesundheit!« sagte sie.

»Rechts haben wir noch die Tapire. Sie sind mit den Nashörnern verwandt – obwohl, wenn Sie mich fragen, sie erinnern mich eher an Schweine oder Ameisenbären. Haha!«

Mrs. Riverday lachte mit. Sie schaute nochmals zu beiden Nashörnern, sah den Glanz in ihren kleinen Augen, sah die graue Haut, die doch um vieles dicker war als die der Elefanten. Mauli und Fauli schubberten sich gerade aneinander, als wollten sie sich gegenseitig kratzen. Mauli schnaufte dann und ließ einen seltsamen Pfeifton durch die Halle drei verlauten. Als sich Mrs. Riverday umdrehte, sah sie den Direktor, der die Tür zu Halle zwei bereits aufhielt: Die Kamele, Giraffen und Zebras waren nun an der Reihe.

Die beiden wurden von keinem Geringeren begrüßt als Mr. Gira.

»Ja hallo, da kommt ja Besuch, nisch?«

Der Direktor schüttelte Mr. Giras Hand. »Erzählen Sie doch mal unserer Journalistin etwas über Giraffen«, sagte er.

Das ließ sich Mr. Gira nicht zweimal sagen. »Wir haben hier drei Netzgiraffen: Tobi, Tutu und Matabi. Sie sind meine Lieblinge. Komm Matabi, komm!«

Matabi kam ganz dicht ans Gitter und senkte ihren Kopf hinunter. Mr. Gira bot der Giraffe ein Blatt an, das sie mit ihrer langen Zunge sogleich ins Maul zog.

»Ihre Zunge ist bis zu 40 Zentimeter lang, sie ist ihr wichtigstes Werkzeug. Mit ihr umgreift sie zum Beispiel einen Zweig und streift die Blätter ab. – Schmeckt's Matabi?«

Die Giraffe gab keine Antwort, aber die Emsigkeit ihrer Zunge verriet höchste Zufriedenheit.

»Giraffen haben längere Vorderbeine, so daß ihr Rükken deutlich nach hinten abfällt. Netzgiraffen können bis zu sechs Meter groß werden. Aber trotz ihrer Länge haben sie wie alle Säugetiere nur sieben Halswirbel, allerdings sind diese entsprechend lang. Nisch?«

Die Journalistin nickte und fotografierte Matabi.

»Schöne Augen hat sie.«

»Ja, haben alle Giraffen. – Damit das Blut bis ins Hirn transportiert werden kann, muß das Herz Höchstleistungen vollbringen. Es ist zwölf Kilogramm schwer und kann 60 Liter Blut pro Minute pumpen. Entsprechend hoch ist auch der Blutdruck.«

»Matabi will noch mehr Blätter haben«, verriet Mrs. Riverday.

Mr. Gira drehte sich um und schaute in die großen Augen der Giraffe.

»Hier, hast noch eins. Aber dann ist Schluß, Matabi, nisch?«

Matabi genoß das letzte Blatt, dann hob sie ihren Kopf und stelzte durch die Halle.

»Wenn sich Giraffen bücken, um zum Beispiel zu trinken, wird der Blutdruck durch dickwandige Halsgefäße mit Ventilklappen konstant gehalten.«

»Interessant.«

»Und sie können mit ihren Hufen ganz schön ausholen, da müssen sich sogar Löwen in acht nehmen! Giraffen können einem Löwen mit gezielten Fußtritten den Schädel zertrümmern! Nisch?«

»Armer Ramses«, flötete die Journalistin.

»Die Geburt erfolgt im Stehen. Das Jungtier fällt aus zwei Metern Höhe auf den Boden. Dort liegt es dann so zwei Stunden, bis es aufsteht.«

»Der Zoo der Zukunft wird dafür sorgen, daß neugeborene Giraffen künftig einen Fallschirm bekommen. Haha!« prustete der Direktor dazwischen.

Mrs. Riverday mußte tatsächlich lachen, obwohl sie diese Bemerkung ziemlich banal fand.

»Es vergehen drei Wochen, bis die Mutter das Jungtier

zur Herde führt. Nach sechs Jahren gelten Junggiraffen als ausgewachsen. Giraffen sind scheue Tiere.«

Die Journalistin nickte.

»Jetzt gibt's noch was zu den Kamelen zu sagen: Flocke, Hocke und Fussel«, ergänzte Mr. Gira.

Prof. Lamina und Mrs. Riverday folgten ihm.

»Man nennt sie auch Trampeltiere. Nisch?«

»Ach ja, richtig.«

»Wir sprechen hier vom sogenannten Schwielensohler. Kamele berühren den Boden mit einem Teil der Zehen und den sich anschließenden Schwielen. Sie haben folglich keine Hufschalen.«

»Das Kamel in der Wüste ...«, kommentierte Mrs. Riverday.

»Ja, genau. Mit diesen Füßen kommen sie im Sand gut voran. Übrigens haben Kamele ovale statt runde Blutkörperchen. Sie können in kurzer Zeit viel Wasser aufnehmen. Und sie haushalten damit sehr gut, daher sind sie eben in trockenen Gebieten gut einsetzbar. Allerdings sind die Höcker keine Wasser-, sondern Fettspeicher.«

»Fantastisch!«

Genau in diesem Augenblick glupschte Fussel selten dämlich in die Menschengruppe. Jeden einzelnen beäugte er, als würden vor ihm neue Kamele stehen, die ihm das Revier streitig machen wollten.

»Na, Fussel? Alles fein?«

Fussel drehte sich um und ging zu Flocke.

»Na also«, freute sich Mr. Gira. »Wie wäre es jetzt mit einem Trip zu den Zebras?«

Mrs. Riverday sagte zu, und so liefen sie die wenigen Meter zu den gestreiften Tieren.

»Zunächst mal zu den Streifen. Sie sind die beste Tarnung. Die Streifen lösen die Umrisse der Tiere quasi auf, so daß Löwen Schwierigkeiten haben, einzelne Tiere zu verfolgen. Man ist inzwischen auch der Meinung, daß jedes Zebra individuelle Streifenformen hat, sich also wirklich von jedem anderen Zebra unterscheidet – so wie es beim Menschen mit dem Fingerabdruck der Fall ist. Übrigens beschäftigen sich die Forscher auch mit der Frage, ob Zebras weiße Tiere mit schwarzen Streifen oder schwarze Tiere mit weißen Streifen sind. Wir haben hier übrigens nur Steppenzebras. Sie sind sehr sozial und leben in kleinen Familiengruppen. Nisch?«

»Klingt toll.«

»Es gibt verschiedene Arten von Zebras. Einige von ihnen sind bereits ausgestorben. Man kann sie anhand ihrer Beine unterscheiden. Zebras mögen überwiegend kurzes Gras, fressen aber auch andere Pflanzen. Ihr Lebensraum ist sehr groß, manchmal sieht man sie auch in Wäldern.«

»So, dann hätten wir ja das Wichtigste«, drängte Prof. Lamina, dem die Zeit auf den Nägeln zu brennen schien. »Jetzt kommen wir noch zu den Affen, Mrs. Riverday. Unsere nächsten Verwandten!«

Die Journalistin wollte Mr. Gira eigentlich noch ein paar Fragen stellen, was sie ihm mit Gesten zu verdeutlichen versuchte. Aber Mr. Gira zuckte nur mit den Schultern.

»Chef hat keine Zeit, nisch?«

Mrs. Riverday nickte und folgte dem Direktor, der die Tür bereits aufhielt – und so gingen sie in Halle eins.

Mr. Eddi sprach mit Gora, die ihr Ohr ans Gitter preßte. Aufmerksam hörte das Gorillaweibchen zu.

Als Prof. Lamina und Mrs. Riverday in die Halle traten, drehte er sich um und begrüßte als erstes den Direktor, dann Mrs. Riverday.

»Wir sind jetzt am Ende unserer Runde angelangt und wollen noch etwas über die Affen erfahren«, erklärte Prof. Lamina dem Pfleger. »Wollen Sie das übernehmen?«

Mr. Eddi nickte.

»Tja, wo fange ich denn da an … Gehen wir doch als erstes mal zu den Schimpansen.«

Beide folgten ihm.

Banti hockte auf dem Boden und hielt in jeder Hand ein Büschel Salatblätter. Zufrieden kaute sie ihre Mahlzeit, biß im Wechsel mal von den Büscheln der linken und dann wieder von der rechten Hand ab.

»Schimpansen leben in Großgruppen, spalten sich aber wiederum in Untergruppen auf. Diese Untergruppen bestehen aber nur vorübergehend. Sie haben eine starke Bindung, ihr Sozialverhalten ist ziemlich verwickelt. Wenn sie andere nicht mögen, bekriegen sie sich auch schon mal. Das betrifft insbesondere Gruppenfremde und kann schon mal ausufern, also … ich meine … Schimpansen töten nicht nur zum Zwecke des Nahrungserwerbs. Sie verstehen?«

Mrs. Riverday verstand.

»Sie sind uns ähnlicher, als wir es vielleicht wahrhaben wollen«, ergänzte der Affenpfleger. »Ihre Art, mit anderen umzugehen, ähnelt durchaus dem Menschen, insbesondere was Krieg und damit das Töten angeht. Schließlich nennen wir sie ja auch Menschenaffen. Nicht wahr?«

Mrs. Riverday nickte eifrig.

»Sie benutzen Steine oder Holzstücke als Hämmer. Stöcke werden als Schaufeln eingesetzt und zerkaute Blätter nutzen sie als Schwämme.«

»Beachtlich!«

»Ja. Schimpansen suchen sich sowohl am Boden als auch auf Bäumen Nahrung. Dabei sind ihnen die langen Arme sehr hilfreich. Ihre Hände und Füße enden in fünf langen Fingern und Zehen, wie man sieht. Schimpansen können extrem gut klettern.«

Mrs. Riverday nickte.

»Wie lange Schimpansen der westlichen Welt bekannt sind, weiß man nicht so genau. Es gab mal einen karthagischen Seefahrer – ich glaube, er hieß Hanno. Das war noch zu den Zeiten vor Christus. Der hatte von einer Afrikareise Felle von drei ›wilden Frauen‹ mitgebracht. Es könnte sich dabei durchaus um Schimpansen gehandelt haben. Das Weltbild war ja damals noch recht eingeschränkt. Aber dank Darwin wissen wir heute mehr. Heute sehen wir diese Tiere als unsere nahen Verwandten.«

»Felle von wilden Frauen? Klingt schaurig.«

»Ja, finde ich auch. Einen Schimpansen werden Sie vielleicht sogar aus dem Filmgenre kennen: Cheeta. Er wirkte in den Tarzan-Filmen mit und wurde über 75 Jahre alt. Das ist extrem viel.«

»Na, der wurde ja bestimmt auch gut gepflegt.«

»So ist es«, bestätigte der Direktor.

»Übrigens werden unsere Schimpansen mit dem sogenannten Klickertraining trainiert. Das bedeutet, daß wir mit kleinen mechanischen Geräten einen Klick erzeugen, direkt danach gibt es Futter.«

»Und wozu ist das gut?«

»Sie lernen, das Geräusch mit Futter in Verbindung zu bringen oder, besser, mit einer Belohnung. Natürlich bezwecken wir damit etwas. Das kann zum Beispiel das Hinhalten ihres Armes sein. So können wir sie untersuchen, Blut abnehmen oder Urinproben entnehmen. Haben sie ihre Sache gut gemacht, hören sie von uns den Klick, dann gibt es die Belohnung. Später wird der Klick durch Handzeichen ersetzt.«

»Vormachen!« rief die erstaunte Mrs. Riverday.

Mr. Eddi kam der Bitte nach. Er gab Banjo ein Zeichen, und kurz darauf kam sie ans Gitter heran.

Mr. Eddi sprach auf sie ein, dann hielt sie tatsächlich ihren Arm hindurch. Mr. Eddi kraulte ihre Hand und lud Mrs. Riverday ein, es ihm nachzutun. Sie zögerte nicht und faßte Banjo erst zart, dann herzhaft in die langen Finger. Es war ein unglaublich schönes Gefühl, einem Affen die Hand zu geben! Mr. Eddi simulierte dann eine Untersuchung, reichte eine Frucht und schickte Banjo an ihren Platz zurück.

»Machen Sie das niemals alleine!« mahnte Mr. Eddi. »Es könnte passieren, daß Ihnen der Finger abgebissen wird.«

Prof. Lamina bestätigte das. »Mr. Eddi hat recht. Niemals alleine mit den Affen flirten. Auch nicht mit den Löwen und dergleichen.«

Mrs. Riverday versprach es, und so gingen sie zu den Orang-Utans.

Wieder hockten die rotbraunen Tiere wie nasse Säcke herum. Einer von ihnen schaute durch seine wild herumhängenden Fellfransen hindurch und ließ seinen

Blick hin- und herwandern, so als hätte er gerade Wachdienst.

»Orang-Utans sind wie alle Menschenaffen tagaktiv. Nur um die Mittagszeit ruhen sie sich aus. Interessant ist ihre Art, die Nachtruhe vorzubereiten: Sie errichten ein Nest aus Blättern und Zweigen, und zwar in der Regel für jede Nacht ein neues. Ihr Leben spielt sich meistens auf Bäumen ab. Und sie sind nicht so hektisch wie die Schimpansen. Sie rennen nicht so sehr, sondern schwingen sich lieber elegant von Ast zu Ast. Hier in der Halle läßt sich das natürlich nicht so darstellen, aber das ist ja hier auch nur ein Provisorium. – Orang-Utans sind übrigens schlaue Tiere. Um die Distanz zwischen Bäumen, die sie zu erreichen beabsichtigen, zu verringern, versetzen sie diese gerne mal in heftige Schaukelbewegungen. Orang-Utans sind richtige Artisten!«

»Sind sie die schlauesten Affen?«

»Kann man sagen, aber das relativiert sich. In der Wildnis sind die einen Affenarten schlauer, in menschlicher Obhut wieder die anderen. Bei Orang-Utans haben wir festgestellt, daß sie in Gefangenschaft häufig mit technischen Werkzeugen umzugehen wissen. Sie schaffen es beispielsweise, eine mit Schnallen verschlossene Schachtel zu öffnen. Legen Sie in ihren Käfig einen Maulschlüssel hinein, werden sie ihn entsprechend einsetzen, zum Beispiel als Riegel, oder sie versuchen tatsächlich, mit ihm herumzuwerkeln.«

»Aber ausgebrochen ist noch kein Orang-Utan, oder?«

»Nein. Bisher nicht.«

»Wie beruhigend«, scherzte Mrs. Riverday.

»Orang-Utans kommen selten auf den Boden. Und sie sind Einzelgänger. Ihre typischen sekundären Geschlechtsmerkmale wie Wangenwülste und Kehlsäcke bilden sich etwa ab dem 15. Lebensjahr heraus. Dabei spielt durchaus auch die Umgebung eine Rolle. Gelingt es ihnen, ein eigenes Territorium zu schaffen, bilden sich diese Merkmale schon früher.«

»Wie alt werden sie denn?«

»Oh ja, die Lebenserwartung: Also in freier Wildbahn können Sie von bis zu 50 Jahren ausgehen, unter menschlicher Obhut werden sie sogar noch älter.«

Prof. Lamina brachte sich ein: »Ich habe noch etwas zu erledigen, deshalb wäre es schön, wenn wir zum Ende kommen könnten.«

»Na – Sie können doch schon mal vorgehen. Ich unterhalte mich derweil mit Mrs. Riverday alleine«, schlug Mr. Eddi vor.

»Nein, bleiben Sie bitte! Nur noch die Gorillas, dann haben wir doch alles durch, oder?« bat die Journalistin.

Der Direktor willigte ein. »Also schön, noch die Gorillas.«

Bana spielte mit dem Stroh, das überall herumlag, raufte es zu einem Bündel zusammen und warf es sich über den Kopf. Dann rannte sie durch die Halle zu King Bong. Dieser lehnte sich ganz gelassen an die Wand und sinnierte zur Decke. Bana schien das nicht zu gefallen, so nahm sie das Büschel Stroh und warf es Bong auf den Kopf. Lustig sah der Riese damit aus. Er blickte durch das herunterhängende Stroh, als hätte ihm ein Friseur eine besonders schrille Partyfrisur verpaßt.

Bong zog das Stroh langsam herunter und langte

dann schwungvoll mit dem rechten Arm zu Bana, was
so aussah, als wollte er ihr eine scheuern. Aber sie wich
im richtigen Augenblick aus. Bana amüsierte sich, und
Bong wiederholte seine Armbewegung. Dann rauften
sie sich spielerisch. Schließlich rannte Bana zu Gora und
kuschelte mit ihr.

»Zu King Bong habe ich nur geschützten Kontakt.
Er ist sehr kräftig. Wenn er will, kann er einiges zer-
schlagen. Stellen Sie sich mal vor, Sie würden ihm direkt gegenüberstehen, ohne Gitterschutz. Er könnte Sie
umbringen. Mit mir würde er das wohl nicht tun, aber
man weiß es natürlich nie genau. Wenn ich mich um
ihn kümmere, ist also immer ein Gitter zwischen uns.«

»Verstehe.«

»Aber denken Sie nicht, daß unsere Beziehung arm
wäre. King Bong hat sich so stark an mich gewöhnt,
daß er einen anderen, neuen Pfleger zunächst einmal gar
nicht akzeptiert. Wir haben das schon erlebt, als ich mal
mehrere Wochen ausfiel.«

»Das müßte Sie sehr freuen, wenn sich das Tier so an
Sie bindet.«

»Ja«, sagte Mr. Eddi mit einem leisen Lächeln, »so ist
es auch.«

»Das ginge mir nicht anders.«

»Gorillas sind sehr friedliche Tiere, auch wenn sie über-
mächtig erscheinen. Wir haben es hier mit den Flach-
landgorillas zu tun. Ihr Verbreitungsgebiet reicht vom
südlichen Kamerun und dem Westen Zentralafrikas bis
über Äquatorialguinea, Gabun und den Kongo. Sie leben
in Regenwäldern und Sumpfgebieten.«

»Und man trifft sie auch gelegentlich in zoologischen Gärten an«, witzelte Prof. Lamina.

»Ja, genau. Man hält in Zoos fast ausschließlich diese Gorillaart. Sie ernähren sich von Blättern, Kräutern, und am liebsten mögen sie Früchte. Man will aber auch schon gesehen haben, wie sie Termitenhügel aufbrachen und Insekten verzehrten.«

»Igitt!« stieß Mrs. Riverday aus.

»Es gibt natürlich noch andere Arten, zum Beispiel den Berggorilla. Sollten Sie mal so einem Exemplar begegnen, senken Sie am besten den Blick. Schauen Sie ihm niemals in die Augen! Direkten Blickkontakt empfinden die als Provokation. Die Quittung könnte ein tödlicher Angriff sein!«

»Das werde ich berücksichtigen«, versicherte Mrs. Riverday.

»Sehen Sie seinen hellen Rücken?« fragte Mr. Eddi. »Das verleiht King Bong Würde und Macht. Er ist im besten Mannesalter.«

»Ja, man nennt ihn ja auch ›Silberrücken‹.«

»Gottlob sind unsere Finanzen so gut, daß wir kein ›Silber rücken‹ müssen. Unser Besteck bleibt schön zu Hause. Haha!«

Mr. Eddi sah die irritiert blickende Journalistin an.

»Professor Lamina meint mit dieser Metapher, daß wir kein Tafelsilber verkaufen müssen, um Zootopolis zu finanzieren. Die Firma Zoofrika hat mit den Aktionären sehr viel Geld und damit ein starkes Rückgrat«, erklärte er.

»So wie ein echter Silberrücken, nicht wahr?« lachte Mrs. Riverday, um zu zeigen, daß sie verstanden hatte.

»Genau. Wie ein echter Silberrücken.«

Dann verabschiedeten sich Mrs. Riverday und Prof. Lamina von Mr. Eddi und gingen aus den Tierhallen hinaus. Der Direktor verschwand in seine Kabine, um Büroarbeiten zu erledigen. Die Journalistin zog sich ebenfalls zurück, machte sich Notizen und legte sich in die Koje. Doch sie konnte nicht schlafen, weil sie über Zootopolis nachdachte. Aber zu einer späten Stunde schlief sie dann doch ein.

Sie träumte vom Tiger Nero. Er blieb nicht in seiner Halle, sondern stieß mit seiner Stirn das Gitter auf. Dann lief er den Mittelgang bis zu den Affen, verharrte dort kurz, drehte um und lief wieder zurück. Aber er ging nicht in seine Halle zurück, sondern schlenderte durch Halle dreizehn aufs Freideck. Dort blieb er stehen und sah sich um. Die Bluebird war inzwischen menschenleer. Kein Käpt'n, keine Mrs. Reit, auch kein Prof. Lamina war mehr an Bord. Wo waren sie alle hin? Überall nur noch Tiere!

Nero lief über das gesamte Freideck, kehrte nach achtern zurück und stützte sich mit seinen Vorderpfoten an der Reling ab. Sanfter Wind umwehte seine Nase. Er schnurrte. Dann drehte er sich um, weil plötzlich hinter ihm der Colonel stand. Dieser ließ einen vibrierenden Brummton verlauten, worauf nach und nach alle Tiere hinzukamen. Es war ein gespenstisches Bild, so als ob die Tiere tatsächlich das Ruder der Bluebird übernommen hätten. Erst, als alle Hallen leer waren, wachte Mrs. Riverday auf. Was war das für ein Traum …

Am nächsten Tag wurden tatsächlich alle Tiere auf das Außendeck gelassen, bis auf die Papageien.

Jeder Pfleger kontrollierte nochmals die Absperrungen und die Netze, dann öffneten sie die seitlichen Türen.

Am neugierigsten waren die Elefanten. Die Leitkuh marschierte gleich als erste heraus und mußte feststellen, daß es in der Halle doch geräumiger war. Dennoch inspizierte sie jeden Winkel, indem sie alles berüsselte und mit einem kräftigen Geschnaufe sozusagen ihren Stempel aufdrückte: Elefantensabber! Die anderen Kühe folgten ihr, und Timba, die mit ihrem Gummiring beschäftigt war, kam allen Ernstes als letzte auf das Außendeck. Bobamba untersuchte dann noch besonders ausgiebig das Netz über ihr und zog daran. Doch das Netz war dick und gut festgezurrt, also konnte sie es nicht lösen.

Die Giraffen stelzten sehr vorsichtig aufs Außendeck. Manchmal blieben sie sogar stehen und guckten bloß. Der weite Blick aufs Meer schien ihnen fremd zu sein – so fremd, daß zwei der drei Giraffen wieder in die Halle zurückkehrten. Nur Tobi blieb draußen und bezüngelte die Reling.

Die Kamele gingen erst gar nicht hinaus.

Bei den Affen war es kunterbunt. Die Schimpansen rannten wie die Blöden hinaus und kletterten die Reling empor. Oben am Netz hangelten sie sich von einer Ecke zur anderen. Manchmal spielten sie Fangen und rannten in die Halle zurück, um dann wieder aufs Außendeck zu springen und sich am Netz festzukrallen.

Die Gorillas liefen langsam, aber zielstrebig hinaus. King Bong durfte als erster aufs Deck. Nachdem er alles für gut befunden hatte, folgten ihm die anderen. Eine Zeitlang lehnte sich Bong an die Reling, so daß er den Eingang zur Halle überwachen konnte. Als er aufstand, hatte er dicke Streifen am Rücken, die an den Abdruck einer zu engen Badehose erinnerten.

Die Seelöwen spielten verrückt. Sie hatten zwar diesmal das Spezialbecken für sich beanspruchen dürfen, doch als sie das weite Meer rochen und vor allem sahen, war es um sie geschehen. Wie Verliebte schaukelten sie hin und her, blickten zwischen den Relingstreben hindurch aufs Meer, machten ihr berühmtes »Öh-öh-öh« und waren kaum zu beruhigen. Erst, als Mrs. Riverday mit einem Wasserschlauch und einem mit Fischen gefüllten Eimer hinzukam, änderte sich das. Nun waren sie mit dem Futter beschäftigt, das geschwind in ihre Mägen wanderte.

Bei den Löwen, Bären, Tigern und Nashörnern verlief es sehr ruhig.

Die Pinguine waren eigenartigerweise gar nicht aufgeregt, obwohl sie ja, wie auch die Robben, im Meer zu Hause waren. Doch sie wackelten wieder wie betrunkene Kellner auf dem doch sanft schwankenden Deck; schließlich legten sie sich auf den Bauch und ließen sich den Wind um den Schnabel wehen.

So fuhr die Bluebird mit den vielen Tieren friedlich über den Ozean. Der Käpt'n hockte auf der Brücke und gaffte mit ernster Miene zum Horizont. Immer wieder überwachte er die Geräte und hielt über das Sprachrohr Kontakt zum Maschinisten. Der Smutje fragte, was denn der Herr Kapitän essen wolle.

»Mir egal«, sagte er. »Kochen Sie Pustekuchen.«

Der Smutje kannte die Launen des Käpt'ns sehr gut. So eine Antwort bedeutete immer, daß er schlecht geschlafen hatte. Also machte sich der Schiffskoch an die Arbeit und bereitete die Lieblingsmahlzeit des Kapitäns vor. Er hatte sich nämlich inzwischen ein Wörterbuch zusammengeschrieben, in dem die gängigsten Formulierungen des Alten zu finden waren. »Kochen Sie Pustekuchen« hieß übersetzt: Bratkartoffeln, Spiegelei mit Speck.

Prof. Lamina studierte diverse Unterlagen. Mrs. Riverday hatte er inzwischen auf den nächsten Tag vertröstet – sein Versprechen, Näheres über Zootopolis zu erzählen, würde er aber auf jeden Fall einhalten, hatte er ihr versichert. Schließlich machte er seinen täglichen Kontrollgang. Mrs. Reit begrüßte ihn.

»Ist wieder ein Keks hinuntergefallen?« fragte er spitz.

»Lutetia frißt wieder«, war die Antwort der Tierärztin. »Wie haben Sie das eigentlich hinbekommen?«

»Mit journalistischer Spitzfindigkeit«, entgegnete der Direktor und grinste dabei.

Mrs. Reit grinste zurück.

Mr. Afanti schmiß eine große Fuhre Heu in die Elefantenhalle, nachdem er die Exkremente seiner Rüsseltiere über Bord geworfen hatte. Mr. Leo beobachtete seine Löwen und warf jedem einen Fleischbrocken hin.

Mr. Eddi sprach mit seinen Gorilladamen, und Mr. Gira streichelte Matabi den Rücken. Nisch?

Tags darauf spazierte Mrs. Riverday auf dem Deck hin und her. Sie genoß die warmen Sonnenstrahlen sehr, setzte sich zwischendurch auf die Bank. Etwas später kam Mrs. Reit hinzu, die es sich neben der Journalistin gemütlich machte.

»Scheint ja bis jetzt alles gut zu funktionieren«, eröffnete die Ärztin das Gespräch.

»Ja, aber ich kann es immer noch nicht glauben, daß Bumbo eigentlich Colonel heißt, daß alle Tiere, die ich bereits seit Jahren kenne, künftig auf dieser blöden Insel leben sollen. Zu Hause werden sie mir fehlen.«

Mrs. Reit nickte. »Ja, ich verstehe. Meine Situation ist dagegen eine andere. Mitgefangen – mitgehangen!«

»Ich kann doch nicht für immer auf diese Insel ziehen, so etwas habe ich gerade hinter mir.«

»Wo war das genau?«

»Pingu-Eiland. Ich habe dort im Auftrag Bodenproben gesammelt, weil die Insel so naturbelassen ist.«

»Interessant«, murmelte die Tierärztin und schaute dabei zum Boden.

»Und nun fahre ich wieder zu einer Insel.«

»Ja, nach Zootopolis.«

»Genau. Für mich ergibt dieser neue Zoo aber keinen Sinn. Ich überlege immer wieder, wie ich den Direktor umstimmen oder beeinflussen könnte.«

»Den? – Das lassen Sie mal, die Würfel sind gefallen! Für Professor Lamina gilt ein Leitsatz: Wer ein großes Ziel hat, muß unbeschriebene Wege gehen. Wer das nicht packt, kann einpacken.«

Mrs. Riverday schaute die Tierärztin fragend an.

»Professor Lamina hat ein sehr großes Ziel, glauben Sie mir«, sagte Mrs. Reit. »Sonst würde er auch nicht diesen Aufwand betreiben. Sie können sicher sein, daß er sich davon nicht abbringen lassen wird, auch nicht von Ihnen, und auch nicht, wenn vernünftige Gründe dafür- beziehungsweise dagegensprechen. Wer weiß – vielleicht ist Zootopolis ja tatsächlich eine gute Idee? Zootopolis wird viele offene Fragen beantworten! – Die Zukunft wird es zeigen.« – Dann atmete Mrs. Reit tief durch und ergänzte: »Wir müssen da eben durch, auch wenn es uns überhaupt nicht schmeckt.«

Mrs. Riverday staunte. Die letzten Worte klangen ganz anders, als es vor einigen Tagen noch der Fall war. Ei- gentlich hatte Mrs. Reit zu der ganzen Sache eher eine skeptische, sogar gegnerische Einstellung gehabt. Deut- lich hörte sie noch die Worte, die die Ärztin seinerzeit zu ihr gesagt hatte: »Tiere sind keine Waren, die man in riesige Koffer steckt und auf Reisen schickt … Wenn Sie mich fragen, ist das alles großer Wahnsinn … eine verrückte Idee … so etwas kann sich nur ein Irrer ausdenken … Dieser Lamina hat sich die Tiere einfach unter den Nagel gerissen und streicht den Gewinn ein … so eine Frechheit!«

Die Journalistin überlegte, was Mrs. Reit wirklich trieb. Also stand sie auf und schaute die Tierärztin lange an. »Hand aufs Herz: Sind Sie eigentlich für oder gegen Zootopolis?« hakte sie nach. »Ich erinnere mich da an ganz andere Äußerungen von Ihnen, damals, als wir im alten Zoo sprachen.«

Mrs. Reit atmete tief ein und holte sich eine Zigarette aus ihrer Jackentasche heraus. Dann griff sie das Feuerzeug und zündete den weißen Stengel an. Lange zog sie an der Zigarette und blies den Qualm wie ein Fabrikschornstein aus. Sie blickte suchend umher. Es war fast so, als würde sie die Antwort auf der Bluebird finden wollen. Dann stand sie ebenfalls auf und hielt sich an der Reling fest, so als suchte sie Halt. Schließlich sinnierte sie zum Horizont.

»Ich bin mir nicht wirklich sicher«, erwiderte sie. »Die Sache ist sehr kompliziert. Sie als Journalistin müssen um Ihrer Arbeit willen fragen, recherchieren, protokollieren und überall die Nase hineinstecken. Sie sind in einer ganz anderen Situation als ich. In meinem Job und vor allem in einem Zoobetrieb gibt es durchaus Grenzen, niemand entscheidet alleine irgend etwas. Ich weiß nicht, wie das bei Ihnen ist, aber … lassen Sie es mich mal folgendermaßen formulieren: Was glauben

Sie, passiert, wenn sich ein Geologe zum Erdkern gräbt, hm?«

Mrs. Riverday war irritiert.

»Sie kommen ins Schwitzen«, antwortete Mrs. Reit. »Tief im Innern ist es heiß. Glühend heiß, Sie verbrennen.«

»Ja und?«

Die Ärztin zog noch einmal an der Zigarette und kniff die Augen dabei zu. Dann entließ sie den Rauch und schaute die Journalistin warnend an.

»Mrs. Riverday, ich gebe Ihnen einen guten Rat: Seien Sie vorsichtig! Graben Sie nicht zu tief, Sie könnten sich verbrennen! – Sie sind eine kluge Frau, aber Sie haben zu viel Herz. Denken Sie daran: Wer weniger weiß, schläft besser. – Mehr sage ich dazu nicht!«

Dann drehte sich die Tierärztin um und ging mit großen Schritten in ihre Kabine zurück.

Mrs. Riverday war einigermaßen verblüfft. Ihr schwirrten die Sinne. Sollte hier etwa doch noch mehr im Spiel sein?

Ihr wurde mulmig, Schüttelfrost überfiel sie. Es war nicht der Wind, der sie frieren ließ, sondern das Gefühl, daß hier etwas nicht stimmen könnte. Sie rieb sich den Körper, atmete tief durch und schaute zu den tanzenden Wellen, in denen sich die Sonne wie glitzernde Diamanten spiegelte. Erst spät entschloß sie sich, ebenfalls das Deck zu verlassen und sich in die Kabine zurückzuziehen.

Immer wieder dachte sie nach und umfaßte dabei das Holzmodell der Arche, das sie von Mr. Stone geschenkt bekommen hatte. Sie dachte an Matabi, an King Bong, sie dachte an den Colonel, an Ramses und an Lutetia.

Dann kramte Mrs. Riverday in ihrem Rucksack und

holte einen Gegenstand heraus. Sie legte ihn auf den Nachttisch und ging ans Fenster. Sie schaute zum Himmel, ließ ihren Blick lange aus dem Fenster schweifen, zwischendurch ging sie ins Bad und erfrischte sich. Dann schmunzelte sie und setzte sich hin. Mrs. Riverday hatte eine Idee.

Am nächsten Tag wartete Mrs. Riverday vor Halle dreizehn. Sie wußte, wann Prof. Lamina seinen Kontrollgang beginnen würde, und so wollte sie ihn direkt am Eingang abfangen. Nach einer Weile kam er tatsächlich. Als er die Journalistin sah, verzog sich sein Gesicht zu einer ernsten Miene.

»Guten Morgen, Professor Lamina!« begrüßte sie den konzentriert wirkenden Direktor.

»Guten Morgen, wollen Sie wieder eine Führung von mir?«

»Nein, danke. Aber ich möchte endlich mehr über Zootopolis erfahren. – Und was den Gang durch die Tierhallen angeht, möchte ich das ab jetzt gerne alleine tun. Ich brauche die Stille, den Geruch der Tiere. Es bedarf dann keiner Erläuterungen, um mich auf die Tiere einzulassen. Wer still ist, hört sie atmen, fühlt, was sie empfinden, und ist damit, so gut er kann, mit ihnen auf einer Wellenlänge.«

»Das haben Sie jetzt sehr poetisch gesagt, Mrs. Riverday. Aber hüten Sie sich vor allzu großen Ausmalungen. Tiere sind viel einfacher gestrickt, als wir das gerne hätten.«

»Ein Fall für Zootopolis?« fragte sie keck.

Der Direktor atmete tief ein. »Sie wollen die Details wissen, ich weiß.«

»Ja, deshalb bin ich ja mitgekommen. Im wesentlichen zumindest …«

Prof. Lamina schaute zum Himmel. »Es könnte bald regnen«, sagte er.

»Ja und?«

»Ich mache jetzt meinen Kontrollgang. Wenn ich dann vorne bei den Affen angekommen bin, gehe ich mal zum Käpt'n hinauf und frage nach der Wetterlage.«

»Ja, schön, und …«

»… dann erledige ich noch ein paar andere Dinge, und dann können wir beide uns in der Offiziersmesse treffen. Wie wäre es mit 14:00 Uhr? Es gibt Kaffee und Kekse.«

»Sind wir alleine?«

»Ja, sind wir. Aber wenn Sie wünschen, hole ich natürlich noch den Colonel dazu. Haha!«

»Das machen Sie mal«, grinste die Journalistin und lehnte sich an die Reling, während Prof. Lamina in Halle dreizehn verschwand.

Ruhig durchpflügte die Bluebird das Wasser, und genauso ruhig liefen die Elefanten auf dem Außendeck herum. Sie trotteten ihre feste Strecke ab. Erst eine Runde draußen, dann in die Halle hinein, dort auch wieder eine Runde, danach etwas Heu fressen, etwas trinken, dann wieder aufs Außendeck, und der Marsch begann von vorne.

Ähnlich verhielten sich die Löwen, Tiger und Bären, nur mit dem Unterschied, daß sie andere Futteralien als Heu bevorzugten.

Bei den Wasservögeln spielte Futter diesmal gar keine Rolle. Da diesmal die Pinguine ihren Badetag hatten, zeigten die tolpatschigen Watschler dem Außendeck den kalten Flügel und tummelten sich durch das kühle Naß an Bord. Das Spezialbecken war zwar nicht sonderlich groß, aber es reichte für den Rest des Tages.

Die Nilpferde hingegen wankten von draußen nach drinnen und glaubten jedesmal, wenn sie die Halle betreten hatten, sie könnten ebenfalls ins Spezialbecken tauchen. Doch sie konnten ihre Mäuler noch so weit aufreißen oder noch so stark grunzen, es nützte ihnen nichts.

Die Giraffen züngelten draußen am Netz herum, die Papageien krächzten vor sich hin, während sie aus ihren Käfigen durch die offene Hallentür einen Blick aufs Meer warfen. Lutetia hielt es für richtig, den ganzen Tag draußen herumzustehen, und die Nashörner konnten sich dagegen gar nicht entscheiden, welchen Teil der Anlage sie nutzen wollten.

Und die Affen? Sie lagen einfach nur faul herum.

Nach einigen Stunden erreichten die Uhrzeiger die 14-Uhr-Marke. Mrs. Riverday stakste zur Offiziersmesse und setzte sich gleich in die lederne Sitzgruppe. Der Direktor war noch nicht da.

Wahrscheinlich ließ er eine akademische Viertelstunde passieren. Noch einige Minuten wollte sie warten, erst dann meinte sie, nach dem Professor sehen zu müssen. Doch schon kurz darauf öffnete sich die Tür und der dicke Direktor betrat den Raum.

»Braves Mädchen!« begrüßte er die Journalistin. »Schüler müssen pünktlich sein. Haha!«

Mrs. Riverday packte die Wut. Eine Schülerin – sie? Am liebsten wollte sie dem Direktor jetzt eine scheuern. Doch sie verhielt sich natürlich ruhig, zupfte ihre Jacke zurecht und drückte ihr Kreuz durch. Der Herr Direktor sollte bloß nicht glauben, daß sie vor ihm wie ein Pudding dahinschmolz, bloß weil er älter war und einen sehr hohen akademischen Titel trug. Schließlich hatte sie ja auch einmal studiert.

»Kekse gefällig?«

»Ja, bitte. Und den Kaffee ohne Zucker.«

Prof. Lamina schenkte ein. Dann holte er ein dickes Buch hervor und setzte sich Mrs. Riverday gegenüber.

»Also, dann wollen wir mal anfangen. Sie haben etwas zum Schreiben dabei?«

Mrs. Riverday zeigte auf ihren bereitgelegten Notizblock.

»Sehr schön. Bevor wir aber zu den Details von Zootopolis, dem Zoo der Zukunft kommen, möchte ich Ihnen die ganze Geschichte erzählen, und zwar von vorne.«

»Von vorne? Also Ihre eigene Lebensgeschichte, wann Sie geboren sind und so weiter?«

»Nein, ich meine die Zoogeschichte im allgemeinen. Wie soll man den Zoo der Zukunft verstehen, wenn man dessen Vergangenheit nicht kennt!?«

Mrs. Riverday nickte. ›Jetzt kommt der Unterricht des Herrn Oberstudienrat‹, dachte sie.

Und so kam es tatsächlich. Prof. Lamina schlug das Buch auf, in dem einige Schwarzweißfotos des alten

Zoos eingeklebt waren, hustete einmal, zweimal – und so hatte er bald den richtigen Atem, um mit seiner Erzählung beginnen zu können.

»Die ersten Zoobesitzer waren Kaiser und Könige. Sie hatten genug Geld, um sich einen Zoo leisten zu können und konnten damit ihren Reichtum, vor allem aber ihre Macht demonstrieren. Wer ein großes, gefährliches Tier neben sich herlaufen ließ, zum Beispiel einen gezähmten Löwen oder Geparden, dem konnte nichts passieren. Sogar im zweiten Jahrtausend vor Christus wurden bereits exotische Tiere nach Ägypten transportiert, und zwar mit einem Schiff. Eine Pharaonin hatte sich auf diese Weise die Tiere besorgt, die bis dahin niemand kannte: Geparden, Giraffen und Affen. Man segelte mit diesen ›eigenartigen Wesen‹ zu einer Halbinsel, um sie dort auszustellen.«

»Man segelte?«

»Ja. Wir sind da heute schon moderner, wir haben auf der Bluebird kräftige Motoren. Haha! – Aber Sie sehen, die Arche Noah taucht immer wieder auf, sogar hier und heute – und nicht nur in der Bibel.«

Mrs. Riverday tastete in ihre Jackentasche. Sie befingerte einen harten Gegenstand, vielleicht das Holzmodell der Arche.

»Das Römische Reich hatte sich ebenfalls Tiere ins Land geholt. Nur, daß die Römer die Löwen nicht zum Ansehen präsentierten, sondern in brutalen Arenakämpfen einsetzten. Nicht immer endete das Spiel tödlich für die Tiere, sondern oft auch für die Menschen.«

»Ich nehme an, Sie sprechen von Gladiatorenspielen und öffentlichen Hinrichtungen!?«

»Richtig. Die Bücher sind voll von Beispielen. Auf das Konto von Kaiser Nero sollen 400 Bären, 300 Löwen und eine unvorstellbare Zahl von Elefanten gehen. Damals interessierte man sich nicht für die Lebensweise dieser Tiere. Es ging nur um den Nervenkitzel.«

Die Journalistin nickte und schrieb sich das auf.

»Aber dem Himmel sei Dank gab es auch Herrscher, die die Tiere rücksichtsvoll behandelten. Alexander der Große soll mit seiner Sammlung der ›lebenden Dinge‹ sehr fürsorglich umgegangen sein. Auch der indische Großmogul Akbar hatte ein Herz. Er verbot Tierkämpfe und erlaubte seinen Untertanen, seine Tiersammlung zu besuchen.«

»Ja, nicht alle Menschen sind schlecht.«

»Genau. Im Laufe der Zeit wurden die Tiere regelrecht verschenkt. Heinrich der Dritte bekam einen Elefanten vom französischen König. Er ließ für den Dickhäuter sogar ein eigenes Haus bauen. Man erzählte sich, daß der Elefant zwar in das Haus hineinpaßte, aber nie wieder herauskommen konnte. Seltsam, nicht wahr?«

»Ja, wer reingeht, müßte eigentlich auch wieder rausgehen können.«

»Eigentlich schon. Nun ja, in Europa entstanden im Laufe der Zeit weitere Tiersammlungen, sogenannte Menagerien. Erst war es nur ein einziges Tier gewesen, mit dem man auftrat, zum Beispiel mit einem Tanzbären. Später folgten weitere Tiere, und irgendwann hatte man einen ganzen Sack voller Exoten. Und man wollte damit natürlich Geld verdienen. Da es aber damals noch keinen ausgeprägten Tourismus gab, mußten diese Menagerien umherziehen, so wie ein Zirkus. So konnten

Leute aus dem Volk überhaupt erst einmal ein Nashorn oder einen Elefanten sehen. Manche dachten damals, es handele sich um einzigartige Wesen, Ungeheuer, so wie man es heutzutage mit einem Dinosaurier vergleichen könnte. Das ging bis ins 19. Jahrhundert so.«

Die Journalistin staunte.

»Der Durchbruch des klassischen Zoos kam aber erst durch die Französische Revolution. Diesem Ereignis haben wir ja so einiges zu verdanken. Die Könige hatten das Volk ausgebeutet, bis es am Ende seiner Kräfte angelangt war. Nun stürmte das Volk die Paläste und schlug alles kurz und klein, folglich auch die Tiersammlungen. Was zunächst wie ein Schritt zurück klingt, entwickelte sich dann aber zu einem Schritt nach vorn. Es wurde ja vieles wieder aufgebaut, und jetzt durfte wirklich jeder in die Tiersammlungen hinein, ganz gleich, welchen Ranges er war und aus welchem Land er stammte. Es wurden neue Käfige gebaut und man nutzte bereits vorhandene Grünanlagen als Gelände. Der erste richtige Zoo war geboren.«

»Essen Sie doch mal einen Keks oder trinken einen Kaffee«, schlug Mrs. Riverday vor. »Ihre Zunge muß ja schon ganz trocken sein. Nicht, daß Ihnen nachher noch die Puste ausgeht – ich möchte heute auch noch etwas über den Zoo der Zukunft erfahren.«

Prof. Lamina befolgte den Rat. Jedoch erzählte er weiter, während er den Keks kaute, so daß ein Krümel zur Journalistin hinüberflog und in ihrem Kaffee landete. Mrs. Riverday fand das ganz und gar nicht witzig, sie verzog das Gesicht und fischte ihn gleich mit einem Löffel wieder heraus.

»Wo waren wir stehengeblieben? – Ach ja, der erste richtige Zoo. Aber man war damals noch meilenweit von einer vernünftigen Tierhaltung entfernt. Man baute zwar schöne Tierhäuser, oft auch im Stil ihres Herkunftslandes, doch die Tiere hatten einfach zu wenig Bewegungsspielraum. Das war insofern ein Problem, da man zunächst nur Wildfänge halten konnte. Die Tiere waren einfach ein anderes Leben gewöhnt, und so kam es, daß sich viele in Gefangenschaft nicht fortpflanzten. Heute ist das anders, da wir keine Wildfänge mehr haben – in der Regel jedenfalls.«

»Verstehe.«

»Aber es gab einen Lichtblick. Und dieser kam ausgerechnet von einem Fischhändler. Witzig, nicht wahr?«

Mrs. Riverday verstand nicht wirklich.

»Ein gewisser Herr Hagenbeck stellte in Hamburg auf dem Jahrmarkt ein besonders dickes Schwein aus.«

»Ein Schwein!«

»Genau. Ein dickes Schwein.«

Mrs. Riverday mußte grinsen. Vor ihr saß ja, wenn sie es gehässig bedachte, in gewisser Weise auch ein dickes Wesen, das man, kniff man die Augen bis auf einen Spalt zusammen, durchaus mit dem eben genannten Tier vergleichen konnte – jedenfalls so weit, was die Körperfülle anging. Die Vorstellung daran erheiterte sie so sehr, daß sie zu prusten anfing und sich der Direktor um sie sorgte.

»Haben Sie sich verschluckt?«

»Nein, es ist alles in Ordnung«, gluckste sie.

»Verstehe. Darf ich weitererzählen?«

Der Direktor durfte das.

»Carl Hagenbeck hatte mit den Fischern besondere Verträge abgeschlossen. Sie sollten ihm – natürlich gegen Bezahlung – alles übergeben, was sie aus dem Meer herausfischten. So kam Carl Hagenbeck zu einigen Seehunden, die er zunächst in große Wasserbehälter steckte. Neugierige Passanten durften sich diese Seehunde ansehen, natürlich wieder gegen Bezahlung. Das Konzept ging auf, er hatte damit großen Erfolg. Fortan ließ er sich auch von Seefahrern aus Übersee alles an Tieren abliefern, was sie in ihre Netze bekamen, und so stellte er diese Tiere ebenfalls auf dem Jahrmarkt aus.«

»Und so kam er zu einem Schwein?«

»Gewissermaßen. Aber die Geschichte ging weiter. Sein Sohn gleichen Namens hatte sich vom Fischhandel gänzlich distanziert, dennoch die Idee seines Vaters fortgeführt. Er betrieb einen Tierhandel, ließ exotische Tiere fangen, zeigte sie der Öffentlichkeit und verkaufte sie dann wieder.

Das Geschäft blühte, zudem hatten sich inzwischen tatsächlich die ersten zoologischen Gärten etabliert, die dankbare Abnehmer seiner Schützlinge wurden. – Sie sehen, die Entwicklung der Zoos verlief in mehreren Ebenen. Nichts im Leben verläuft geradeaus und nur auf einem einzigen Schienenstrang. Haha!«

Mrs. Riverday verstand.

»Als es dann im Sudan wegen politischer Unruhen sehr schwierig wurde, von dort Tiere mitzubringen, kam Hagenbeck auf die Idee, fremdländische Menschen auszustellen. Vielleicht sagt Ihnen der Ausdruck ›Völkerschau‹ etwas?«

Mrs. Riverday nickte.

»Carl Hagenbeck hatte darüber hinaus nicht alle seiner erworbenen Tiere verkauft, sondern auch einige behalten. Somit verknüpfte er die neue Völkerschau mit den noch vorhandenen Tieren – der Zirkus Hagenbeck war geboren! – Aber es ging noch weiter. Er ließ große Schaubilder bauen, also Kulissen, vor denen er seine Show aufführte. Bestes Beispiel ist das Eismeerpanorama auf der Gewerbeausstellung. Es war 3.000 Quadratmeter groß und wurde abends beleuchtet. Eisbären, Lummen, Möwen und andere Tiere waren zu sehen. Und er ging damit auf Tournee, die transportable Anlage war sogar in Paris zu sehen.«

»Wahnsinn!«

»Das Besondere dabei: Diese Anlage war gitterlos. Die Menschen waren von den Tieren mittels eines Sicherheitsabstandes getrennt, das reichte aus. Hagenbeck ließ sich diese Idee patentieren. Der Grundstein für den modernen Zoo war geboren.«

Mrs. Riverday notierte sich das.

»Die zoologischen Gärten hatten ihre Tiere bis zu diesem Zeitpunkt eben immer hinter Gittern gezeigt. Die Besucher fühlten sich seinerzeit damit sicher. Doch das sollte sich fortan ändern, Hagenbeck hatte ein nächstes Ziel: einen eigenen, richtigen Zoo, aber eben ohne Gitterabsperrungen. Das war für damalige Verhältnisse revolutionär.«

Mrs. Riverday nippte am Kaffee.

»Hagenbeck wollte die Tiere darüber hinaus noch vermengen. Also nicht hier das Zebra und dort hinten den Löwen, sondern er wollte beide Tiere zusammen halten.

Das war natürlich eine Herausforderung, da ja der Löwe nicht das Zebra fressen sollte. Hagenbeck wußte aufgrund seiner Zirkuserfahrungen, wie weit Tiere, vorzugsweise Löwen, springen können. Somit schuf er Freianlagen, die mit Gräben durchzogen waren. Auf der einen Seite stand das Zebra, auf der anderen dann der Löwe. Keiner kam dem anderen ins Gehege, dennoch lebten sie scheinbar unter einem Dach. – Und das war für die Besucher etwas Neues, Aufregendes. Zuerst bekamen sie Angst, weil sie glaubten, daß der Löwe sie anspringen würde. Sie waren sich über den Graben gar nicht bewußt.

Aber diese Angst wich der Begeisterung, die Leute kamen in Scharen. Sie sahen eine Anlage, die der freien Wildbahn nachempfunden war. Fortan wollte keiner mehr Tiere hinter Gittern sehen. Die anderen Zoos hatten das Nachsehen. Sie mußten sich also dieser neuen Idee anschließen.«

»Das kennen wir ja bereits. Aber wie sieht denn nun der zukünftige Zoo aus?«

»Warten Sie es doch ab! Eins nach dem anderen. Also … die Entwicklung ging weiter. Man schuf Anlagen, in denen sich der Mensch hindurchbewegte und gleichsam die Tiere erleben konnte. Der Besucher war mittendrin im Geschehen, aber er war auch immer vor den gefährlichen Tieren sicher. Quasi eine künstliche Wildnis.«

»Apropos ›künstliche Wildnis‹«, warf Mrs. Riverday ein, »Zoogegner kritisieren ja nicht nur das Halten gefangener Tiere im allgemeinen, sondern behaupten auch, der Zoo biete die kitschigste Art der Naturerlebnisse. Was halten Sie eigentlich davon?«

Prof. Lamina mußte schlucken. »Ähem«, machte er, »das ist ein anderes Thema. Wer Zoos kitschig findet, kann sich ja gerne nach Afrika in die Wildnis begeben und mit einer blutrünstigen Löwengruppe übernachten. Das ist dann schon weniger kitschig. Und was die Tierhaltung angeht, so sage ich Ihnen folgendes: Jedes wildlebende Tier nutzt seine Freiheit weit weniger, als wir uns das vorstellen möchten. Freilebende Tiere wandern, um zu jagen. Die restliche Zeit verbringen sie mit der Körperpflege und mit Schlaf. Selbst Elefanten, die fast den ganzen Tag fressen, gehen immer wieder ihre alten Pfade. Elefanten sind keine Touristen, die sich das Nachbarland ansehen möchten. In Zoos dagegen wird den Tieren der Tisch gedeckt, sie brauchen also nicht zu jagen oder zu wandern. Darüber hinaus halten wir nur Tiere, die in Zoos groß geworden sind, also jene Freiheit gar nicht kennen. Und noch etwas: Tiere sind niemals frei, auch nicht in der Wildnis. Sie müssen die Reviere der anderen akzeptieren, und sie sind dazu verdammt, ihren Trieben und Instinkten zu gehorchen! Einzig der Mensch ist frei, da er sich, so er möchte, gegen seine Triebe entscheiden kann. Tiere können das nicht.«

Mrs. Riverday war beeindruckt.

»Zootiere empfinden ihre Anlage tatsächlich als ihr eigenes Revier«, fuhr Prof. Lamina fort, »das kann so weit führen, daß sie sogar den Wärter nicht mehr hereinlassen. Sie betrachten ihr grabenumzäuntes Gelände als ihre eigene Wohnung mit automatischem Futteranschluß – kein Witz! Daß der Onkel in dem grünen Hemd da eine wichtige Rolle spielt, fällt dem Tier in solchen Fällen gar nicht ein. Aber gottlob ist das eher die Ausnahme. In der Regel wissen die Tiere, wem sie etwas zu verdanken haben. Es gibt sogar Tiere, die durch besonderes Gehabe ihre Wärter anlocken, weil sie ganz genau spüren, daß die Futterzeit naht.«

»So?«

»Ja. – Wußten Sie eigentlich, daß im Krieg einige Tiere nach dem Bombenhagel aus ihren zerstörten Anlagen hinausliefen und nach einer gewissen Zeit wieder in ihr Gehege zurückkehrten? Ihr Gehege ist eben ihr Reich! Dort fühlen sie sich sicher und geborgener als draußen.«

»Nein, das wußte ich nicht.«

»Freilich wurden in den ersten Jahren der Tierhaltung Fehler begangen, die wir heute nicht mehr verstehen wollen. Damals wollte man eben jedes Tier zeigen, man rühmte sich mit der Vielzahl der Tiere. Masse statt Klasse! Heute beheben wir diese Fehler. Wir suchen heutzutage einen Kompromiß: Die Menschen sollen die Tiere sehen, aber die Tiere sollen auch vernünftig leben und sich zurückziehen können.«

»Ja, verstehe.«

»Man geht sogar so weit, daß man Restaurants mitten im Tiergelände baut. Die Tiere merken davon freilich nicht viel. Die Menschen begeben sich in eine Halle, spüren die Trockenheit, die Wärme, hören entsprechende Naturgeräusche, können die Tiere beobachten und genießen landestypische Speisen. So versucht man, mehr Verständnis für die Tiere und deren Umgebung zu erreichen. Wer sich darauf einläßt, wird die Tiere mit anderen Augen sehen und sich für deren Wohlergehen auch einsetzen, hofft man jedenfalls. Im wesentlichen sind wir Menschen doch auch nichts anderes als Tiere – nur wir sind eben mit ein paar Fähigkeiten mehr ausgestattet.«

Prof. Lamina nippte am Kaffee, aß einen Keks und sprach dann weiter. »Hatte ich schon erzählt, daß ein Elefant von Indien nach Deutschland anderthalb Jahre zu Fuß unterwegs war?«

»Nein. Hatte er kein Geld für ein Ticket?«

»Sie scherzen. – Mitnichten, zu dieser Zeit gab es noch gar keine Eisenbahn. Auf dem Weg nach Deutschland wurde er von indischen Pflegern begleitet. Als er dann in Aachen eintraf, hatten ihn inzwischen unendlich viele Menschen gesehen. Die Leute waren begeistert. – Eine Giraffe namens Zarafa brauchte sogar zwei Jahre und löste in Paris eine sogenannte ›Giraffomanie‹ aus. Viele Frauen ließen sich turmhohe Frisuren verpassen, die der Giraffe ähnelten. Haha!«

Mrs. Riverday lachte höflich mit.

»Neuankömmlinge müssen sich übrigens erst an ihren neuen Zoo gewöhnen. Zum einen wegen der Besucher, die später von den Tieren unter Umständen sogar als Abwechslung wahrgenommen werden, zum anderen wegen der Anlage als solche und den alteingesessenen Tieren. Es gibt Rangordnungen und dergleichen. – Es ist kein Kinderspiel, Affen zu transportieren und sie dann in eine bestehende Gruppe einzugliedern. Sie müssen bei der Gestaltung der Anlagen vieles berücksichtigen. Sie muß nicht nur zum Tier passen, sondern sie muß auch pflegeleicht sein. Wenn die Tiere den ganzen Pflanzen-bestand auffressen, ist bald nichts Grünes mehr da. Also muß man die Pflanzen schützen oder sie sogar durch künstliche ersetzen. Dann die Bodenbeschaffenheit: Ein Elefant wandert im Zoo eher weniger, also müssen seine Füße vom Wärter gepflegt werden. Eine Hilfe könnte ein unebener Boden sein, der die Sohlen mehr abnutzt. Bei Geparden könnte man ihren Auslauf künstlich vergrößern, indem man tote Hühner mit einem Seil von einer Maschine durchs Gehege ziehen läßt. So jagen die Tiere ihr Opfer gewissermaßen und bewegen sich. Eisbären gibt man in Eisblöcken gefrorene Fische, so müssen sie sich anstrengen, um an ihr Futter heranzukommen. Und Affen läßt man übrigens mit Stäben in Behältern herumstochern. Wenn sie sich geschickt anstellen, holen sie Honig heraus. – Das sind alles Ideen, die längst praktiziert werden, teilweise zumindest. Es sind, nein, es waren Ideen für die Zukunft.«

»Der Zoo der Zukunft …«, erinnerte die Journalistin, während sie energisch mit dem Stift auf den Notizblock klopfte.

»Manche Tiere hören gerne Musik, wußten Sie das? Pferde und Zebras mögen zum Beispiel Klassik.«

»Ehrlich?«

»Ja. Und noch etwas: Die wenigsten Tiere können sich selbst erkennen. Bei Affen soll es möglich sein, auch bei Elefanten. Flamingos sind da nicht so helle. Wenn Sie nur zehn Flamingos haben, können Sie den Bestand mit einem Spiegel auf zwanzig Vögel verdoppeln. Die merken gar nicht, daß sie ihr Spiegelbild sehen.«

»Soll das … der Zoo der Zukunft sein … ein Spiegel?«

»Nein, das macht man sogar jetzt schon, wenn man will. Auf diese Weise erleben die Flamingos mehr Artgenossen. Sie fühlen sich wohler, sicherer und beginnen mit dem Nestbau.«

Mrs. Riverday atmete tief durch. Ihr Kaffee war alle. Prof. Lamina nahm sich seine Tasse und schlürfte die letzten Tropfen heraus. Er brummte etwas, was die Journalistin nicht verstand.

»Wie bitte?« fragte sie.

Prof. Lamina schaute auf. »Spaß beiseite«, murmelte er, »es geht um die Zukunft. Wissen Sie, warum? – Sagen Sie nichts! Ich verrate es Ihnen. Die Situation ist sonnenklar, und die Botschaft ist es auch: Jede Stunde werden nämlich drei Tierarten für immer ausgelöscht! Der Zoo hat also mehr und mehr die Aufgabe, Tierarten zu erhalten, zu zeigen, zu verdeutlichen. Seine Aufgabe ist es folglich auch, sofern es sinnvoll erscheint, die Tiere wieder auszuwildern. Sie müssen ihre ursprüngliche Umgebung wiederbekommen. Allerdings ist das meistens ein Problem. In Zoos gehaltene Tiere können, so artgerecht sie auch gehalten werden, kaum etwas mit ihrer Freiheit anfangen. Sie empfinden sie mitunter sogar als Bedrohung. Nicht immer, aber oft genug. Experimente haben das bewiesen. Ausgewilderten Elefanten zum Beispiel fehlt die erfahrene Leitkuh, die von ihrer Vorgängerin die Wasserstellen vermittelt bekommen hatte. – Und dennoch: Es lebe der zoologische Garten! Seine Zukunft hat heute begonnen!«

Mrs. Riverday ließ die letzten Worte nachhallen und veränderte ihre Körperhaltung. Das stete Stillsitzen war ihr doch zu unbequem geworden. Sie schaute zur Decke und gähnte. Dann blickte sie den Direktor wieder an, der die Journalistin beobachtete.

»Der Zoo der Zukunft – wie sieht er denn nun genau aus?« fragte sie müde.

Prof. Lamina atmete tief durch. Dann schob er das Buch mit den vielen Fotos herüber.

»Hier, unsere Tierchronik. Wenn Sie wollen, können Sie das Buch mit in Ihre Kabine nehmen und darin herumstöbern. Und wenn Sie möchten, bekommen Sie nachher auch noch einen Übersichtsplan von Zootopolis. Jetzt machen wir erstmal eine kurze Pause, in zehn Minuten erfahren Sie dann alles. Versprochen!«

In den nächsten Minuten ging Mrs. Riverday auf dem Außendeck auf und ab, um frische Luft zu tanken. Sie blickte auf die Freianlagen, sah die Affen, Löwen und Elefanten. Dann schaute sie zum Himmel, zum Meer, zum Horizont. Als sie zur Brücke guckte, sah sie den Kapitän. Er schien mit jemandem zu diskutieren, jedenfalls gestikulierte er, und seine Bewegungen sahen hektisch aus. Aber das beunruhigte sie nicht, schließlich wußte der Alte seine Bluebird gut zu steuern, und so fühlte sie sich an Bord sicher. Dann ging sie wieder in die Offiziersmesse zurück und sah Prof. Lamina am Fenster stehen. Auch er hatte den Horizont fixiert, und vielleicht hatte er sogar auch seinen eigenen Horizont im Visier.

Mrs. Riverday setzte sich wieder hin und griff in die Jackentasche. Dann schaute sie zum Direktor, der noch immer am Bullauge stand.

»Können wir jetzt?« fragte sie genervt.

Ohne ein Wort drehte sich der Direktor um und setzte sich an den Tisch. Er musterte die Holzmaserung, lehnte sich zurück und verschränkte seine Hände hinter dem Kopf.

»Zootopolis!« brummte er und begann zu erzählen.
»Wir werden uns, wie ich schon einmal sagte, ganz weit
aus dem Fenster lehnen. Der Zoo der Zukunft geht über
das bisher Erreichte weit hinaus.«

Mrs. Riverday war gespannt, ihre Nerven schienen
dem Zerreißen nahe zu sein.

»Wir haben den stärksten Elefantenbullen der Welt,
einen hervorragenden Löwen, die besten Robben, Nashörner und dergleichen. Unsere Tiere sind, das werden
Sie sicher wissen, von bester Natur. Ihre Gene sind hervorragend und damit besonders erhaltenswert.«

Prof. Lamina schwieg eine Weile, und Mrs. Riverday
tippte ungeduldig auf den Tisch.

»Wir werden unsere Tiere auf Zootopolis frei herumlaufen lassen, aber sie werden sich gegenseitig nicht beeinträchtigen. Unsere Pfleger beobachten sie rund um die Uhr. Es werden natürlich nur die Tiere zusammenleben, die miteinander harmonieren – die anderen bleiben in separaten Anlagen. Mit Hilfe ihrer guten Gene werden wir die besten Tiere der Welt züchten, die letztendlich ohne Probleme wieder ausgewildert werden können. Zootopolis ist für eine Vielzahl unserer Tiere also nur eine Evolutionsbrücke in die Zukunft. Wir erschaffen ihre Freiheit neu. – So etwas wäre in einer Stadt, in der Zivilisation unmöglich, dazu braucht man eine abgeschiedene Insel mit viel Freiraum. Sie müssen wissen, daß wir die Sache ganz groß anlegen wollen, wir basteln uns sozusagen eine neue Welt. Und dennoch lassen wir die Menschen daran teilhaben. Wie schon erwähnt, kommen die Besucher mit kleinen und mittleren Maschinen zu uns. Sie wandeln durch lange Höhlengänge und sehen die Tiere aus noch nie erlebten Blickwinkeln. Elefanten zum Beispiel können von unten betrachtet werden. Die Dickhäuter laufen über eine schwere Glasdecke, unter der die Besucher stehen oder liegen. In einem Zentrum versammeln sich die Menschen und können von diesem Punkt aus alle Tiere beobachten: im Norden die Affen, im Süden die Löwen, im Westen die Robben und im Osten die Elefanten. Dazwischen die anderen Tiere, also Giraffen, Nashörner, Zebras, Vögel und dergleichen.«

Mrs. Riverday nickte.

»Kommen wir zum nächsten Punkt«, fuhr Prof. Lamina fort. »Es wird die Möglichkeit geben, mit den

Tieren zu kommunizieren. Das ist etwas völlig Neues. Haben Sie sich schon einmal mit einem Orang-Utan unterhalten? Ich meine nicht dieses grimassenreflektierende Gebahren durch die Scheibe, sondern eine richtige Unterhaltung. Nein? – In Zootopolis wird das künftig möglich sein. Das funktioniert zuerst mit Gesten und Rufen, ähnlich wie beim Klickertraining. Aber das ist gegen unser Vorhaben nur ein Kinderspiel. In Zootopolis werden wir unter Berücksichtigung aller Vorsichtsmaßnahmen freiwillige, entsprechend vorbereitete Menschen in die Orang-Utan-Gruppe schleusen und sie miteinander leben lassen. Über einen längeren Zeitraum dieses Zusammenlebens wird dann eine Kommunikation zwischen Mensch und Tier möglich sein, Sie werden sehen. Auf diese Weise kann das Tier näher erlebt werden, und wir haben sogar die Hoffnung, daß damit auch ein Heilungsprozeß einhergeht. Sie wissen doch, daß Tiere Menschen heilen können, nicht wahr? Wir kennen das von Hunden, Delphinen und dergleichen, aber nicht von Orang-Utans. So etwas gab es in dieser Größenordnung noch nie. Der Zoo wird erlebbarer denn je, und die Menschen bekommen Eindrücke, die sie nie vergessen werden.«

Prof. Lamina schneuzte sich kurz, dann sprach er weiter.

»Möglicherweise lassen sich durch solche Begegnungen sogar menschliche Konflikte minimieren oder sogar verhindern, wer weiß? Wer mit einem Tier befreundet ist, mit ihm dieselbe Luft im selben Augenblick einatmet, wird keinen Krieg mehr beginnen.«

Die Journalistin runzelte die Stirn. Gerade wollte sie

Luft holen, um etwas einzubringen, doch der Direktor ließ es so weit gar nicht kommen.

»Okay, okay – ich sehe, Sie sind davon nicht ganz so überzeugt. Das ist vielleicht auch sehr weit gegriffen. Man muß natürlich auch ganz klar zwischen den Stadtmenschen und der ländlichen Bevölkerung differenzieren. Landwirte müssen ein ganz anderes Verhältnis zu den Tieren haben als Städter, sonst könnten sie ihren Beruf gar nicht mehr ausüben … Dennoch: Auf Zootopolis wird das Leben neu strukturiert, es bekommt eine neue Ebene.

Und es kommt noch ein besonders interessantes Phänomen hinzu: Zootopolis wird der erste Zoo der Welt sein, in den die Tiere hineingehen, um sich Menschen anzusehen!«

Mrs. Riverday blieb die Spucke weg. »Wie … bitte … was?«

»Es wird sozusagen noch eine zweite Variante der Begegnung geben. Auf der einen Seite also die direkte Form mit Integration in die Affengruppe, auf der anderen Seite die klassische Form, nur eben mit vertauschten Rollen. Das ist auf den ersten Blick eher eine Spielerei, doch wir meinen, daß es Sinn macht. Wer das Leben der anderen von deren Standpunkt aus sieht, bekommt eine neue Sicht und damit eine neue Meinung von dem, was er bisher sah. Das kann im Detail so aussehen, daß sich die Besucher für einen selbst bestimmbaren Zeitraum in einem verglasten, abschließbaren Raum aufhalten und sich von den Affen anschauen lassen. Diese erblicken das Schild ›Homo sapiens‹. Die Menschen bekommen, so sie möchten, ihr Essen von außen. Das kann möglicherweise durch die Kreativität der Affen sogar noch optimiert werden: Pflücken sie Bananen und lassen diese ungeschickterweise fallen, gleiten die Früchte über eine Rutsche zu den Menschen. Haha! – Aber wie dem auch sei, diese Dinge stehen nur an zweiter, vielleicht sogar erst an dritter Stelle. Die Hauptaufgabe von Zootopolis bleibt die Erhaltung, Pflege und Auswilderung der Tiere. Sie sollen sich in einem neutralen Bereich, nämlich auf der Insel, weiterentwickeln und damit mehr Lebenstauglichkeit gewinnen. Und um die besten Tiere züchten zu können, braucht man natürlich neues Blut, Inzucht ist ein häßliches Thema. Daher haben wir etwas ganz Besonderes beschlossen, etwas, was in keinem üblichen Zoo funktionieren würde, etwas, was nur auf einer Insel geht, da dort die entsprechende Ruhe herrscht: Alle großen und effizienten zoologischen Gärten der Welt – ich betone nochmals: der Welt! – werden sich mit ihren besten Tieren auf Zootopolis vereinen, dort ihr Domizil errichten und gemeinsam ihrer Bestimmung gerecht werden.«

»Professor Lamina, Sie erzählen mir Märchen! Sie wollen mich verschaukeln. Ich bin kein kleines Mädchen vom Lande, sondern eine studierte Geologin. – Also: Wie sieht der Zoo der Zukunft aus? Raus mit der Sprache!«

Prof. Lamina schaute die Lady beeindruckt an. »Respekt!« sagte er. »Aber ich sage Ihnen die Wahrheit. Auch wenn es für Sie unrealistisch klingen mag – es ist die Wahrheit. Wir schaffen auf ganz natürlichem Wege eine neue Freiheit für die Tiere, die wir später zu einem gewissen Teil wieder auswildern werden. Sie werden auf ihre zukünftige Freiheit optimal vorbereitet. Einen anderen Teil belassen wir natürlich auf Zootopolis, damit die Menschen eben auch noch etwas von ihnen haben. Beides sind unterm Strich elementare Aufgaben eines Zoos. Aber das ist noch nicht alles, Mrs. Riverday. Es kommt noch besser. – Es kommt sogar sehr viel besser!«

Mrs. Riverday schwieg ergriffen. Vor ihr mußte ein Perfektionist, ein Fanatiker sitzen.

Prof. Lamina schneuzte sich, dann atmete er tief ein. Lange schaute er die Journalistin an, so als wollte er sich von ihrer Aufmerksamkeit überzeugen.

»Sie haben sicher von den alten Funden gelesen«, kam es dann von ihm.

»Welche Funde?«

»Ich spreche von den Knochen, Fellresten und Stoßzähnen der Mammuts. Man hatte diese Reste im ewigen Eis gefunden. Sie wissen doch, was Mammuts sind?«

»Ja«, stöhnte die Journalistin, »das sind ausgestorbene, fellbewachsene Riesen aus grauer Vorzeit, die Vorfahren unserer heutigen Elefanten.«

»Genau. Aus der Eiszeit. Und jetzt, hochverehrte Frau Journalistin, sprechen wir von der zukünftigen Zukunft von Zootopolis. Wir sind noch nicht ganz so weit, aber wir arbeiten daran, und wir sind auf dem besten Wege dorthin. Mein Nachfahre, wer immer es auch sein mag, wird es erleben: das wiedergeborene Mammut – auferstanden aus den konservierten Genen seiner uralten Vorfahren!«

Für einen Moment ließ Prof. Lamina diese Worte im Raum stehen, damit sie wirken konnten, dann aber fuhr er mit seiner Ausführung fort.

»Die Kette wird zurückverfolgt, und wir vervollstän-
digen damit die Natur. Das ist einmalig auf der Welt,
Mrs. Riverday! So etwas gab es noch nie, auch wenn es
manche schon oft angedacht und sogar probiert hatten.
Die anderen hatten bisher keinen Erfolg, aber Zootopolis
wird es schaffen! Und wissen Sie, warum? Weil wir die
biotechnischen Details wie kein anderer studiert haben
und weil uns inzwischen auch Beweise vorliegen. Hieb-
und stichfeste Beweise sogar, erste Ergebnisse, nicht
zuletzt, weil wir eigene Experimente gemacht haben!
Wenn also die ausgestorbenen Tiere wieder auferstehen,
schließen wir den Kreis der Schöpfung – schließlich sehen wir Menschen ja auch heute noch unsere Vorfahren
lebend, die Menschenaffen nämlich. Warum sollte also
nicht auch der Colonel seinen Vorfahren, das Mammut,
erleben können! Bedenken Sie, daß Elefanten sehr kluge
Tiere sind.

Zootopolis wird mit Zoofrika zusammen diese Ziele
konsequent verfolgen. Auch dafür brauchen wir eben
eine abgeschiedene Insel. In der Zivilisation wäre das
niemals umsetzbar, da dort das Umfeld nicht stimmt.
Wir haben die besten Wissenschaftler der Welt für uns
gewinnen können und wir werden die ersten sein, die lebende, echte Mammuts präsentieren! Versprochen! Und
es bleibt auch nicht allein beim Mammut, es kommt
auch noch der Säbelzahntiger hinzu! Und wenn wir das
geschafft haben, sind die nächsten Tiere dran. Übrigens
planen wir so etwas auch mit der Schildkröte.«

Prof. Lamina machte eine kurze Atempause und sah,
wie Mrs. Riverday vor Staunen ihren Mund nicht mehr
schließen konnte. Aber der Direktor war von seiner ei-

genen These so überzeugt und begeistert, daß er bald weitersprach.

»Wenn wir den Kreis der Schöpfung schließen, sind wir nicht nur den herkömmlichen Zoos voraus, sondern wir werden auch auf viele Fragen der Vergangenheit eine Antwort bekommen. Nur derjenige, der die Vergangenheit, insbesondere die biologische Vergangenheit, erfährt und begreift, wird mit der Gegenwart in die Zukunft gehen können. Die Erde wird noch eine sehr, sehr lange Zeitspanne existieren, und durch Zootopolis bekommt sie nicht nur eine Hilfe, sondern auch so etwas wie ein neues Fundament. Die Erde kann sich somit regenerieren und von vorne beginnen. Der Weg zurück ist also oft sogar ein Schritt nach vorn. Wer gegen den Strom schwimmt, kommt zur Quelle, nicht wahr? – Es lebe Zootopolis!«

Mrs. Riverday schwirrten die Sinne. Träumte sie das alles nur? Sie versuchte, der Luft ein paar tiefe Atemzüge abzuringen, dann schaute sie den dicken Direktor lange an.

»Professor Lamina! Wenn ich Sie so höre, kann ich mir vorstellen, daß Sie auch noch die Dinosaurier zum Leben erwecken wollen! Tiere aus der Urzeit, Mammuts und Säbelzahntiger eingeschlossen, können aber heutzutage kaum noch überleben! Erstens hat sich das Klima zu sehr verändert, die damaligen Ungeheuer waren einfach andere Wetterlagen und Temperaturen gewöhnt. Es gibt aus dieser Zeit auch keine Pflanzen mehr, die sie fressen könnten. Und was soll ein fleischfressender Säbelzahntiger fressen? Etwa die Besucher? Na schön, dann kommt noch hinzu, was Sie eigentlich auch wissen müßten: Die zum Leben erweckten

Wesen würden ihr Dasein ohne Lebenserfahrung beginnen! Jedes Jungtier muß aber von älteren Tieren großgezogen werden. Jedes Elterntier gibt die eigenen Erfahrungen an die Jungtiere weiter; Instinkte reichen nicht immer aus. Welches Muttertier soll das übernehmen? Es gibt keins mehr. Wollen Sie vielleicht als Papa Mammut auftreten und dem Rüsselbaby zeigen, wie man im neuen Leben zurechtkommt? – Man kann vielleicht Knochen über Jahrtausende im Eis einfrieren, sie konservieren, meinethalben geht das auch mit den Genen. Aber man kann nie und nimmer Verhalten oder Lebenserfahrung einfrieren!«

Prof. Lamina schwieg.

»Und noch etwas«, setzte die Journalistin nach. »Ich traue Ihnen nicht! Ich habe Sie die ganze Zeit beobachtet. Ihr stetes ›Haha‹ ist derart künstlich, daß ich glaube, Sie wollen sich nur dahinter verstecken! Sie tragen eine Maske hinter Ihrem fetten Gesicht! Und Sie tragen auch einen falschen Namen!«

Prof. Lamina schlug mit der Faust auf den Tisch. Knallrot war sein Kopf. »Was erlauben Sie sich!!?«

»Sie heißen nicht ›Lamina‹, und Ihre Tierärztin heißt auch nicht ›Reit‹! Das liegt doch auf der Hand. Man braucht doch nur die Namen umzudrehen!«

Der Direktor starrte die Frau entrüstet an.

»Lamina heißt rückwärts gelesen ›Animal‹, und Reit heißt andersherum ›Tier‹! Sie spielen hier ein raffiniertes Spiel! Und Sie haben mich nur mitgenommen, weil Sie mich für ein Dummchen halten und keinen Gegenwind vermuten! Irgend jemanden von der Presse mußten Sie aber mitnehmen, damit man Ihnen keine Heimlichtuerei vorwerfen kann – ich bin für Sie nichts weiter als ein Alibi. Andere Journalisten fürchten Sie, sogar mit Recht, weil die oft viel gröber sind als ich. Aber ich verrate Ihnen etwas: Ich bin stärker, als Sie glauben! Und ich werde Ihren Zoo nicht aus den Augen lassen, am liebsten möchte ich ihn sogar wieder an seinen alten Ort zurückführen!«

Prof. Lamina stand auf und stampfte wütend hin und her. Er marschierte zum Fenster und stierte hinaus. Sein Atem war so stark, daß die Scheibe erblindete. Sein ganzer Körper bebte, er war kurz vor dem Zerplatzen. Nach einiger Zeit ging er zum Tisch zurück und blickte die noch sitzende Journalistin wütend an.

»Wie Sie meinen!« stieß er aus. »Aber Sie werden noch lange an mich denken! Spätestens, wenn Sie in Rente gehen, werden Sie sich an Zootopolis erinnern. Die Welt wird dann noch schlimmer aussehen als jetzt, und Sie werden dann mein Projekt herbeisehnen! Ja, Sie werden sogar zu mir zurückkommen und mich um Hilfe bitten! – Und was die anderen Journalisten angeht, da haben Sie allerdings recht: Ja, ich mag die meisten Reporter nicht. Aber das hat nichts mit Ihnen zu tun. Niemand kann etwas dafür, daß Henry ausfiel. Nicht er, nicht ich und auch nicht Sie! – Und falls Ihnen vielleicht noch die Frage auf der Zunge liegen sollte, warum ich erst jetzt mit dem ganzen Sack der Wahrheit daherkomme, so kann ich Ihnen auch gleich die Antwort hierzu liefern: Weil wir nicht zu viel Wind machen wollen, weil es Spione gibt, die uns die Idee und unsere Studien vor der Nase wegschnappen werden, darum! Auch ein Zoo, und gerade Zootopolis, muß wirtschaftlich arbeiten. Die Sache mit den prähistorischen Tieren hat seinen Sinn!«

Mrs. Riverday seufzte. Aber sie kam gar nicht dazu, dem Professor etwas entgegenzusetzen, weil er gleich mit dem nächsten Wortschwall begann.

»Das biologische Gleichgewicht unseres Planeten ist seit Jahrzehnten in Gefahr! Wenn wir der Erde aber das zurückgeben, was sie biologisch reich gemacht hat, wird sie sich erholen und den Neustart auch bewältigen. Ihre Bedenken sind möglicherweise gerechtfertigt, aber auch nur dann, wenn man sich weigert, über seinen Tellerrand zu schauen. Das Klonen von Schafen ist damals nur der Anfang gewesen, die Geschichte geht viel weiter. Was werden Sie erst darüber sagen, daß wir ursprünglich auch ähnliche Pläne mit dem Menschen in Erwägung gezogen hatten? Jawohl! Die Menschheit sieht sich an der Spitze der Schöpfung, möglicherweise sogar mit Recht, aber sie macht auch so viele Fehler, daß sie einmal ganz tief abstürzen wird! Wir wollten unter Berücksichtigung aller Vorsichtsmaßnahmen und der ethischen Grundlagen irgendwann sogar den Urmenschen wieder zum Leben erwecken, damit die Menschheit von vorne anfangen kann! Verstehen Sie? Den Urmenschen! Wir wissen heute, daß der Neandertaler dem modernen Menschen viel ebenbürtiger war, als wir es wahrhaben wollen. Das Bild vom grunzenden, buckligen, fellbewachsenen Dickschädel ist falsch! Er baute sich Werkzeuge, jagte mit System, trug Kleider und verständigte sich sogar in einer eigenen Sprache, vielleicht sogar auch mit Gesängen. Und er war viel kräftiger, als wir es heute sind. Könnte der Neandertaler an unseren Olympischen Spielen teilnehmen, bräuchten wir Menschen erst gar nicht anzutreten, wir hätten keine Chance gegen ihn! Er war ein intelligentes Wesen mit komplexem Gefühlsleben, und man weiß bis heute nicht genau, warum der Homo sapiens heute an seiner Stelle die Welt bevölkert. Vielleicht ist es ein Fehler der Evolution? Wir wissen es nicht. Wir wissen es *noch* nicht! Deshalb also auch unsere Pläne mit dem Urmenschen. Aber zugegeben, das ist ein heikles Thema. Wir müssen nicht sofort ins Neandertal zurückkehren und sind davon zunächst auch einmal abgekommen. Aber wir greifen es zu einem späteren Zeitpunkt wieder auf – man wird sehen. Zuerst kommen die gegenwärtigen Tiere an die Reihe, dann die ausgestorbenen Tiere. – Und ich heiße übrigens tatsächlich Lamina! Ihre Vermutung ist sehr akademisch, aber ich sage Ihnen, das ist reiner Zufall! Man könnte ja dann auch vermuten, daß mein Name von ›laminieren‹ käme. Sie wissen doch, was laminieren bedeutet, oder? Ich spreche von den Papierbögen, die in Plastikhüllen geschweißt werden, damit sie dauerhaft geschützt werden – so wie unsere Tiere im Zoo. Das ist doch lachhaft! Also noch einmal, extra für Sie: Es ist Zufall! Ich heiße tatsächlich Lamina, Dokumente beweisen das, und genauso verhält es sich mit Mrs. Reit. Ha!«

Prof. Lamina schlug auf den Tisch und ging hinaus. Heftig knallte er die Tür zu. Am Tisch saß eine niedergeschlagene Journalistin, die sich schwach und stark zugleich fühlte. Sie wußte, daß sie den Direktor vielleicht zu sehr herausgefordert hatte, aber sie wußte auch um die Brisanz des Themas. Was konnte sie ändern? Sie hatte niemanden, auf den sie sich verlassen oder dem sie trauen konnte. Sie war alleine. Ihre Idee, den Direktor umzustimmen, ließ sich nicht umsetzen, aber die Notwendigkeit war offenbar höher als jemals zuvor. Ermattet griff sie in ihre Jackentasche und drückte einen Knopf. Sie hatte heimlich ein Tonband mitlaufen lassen. Wenigstens das hatte sie richtig gemacht.

Nach einer Weile ging Mrs. Riverday hinaus und lehnte sich an die Reling. Sie schaute auf das Wasser, das sich grau verfärbte. Grau war auch ihre Stimmung. Aber sie wußte, daß sie durchhalten mußte, ein Aufgeben kam nicht in Frage. Sie überlegte, was sie tun konnte. Sollte sie den Direktor etwa mit einer Knarre zum Umkehren zwingen? Sie konnte das ohnehin nicht, da ihre Nerven für solche Strapazen nicht geeignet waren. Und sie würde auch nicht die Verantwortung für die Pfleger und die Tiere übernehmen wollen – so eine Geiselnahme funktioniert vielleicht in einem Film, aber nicht in der Realität. Mrs. Riverday hatte also keine andere Wahl, als weiterhin mitzufahren und sich Zootopolis zunächst einmal anzusehen.

Sie sah zur Brücke und erblickte den gestikulierenden Kapitän. Und sie sah auch Prof. Lamina. Sie hatte keine Angst, sondern ging geradewegs zur Treppe, stieg diese hinauf, öffnete die Tür und stand dann auf der Schwelle der Kommandobrücke. Was sie nun mitbekam, versetzte sie wieder ins Staunen.

»Jetzt nehmen Sie Ihre Beine untern Arm und befreien mich endlich von dem hier!« hörte sie den Kapitän brüllen.

Prof. Lamina schaute ergriffen. »Was kann ich denn dafür? Wir tun unser Bestes, so etwas kann schließlich mal vorkommen.«

»Ach was! Seien Sie froh, daß ich ihm keine über die Rübe gezogen habe. Was wäre denn, wenn er uns hier tyrannisiert hätte?«

»Hat er aber nicht. Sie sehen ja, er sitzt ganz ruhig da.«

»Ja, aber vorhin zog er es vor, sich durch den Raum zu hangeln und mir die Kapitänsmütze zu klauen.«

»Aber Sie haben sie doch jetzt wieder, Ihre schicke Mütze.«

»Ja, habe ich«, brummte der Kapitän. »Es ist ja auch nicht so, daß ich besonders an ihr hängen würde. Aber wenn er schon Mützen klaut, nimmt er als nächstes vielleicht noch das Steuerrad in die Hand, nicht wahr? – Also, nehmen Sie Ihren Affen und bringen Sie ihn in Halle eins zurück! Jetzt, sofort!«

Mrs. Riverday trat ein. Sie drehte sich nach rechts und sah Bongo, den männlichen Schimpansen, in der Ecke hocken. Sein Augenspiel war bemerkenswert. Er schaute immer genau denjenigen an, der gerade sprach. Seine Körperhaltung war dagegen sehr zurückhaltend. Er hockte in der Ecke, die Knie an sich herangezogen und die Arme herumgelegt.

»Darf ich mal?« hörte sie es hinter sich.

Mr. Eddi kam herein. »Also ich habe mir die Türen nochmal genau angesehen. Es ist alles in Ordnung. Bongo kann sich nicht durch eigene Manipulation diesen Freiraum verschafft haben. Es muß eine andere Ursache dafür geben, mir ist aber schleierhaft, wie die aussehen könnte. Vielleicht hat ihn jemand freigelassen? Ich wüßte nicht, wer das gewesen sein sollte. – Kurzum: Bongo ist ausgebüxt und sah sich die Brücke an. Sehen wir es doch mal ganz sportlich: Bongo wollte als Oberaffe aktiv an der Überfahrt teilnehmen. Wir fahren schließlich in den Zoo der Zukunft.«

Der Kapitän nickte.

»Ich werde Bongo jetzt persönlich in seine Halle zurückbringen. Und wir werden künftig natürlich noch genauer aufpassen. Wir wollen ja nicht, daß sich nachher noch Elefanten auf der Brücke tummeln, oder?«

Prof. Lamina grinste und sagte: »Genau so ist es.«

Der Kapitän schaute zum Himmel und beobachtete die Gerätschaften um sich herum.

»Offizier?«

»Ja, Sir!«

»Was macht denn die Wetterprognose?«

»Sieht etwas uneben aus. Das Wetter schlägt um, wir werden uns auf eine unruhige See einstellen müssen.«

»Hm. Also wir könnten natürlich versuchen, das schlechte Wetter zu umfahren. Was meinen Sie?«

»Das wäre aus meiner Sicht zu umständlich. Wir würden der Schlechtwetterzone erstens nicht vollends ausweichen können, und wir würden auch sehr viel später die Insel erreichen.«

»Hm«, machte der Kapitän. »Könnte dann ein Treibstoffproblem werden, nicht wahr? – Also schön, etwas uneben. – Professor Lamina? Schnallen Sie mal Ihre Elefanten an. Es könnte demnächst schaukeln auf der Bluebird.«

Der Direktor sagte nur: »Ist gut«, da er Mr. Eddi half. Dieser hatte wenige Augenblicke zuvor dem Schimpansen etwas zu essen und ein Schlafmittel gegeben, so daß Bongo vor sich hin dämmerte.

Schließlich nahm Mr. Eddi den Affen auf den Arm und trug ihn, vom Direktor begleitet, die Treppe hinunter und brachte ihn in die Halle eins zurück.

Mrs. Reit ging durch alle Hallen und beobachtete die Tiere genau. Bisher waren aber alle ruhig geblieben. Sie ging in ihre eigene Halle zurück und begutachtete die zusätzlichen Medizinpäckchen, die die Kollegen aus dem Kühlraum vorsichtshalber nach oben gebracht hatten.

»Danke«, sagte sie. »Hoffen wir mal, daß wir die Fläschchen nicht einsetzen müssen.«

»Ja, hoffentlich«, sagte ein Mitarbeiter. »Wie wollen Sie an die Sache herangehen?«

»Wenn es zu stark schwankt, bekommen die Tiere Panik. Wir müssen sie also rechtzeitig mit Beruhigungsmitteln versorgen. Am schwierigsten ist es, den richtigen Zeitpunkt dafür zu finden. So ein Wetter hat ja schließlich keinen Fahrplan, und so ein Beruhigungsmittel braucht seine Zeit, bis es wirkt. Und die Dosierung ist sehr wichtig. Nicht, daß die Tiere Schaden nehmen! Wenn es ganz hart kommt, müssen alle mit anpacken.«

»Verstehe.«

»Deshalb wollte der Kapitän ja zu Beginn auch die Abfahrt verschieben«, sagte ein dritter, »aber wie Sie ja schon sagten, hat das Wetter keinen Fahrplan.«

»Ja, so ist es.«

Nach einiger Zeit fing die Bluebird tatsächlich an, stärker zu schwanken. Zuerst stampfte sie etwas, dann neigte sich das Schiff auch mehr zur Seite. Anfangs waren diese Bewegungen noch gut zu verkraften, da sich jeder an

Bord auf so eine Wetterlage eingestellt hatte. Doch später nahmen die Wellen zu, und der Wind blies stärker als zuvor. Als die Bluebird dann von einer besonders großen Welle getroffen wurde, neigte sich der Rumpf extrem, und es dröhnte im ganzen Schiff. Prof. Lamina stand der Schweiß auf der Stirn, nicht minder besorgt waren die Pfleger und die Tierärztin.

Mr. Gira beobachtete seine Giraffen sehr genau. Tobi, Tutu und Matabi trauten sich nicht, irgendeine Bewegung zu machen, so daß Mr. Gira sich doch dazu entschloß, ihnen ein Beruhigungsmittel zu geben. Mrs. Reit half ihm dabei, und so legten sich die Giraffen bald hin und dösten. Diese Entscheidung war richtig, denn der Seegang verstärkte sich noch mehr.

Bei den Affen war es wieder sehr unterschiedlich. Die Schimpansen – einschließlich Bongo – rannten immer zu der Seite hinauf, die sich wegen des Schwankens anhob, so als erklommen sie einen Berg. Die Orang-Utans überließen sich der jeweiligen Schiffsneigung und rutschten wie Sandsäcke hin und her. Bei den Gorillas konnte man eine ähnliche Passivität beobachten, nur daß sie nicht rutschten, sondern sich in die Ecken der Halle pressten und dort ausharrten.

Die Seelöwen dagegen hatten ihren Spaß. Da das Spezialbecken aufgrund der Schiffsneigung überlief und sich das Wasser in der gesamten Halle sechs verteilte, glitten sie wie Eiskunstläufer auf dem Boden herum. Natürlich blieb die Begeisterung nicht geräuschlos, sondern wurde mit lauten »Öh-öh-öhs« untermalt.

Die Pinguine machten es ihnen nach, da sich das Wasser durch die Bodenschlitze der Mitteltür in ihre

Halle bahnte. Nur schlitterten sie zunächst nicht, sondern rutschten mit ihren Watscheln wie Clowns auf dem nassen Stahlboden aus. Dann aber ließen sie sich auf dem Bauch liegend hin- und hergleiten, so als wollten sie den Boden sauberwischen.

Bei den Papageien war es kunterbunt. Einige von ihnen flatterten hektisch in ihrem Käfig umher, Kiki und Kaspar hingegen kuschelten auf ihrer Stange weiter. Doch als die Neigung zunahm, rutschten auch sie wie Schießbudenfiguren ihre Stange entlang und batschten dann als Doppelpaket an der anderen Seite ihres Käfigs ans Gitter. Sie machten sich nichts draus, sondern folgten teilnahmslos der Neigung, ähnlich wie die Kugeln eines Abakus.

Die Löwen waren gar nicht gut auf den verstärkten Seegang zu sprechen. Ramses brüllte ohne Unterbrechung, Sumba und Gamba hingegen verkrochen sich still in die Ecken, von wo sie ihrem mähnebehangenen Ebenbild beim Brüllen zuschauten. Gamba gähnte dann, und kurz darauf mußte sie sich übergeben. Mr. Leo alarmierte sofort Mrs. Reit, die sich gleich um das Tier kümmerte.

Bei den Elefanten war der Rüssel los! Bumbo, also Colonel, hämmerte mit dem Bein gegen die Wand, so als wollte er sich über den schlechten Fahrstil beschweren. Die Elefantenkühe wankten in ihrer Halle umher und ließen immer wieder Posaunenrufe heraus. Mal waren sie vereinzelt zu hören, ein anderes Mal überschnitten sie sich so stark, daß selbst Mr. Afanti die Hände an die Ohren legte. Ab und zu war noch ein Grummeln zu hören, dann trompeteten wieder alle. Der Höhepunkt aber war ein langer Brüller, der dem eines Löwen glich. Jedoch kam er nicht von Ramses, sondern von Timba, die trotz ihrer jungen Jahre schon mächtig aus der Kehle röhren konnte.

Mrs. Riverday hatte erst spät ihre Kabine wieder verlassen und bahnte sich mit ihrem Fotoapparat durch die Tierhallen. Es sah aus, als wäre sie auf einem Abenteuerspielplatz. Immer wieder versuchte sie, ihr Gewicht der Neigung anzupassen, und ab und zu mußte sie einem durch den Raum fliegenden Gegenstand ausweichen. Aber sie wollte dieses Szenario unbedingt festhalten. Was konnte es Besseres geben als diese Situation: ein schwankendes Schiff mit verunsicherten Tieren an Bord! So etwas mußte sie fotografieren, um der Nachwelt die Brisanz dieser Angelegenheit vor Augen zu führen. In allen Tierhallen waren die Pfleger und die entsprechenden Assistenten zugegen. Die Angst stand ihnen ins Gesicht geschrieben.

Mrs. Reit rannte von einer Halle in die nächste, und Prof. Lamina eilte ebenfalls ständig hin und her.

Damit das halbwegs barrierefrei möglich war, wurden alle Mittelgangtüren geöffnet. Dann drangen Rufe aus Halle eins hervor. Prof. Lamina rannte wie ein Geistesgestörter von Halle zehn in Halle eins zurück.

Was denn passiert sei, fragte er Mr. Eddi.

»Banjo hat sich den Arm gebrochen!«

»Du lieber Himmel! Wie ist das passiert?«

»Bin ich Jesus? – Ich weiß es nicht. Wahrscheinlich ist sie ausgerutscht und an das Gitter geknallt.«

»Mrs. Reit! Sofort herkommen! Schnell!«

Die Gerufene eilte wie besessen in die Halle eins. »Ein

Fahrrad müßte man hier haben«, antwortete sie, fast außer Atem.

»Banjo! Armbruch! Sofort behandeln!«

Mrs. Reit nickte. Da Banjo schon am Gitter hockte, verabreichte sie ihr gleich an Ort und Stelle eine Narkose. Schon bald schlief die Schimpansin ein. Sie schlummerte so fest, daß selbst der vorbeischeppernde Eimer sie nicht aus dem Schlaf riß.

Mrs. Reit öffnete die Gittertür, Mr. Eddi ging mit ihr hinein. Dann packten beide Banjo an und zogen sie so sanft es ging heraus. Schnell schloß ein Assistent wieder die Tür zu. Bongo guckte bloß. Was die wohl mit seiner Freundin vorhatten, mußte es ihm durch den Kopf gegangen sein.

»Hier, die Schubkarre! Dort hinein!«

Banjo wurde in die Schubkarre gelegt. Mr. Eddi nahm die Griffe und schob die Karre mit Banjo im Slalom durch die Hallen, also an den Giraffen, Nashörnern, Elefanten und Nilpferden vorbei. Keiner von ihnen interessierte sich für das Rollkommando, jedes Tier hatte mit sich selbst genug zu tun. Immer wieder mußte Mr. Eddi Zwischenstops einlegen, da das Schiff zu sehr schwankte – der Affe sollte doch nicht noch aus der Karre fallen. Es ging weiter, vorbei an den Robben, Pinguinen, der Schildkröte, schließlich den Papageien, Löwen, Tigern und Bären, bis sie letztlich die Halle dreizehn, die Station von Mrs. Reit, erreichten. Dort hoben sie Banjo wieder heraus und legten sie auf den OP-Tisch.

»Festschnallen! Damit sie nicht runterrutscht.«

»Wir müssen den Arm eingipsen!« rief die Ärztin.

Ein Assistent fing sofort mit den Vorbereitungen an.

»Mr. Eddi? Mr. Eddi!!«

»Ja … hier … was ist?«

»Halten Sie mal den Arm. Ich muß sehen, wie der Bruch verläuft.«

»Sollten wir nicht röntgen?«

»Womit denn? Mit der Kamera der Journalistin vielleicht?«

Mr. Eddi schwieg.

»Hier ist der Bruch. Ich kann ihn deutlich fühlen. Wird wohl nur ein kleiner Bruch sein. Was meinen Sie?«

Mr. Eddi betastete die Stelle. »Denke ich auch. Wie lange hält die Narkose?«

»Vermutlich eine halbe Stunde. Wir müssen noch den Arm rasieren, damit der Gips nicht verklebt.«

Mr. Eddi erledigte das. Nach einigen Minuten war der Arm blank. Auf dem Boden lagen ganze Büschel, die vom Schwanken des Schiffes wie Herbstlaub hin- und herrutschten.

»Atmet sie richtig?«

»Ja, wir überwachen das. Keine Sorge!«

Der Assistent kam hinzu. »Wir sind so weit.«

»Gut. Helfen Sie mir, den Arm zu richten.«

Zwei Männer packten mit an. Aber das Schiff bewegte sich nach wie vor stark. Manche Instrumente rutschten und rasselten zu Boden. Die Männer stemmten sich gegen die Wand, um Banjo besser halten zu können. Waren die Gurte anfangs noch recht fest, so schienen sie nun an Kraft verloren zu haben.

»Verdammt! Verdammt! Die Gurte, sie müssen fester!«

Vorsichtig wurden sie enger geschnallt.

»Geht es?«

»Ja. Wir halten den Arm.«

Dann rückten sie den Armknochen wieder zusammen. Es knirschte.

»Wir müssen ihn fixieren.«

Die Männer taten das und wickelten den Gipsverband herum.

»Schön langsam! Wir haben noch Zeit.«

Sachte, dennoch zügig umwickelten sie den Arm, der bald dem einer Mumie glich.

»Schön glattstreifen! Vorsichtig!«

»Jetzt die zweite Schicht.«

Mrs. Reit wickelte die zweite Schicht herum, dann noch eine dritte, eine vierte.

»Ob das reicht?«

»Wir gehen auf Nummer sicher.«

Sie stabilisierten den Gipsverband.

Wieder schepperte ein Eimer durch den Raum und landete schließlich auf dem Kopf des Affen – als ob Banjo einen Hut trug, so sah das aus. Ein Pfleger hob ihn auf und feuerte ihn in die Ecke.

»Jetzt noch glätten, damit Banjo nicht daran knabbert.«

»Sonst noch was?«

Gesagt – getan.

Mr. Eddi kümmerte sich inzwischen um den Rest des Körpers und suchte Banjo nach möglichen weiteren Verletzungen ab. Zärtlich blies er ihr ins Fell. »Was machst du denn für Sachen, Kleine, hm?«

Die Patientin sagte kein Wort. Aber ihr schien es trotzdem gut zu gehen.

»Sind Sie so weit?«

»Was? – Ja.«

»Wir sind fertig.«

»Prima. Dann zurück in die Karre.«

Zwei Männer lösten die Gurte und hoben Banjo in die Schubkarre zurück. Fast wäre sie ihnen dabei entglitten, da die Bluebird wieder eine erhebliche Seitenlage einnahm. Aber es ging gut.

Mr. Eddi schob die Karre wieder schlingernd durch alle Tierhallen, vorbei an den Bären, Tigern, Löwen, Papageien, der Schildkröte, den Pelikanen, Robben, Nilpferden, Elefanten, Nashörnern und Giraffen. Zweimal mußte er anhalten, weil es zu anstrengend war, die sich stets verändernde Schräglage der Bluebird auszugleichen. Aber er schaffte es schließlich wohlbehalten in die Halle eins.

Wieder öffneten sie die Gittertür und hoben Banjo hinein. Bongo guckte bloß. Seine Dame hatte sich verändert. Ob sie sich für ihn schick gemacht hatte, mußte es ihm durch den Kopf gegangen sein, als er ihren weißen Arm sah.

Die Pfleger verschlossen die Tür. Noch einmal neigte sich die Bluebird besonders stark zur Seite.

»Ein Wunder, daß wir bei diesem Seegang die Karre schieben konnten.«

»Ein Wunder, daß wir bei diesem Seegang operieren konnten«, gab Mrs. Reit zurück.

Kurze Zeit später wachte Banjo auf. Sie blinzelte müde und konnte sich nicht erklären, was sie da um den Arm gewickelt bekommen hatte. Sie würde nachher mal Bongo fragen … der mußte als Boß der Truppe schließlich alles wissen.

»Verdammte Waschküche!« schimpfte der Kapitän. »So ein Wetter hatten wir nicht bestellt! Dieser Regen!«

»Die Elefanten werden das nächste Mal bestimmt ein Flugzeug nehmen.«

Der Käpt'n brummte: »Als ob es da oben ruhiger wäre!«

Der Offizier ging auf der Brücke auf und ab, fixierte die Instrumente und schaute zum Himmel.

»Sollten wir nicht doch 'ne Kurve kratzen?«

»Nein. Das ist jetzt zu spät. Augen zu und durch! Es dauert nicht mehr lange.«

Der Offizier seufzte. »Nicht mehr lange … was heißt das bei Ihnen? Zwei Stunden? Ein Tag?«

Der Kapitän schmunzelte und schwieg eine gewisse Zeit, wahrscheinlich, um sich ein klares Bild von der Lage zu verschaffen. Spekulationen waren ohnehin nicht sein Ding.

»Eine halbe Stunde. Vielleicht auch mehr.«
Alle nickten.

Immer wieder zerrte der Wind an den Fenstern der Brücke. Regen pladderte an die Scheiben, und auf geheimnisvolle Weise drang ständiges Blubbern hervor.

»Nicht, daß wir noch absaufen«, kommentierte einer.

Der Kapitän atmete tief durch. »Abwarten! Wir schaffen das. Die Bluebird kann das gut ab. – Sind doch keine Anfänger!«

Emsig stierte der Offizier durchs Fernglas. Es türmten sich noch immer die dunklen Wolken wie Berge auf.

»Vielleicht sollten wir mal nach dem Lamina sehen. Der braucht bestimmt Hilfe. Und der wird sich für den Wetterverlauf interessieren.«

»Interessieren? – Der kommt alleine klar! Der hat genug zu tun mit seinen Viechern. Jeder macht hier seins. Wenn er Fragen hat, kann er sich ja bei uns melden. – Sind doch kein Wohlfahrtsverein.«

»Aber Seefahrer sind wir dann schon – da hilft einer dem anderen!« rief eine Stimme hinterwärts.

»Wenn jemand Hilfe braucht, meldet er sich. Niemand verläßt hier die Brücke! Ende!«

Stille. Nur das Knarren und Pfeifen war zu hören. Dann bebte der Schiffskörper, da eine besonders starke Welle die Bluebird getroffen hatte. Alles erzitterte, dann schien das Schiff in einer Leere zu schweben.

Kurze Zeit später wurde die Bluebird von der nächsten Welle erfaßt, aber diesmal war sie schwächer. Doch nach wie vor knarrte es an allen Ecken, und der Wind pfiff durch die Ritzen hindurch. Heftig fiel der Regen herab, und wenn die routierenden Mittelfenster nicht wären, würde die Mannschaft gar nichts mehr erkennen können.

Dann, nach einiger Zeit, veränderte sich der Himmel. Der starke Wind schien die Wolken auf einmal auseinanderzuschieben, und die Tropfen auf den Scheiben leuchteten wie Glasperlen, da sich weißes Licht vom Himmel bahnte.

»Dort drüben wird es heller!« rief der Offizier.

»Na also«, erwiderte der Kapitän. »Sind doch keine Anfänger!«

Tatsächlich verkrochen sich nach und nach die dunklen Wolken. Der Wellengang ließ langsam nach, wenn er auch oft noch hochschlug, so als ob sich die See noch einmal aufbäumte. Dann wurde der Regen zarter. Gemächlich fuhr die Bluebird aus der Schlechtwetterfront hinaus und glänzte, als ob ihr jemand einen neuen Anstrich verpaßt hätte. Eine Möwe umflog das Schiff, und in den Tierhallen kehrte allmählich wieder Ruhe ein.

Prof. Lamina und einige Pfleger versuchten nun, sich zu entspannen. Sie saßen in der Offiziersmesse und tranken Tee. Manch einer erlaubte sich eine Flasche Bier, und der Direktor qualmte wieder seine dicke Zigarre.

»Bloß nicht noch mal so 'n Umzug«, kommentierte Mr. Eddi das zuletzt Erlebte.

Prof. Lamina schaute den Affenpfleger ruhig an. »Wir fahren ja auch nur eine Tour«, trotzte er, während die Rauchringe seiner Fluppe an die Decke waberten. »Aber wer weiß, vielleicht bieten wir ja künftig solche Transporte auch anderen Zoos an?«

»Bitte eins nach dem andern, erstmal müssen wir heil ankommen.«

»Es lebe Zoofrika«, kam es murmelnd aus einer Ecke.

Nach einigen Stunden der Ruhe schlich Mrs. Riverday durch die Tierhallen. Nicht, daß sie den Direktor oder sonst irgendwen fürchtete, nein, sie wollte einfach nicht die Tiere erschrecken. Sie lief durch die Bären- und Tigerhalle, dann an den Löwen vorbei. Bei den Papageien machte sie Halt, weil sie Kiki und Kaspar vermißte. Aber sie hatten sich nur in die Ecke ihres Käfigs verkrümelt und kuschelten auf der Stange.

Dann ging sie zu Lutetia, die ihre rote Schleife noch immer trug.

»Braves Mädchen!« flüsterte sie ihr zu. Die Schildkröte

schlief. Mrs. Riverday öffnete die Tür zu Halle sieben. Die Pelikane putzten sich gerade, die Pinguine lagen mit dem Bauch auf dem Boden – lediglich die Flamingos stelzten nervös umher. Sie ging in Halle sechs. Die Robben ließen diesmal keine Rufe verlauten, sondern schwammen ganz entspannt durch das Spezialbecken. Als die Journalistin bei den Nilpferden Plumpi und Pampe angekommen war, war es um sie geschehen, da die großen Tiere sie mit neugierigen Augen anschauten. Mrs. Riverday mußte mit den Tränen kämpfen.

»Ach, ihr Lieben! Wenn ihr wüßtet …«

Die Nilpferde sahen die Frau weiterhin an.

»Ich werde versuchen … aber es wird … ich …«

Sie verstummte, da durch die Tür zu Halle vier zwei Stimmen durchdrangen. Sie lauschte genauer und hörte Mr. Afanti und Mr. Eddi in der Elefantenhalle sprechen.

»Ein Elefant im Zoo leidet unter starkem Husten. ›Verdünnen Sie Schnaps mit Tee und geben Sie es ihm stündlich‹, ordnet der Tierarzt an. Am nächsten Tag meldet sich der Pfleger: ›Herr Doktor, die Medizin hat zwar geholfen, aber jetzt husten alle anderen Elefanten auch.‹«

»Hm. Nicht schlecht, aber wie findest du den hier: ›Wie führt ein Elefant einen Tampon ein? – Ganz einfach, er setzt sich auf ein Schaf.‹ – Hahahah!«

Mr. Afanti mußte laut lachen. »Der ist aber nicht jugendfrei, oder?«

Mr. Eddi bestätigte das. Dann ergriff Mr. Afanti wieder das Wort.

»Kann ein Elefant höher als ein Baum springen? – Na

klar, oder hast du schon mal einen Baum springen sehen?‹ … Wie findest du den?«

»Geschmackssache. Warte mal, ich kenn' da noch …
hm … Wie ging der noch gleich …? Ach ja: ›Was ist der
Unterschied zwischen einer Schwiegermutter und einem
Nilpferd? – Das eine hat ein großes Maul und einen dikken Hintern – und das andere lebt im Zoo.‹ … Ist doch
der Brüller, oder?«

»Ja, der ist wirklich gut. Aber was hältst du von surre-
alen Witzen? Warte mal … hier: ›Sitzen zwei Elefanten
auf dem Baum und stricken Atombomben. Da kommt
ein Schaf vorbeigeflogen. Sagt der eine Elefant zum anderen: Sachen gibt's!‹ … Na, wie ist der?«

In diesem Moment öffnete Mrs. Riverday die Tür zur
Elefantenhalle. Sie erblickte die beiden Männer, die sie
wie versteinert ansahen.

»Wie wäre es denn mal mit einem weniger derben
Witz, meine Herren! ›Ein verliebtes Elefantenpaar geht
Rüssel in Rüssel spazieren. Plötzlich schaut sie ihn fragend an und sagt: Aber nicht, dass du mich an der Nase
herumführst?!‹ … Wie finden Sie den, hm? – Antworten
Sie am besten gar nicht. Ich fühle mich nämlich auch
so wie diese Elefantin: Ich fühle mich an der Nase herumgeführt!«

Die beiden Pfleger verstanden nicht.

»Ich habe diese Reise angetreten, weil ich über den
Umzug und über den Zoo der Zukunft berichten wollte.
Vor kurzem hatte ich ein Gespräch mit Ihrem Boss,
Professor Lamina. Oder soll ich ›Professor Animal‹ sa-
gen? Hier scheinen ja die Namen mehrere Bedeutungen
zu haben. Oder wie erklären Sie sich, daß Mrs. Reits

Name rückwärts gelesen ›Tier‹ heißt? Schließlich sind ja auch die Elefantennamen nicht echt. Hier gibt es keine Rumba und keinen Bumbo. Hier gibt es einen Colonel! Der Zoo der Zukunft – daß ich nicht lache! Der Herr Direktor will einen Tierpark mit genetisch perfekten Tieren schaffen, um sie auszuwildern und wer weiß was sonst noch! Er will die Natur sogar manipulieren. Erzählen Sie mir nicht, daß Sie von den Mammutplänen nichts wissen! Wiedergeburt des Urelefanten! So etwas Hirnverschraubtes habe ich ja noch nie gehört! Und dann noch die Sache mit dem Säbelzahntiger und dem Urmenschen! Gerade das letzte läßt einem ja die Spucke gefrieren! Pfui Teufel!«

Die beiden Männer schwiegen.

»Hier stecken alle unter einer Decke! Dann diese Firma ›Zoofrika‹ – was ist das, eine Mafia? Haben jetzt Superreiche die Führung übernommen? Regiert nur noch das Geld auf diesem Planeten? Ich weiß ja, daß gerade in Zoos Privatengagement gefragt ist, ohne Spenden läuft ja heutzutage gar nichts mehr. Aber geht das um jeden Preis? – Ich frage mich ohnehin, warum Sie die Tiere nicht gleich zum Mond schießen! Da wiegen die Elefanten sogar nur noch … ach, was weiß ich wieviel! – Und Sie? Sie erzählen sich Witze! Sie reden nicht über diese Probleme, Sie akzeptieren diese abenteuerlichen Neuerungen, und Sie machen auch noch mit, unterstützen das alles!«

»Nun mal langsam, Mrs. Riverday. Ich kann Sie gut verstehen, und wir sind tatsächlich nicht mit allem einverstanden, was Professor Lamina will, glauben Sie mir. Aber was sollen wir denn tun? Wir sind ganz kleine Leute, haben kaum etwas zu entscheiden. Ich zum Beispiel habe ein sehr inniges Verhältnis zu meinen Elefanten, also muß ich mit ihnen reisen. Irgendwann schaffe ich es vielleicht, mich von ihnen zu lösen, aber doch nicht hier und jetzt! Ich kann meine Elefanten jetzt nicht alleine lassen, sie gehören zu mir, wie auch ich zu ihnen gehöre.«

In diesem Augenblick rüsselte Timba durchs Gitter und überreichte Mr. Afanti den Gummiring. Zart stupste sie den Pfleger an und fiepte dabei.

»Ja, Timba, sehr schön.« Dann nahm er den Ring und spielte mit ihm. Kurz darauf warf er ihn durch das Gitter in die Anlage hinein. Timba trottete dem Ring hinterher.

»Was wollen Sie tun?« fragte Mr. Afanti. »Wollen Sie Sabotage? – Wir müssen jetzt erstmal der Tiere wegen mitspielen. Später sehen wir weiter. Und übrigens: Nicht alle Ideen von Professor Lamina sind schlecht! Ich kenne ihn schon einige Zeit. Ein paar Vorschläge sind tatsächlich sehr zukunftsweisend und tun den Tieren sogar gut! Warten Sie es doch einfach ab. Und die Sache mit dem Urmenschen steht auf der Liste ganz unten. Wer weiß, vielleicht ist das sogar nur ein PR-Gag, um die Leute neugierig zu machen. Darum werden wir uns später kümmern.«

Mrs. Riverday nickte stumm. Sie schaute zu Timba, die mit ihrem Ring spielte, dann zu Rumba und den anderen Dickhäutern. Ganz zum Schluß betrachtete sie Colonel, den stärksten Elefantenbullen, den sie als Bumbo kennengelernt hatte. Er stellte sich in diesem Augenblick auf die Hinterbeine und berüsselte die Decke. Gigantisch sah das aus! Er war jetzt so groß, daß man bei ihm tatsächlich von einem Mammut ausgehen konnte. Mrs. Riverday war sprachlos. Sie wollte oder konnte den Worten des Pflegers nichts entgegensetzen, und so drehte sie sich schweigend um und lief schnurgerade durch die Tierhallen zurück. Als sie Halle dreizehn durchquerte, beachtete sie die Tierärztin gar nicht, sondern lief gleich über das Außendeck zu ihrer Kabine zurück.

Der nächste Tag verlief ruhig wie nie, es war fast eine gespenstische Stille an Bord. Weder die Elefanten noch die Löwen oder Nilpferde ließen ihre Rufe verlauten, still verharrten sie in ihren Hallen oder schauten vom Außendeck aufs Meer.

Banjo dagegen inspizierte jede Stunde ihren Gipsverband und Bongo kam ihr dabei zur Hilfe. Beide kratzten an der weißen harten Schale, doch sie konnten nichts an ihr verändern. Ein paarmal schlug Banjo ihren Gipsverband gegen das Gitter, doch sie spürte bald, daß mit ihrem Arm etwas nicht stimmte, und so beachtete sie ihn einfach nicht mehr.

Es gab an diesem Tag aber noch jemanden, der sich nicht vollends der Ruhe hingab: Lutetia. Sie kroch mehrere Stunden durch ihre Halle und streckte dabei ihren Kopf in die Höhe. Manchmal schubberte sie beim Gehen mit ihrem Panzer an der Hallenwand vorbei, so daß die rote Schleife wegzurutschen drohte, doch sie hielt.

So vergingen die Stunden dieses Tages in friedlicher Muße, selbst der Kapitän knurrte heute nicht, sondern genoß das schöne Wetter. Und es gab heute wieder Pustekuchen.

Einen Tag später packte Mrs. Riverday ihre Sachen zusammen, weil sie hörte, daß die Bluebird heute die Insel erreichen würde. Alles, was sie in ihrer Kabine verteilt hatte, stopfte sie in den Rucksack, also die Kamera, Pflegemittel, diverse Anziehsachen, das Tonbandgerät, ein paar Bücher und das Holzmodell der Arche. Dann ging sie auf das Oberdeck und schaute sich um.

Der Himmel war tatsächlich wieder so blau geworden, wie er sich zu Beginn gezeigt hatte. Sanft durchpflügte die Bluebird das Meer, und durch die offenen Mittelgangtüren kroch der Tiergeruch heraus. Sie lief langsam durch die Hallen, kehrte aber bald wieder ins Freie zurück. Eine lange Zeit verharrte sie an der Reling, ging auf und ab, zwischendurch trank sie einen Tee und lief wieder aufs Deck.

Tief atmete sie ein. Tatsächlich war ihr eben ein Landgeruch in die Nase gekrochen. Sie schaute zum Schornstein und sah die ersten Möwen, die das Rohr umkreisten und sich schließlich daran festkrallten. Andere Möwen segelten einfach mit dem Schiff mit, als wären sie eine Eskorte.

Die Journalistin schaute nach rechts und erblickte am Horizont etwas Grünes. Sie nahm das Fernglas und erspähte eine Insel. An den Seiten türmten sich große Felsen auf, dazwischen lagen leuchtende Wiesen mit Höhlen. Sie nahm das Fernglas herunter und versuchte, die Insel mit bloßem Auge zu sehen. Aber gleich darauf schaute sie wieder durch den Feldstecher, und da die Bluebird eine Kurve fuhr und geradewegs zu diesem Eiland schipperte, wußte sie nun, daß es Zootopolis war.

Prof. Lamina kam zu ihr.

»Na, Frau Journalistin? Alles im grünen Bereich?« brummte er.

Mrs. Riverday nickte stumm und schaute den Direktor an.

»Das Wetter war nicht von schlechten Eltern«, erwiderte sie.

»So ist es. Aber wir haben es gut überstanden.«

Beide schauten auf die herannahende Insel.

»Das da vorne ist Zootopolis«, knurrte der Direktor.

»Ich werde mir Ihre Insel genau ansehen, Professor Lamina! Und ich werde der Öffentlichkeit darüber berichten!«

Prof. Lamina nickte.

»Und ich werde auch wiederkommen. Sollte sich die Lage der Tiere zum Nachteil entwickeln, sehen wir uns an einer anderen Stelle wieder. Und über die prähistorischen Tiere reden wir auch noch!«

»Das können Sie gerne tun, Mrs. Riverday. Sie sind immer willkommen.«

Die Journalistin fotografierte das Eiland.

»Falls es Sie beruhigt, habe ich noch eine Neuigkeit für Sie.«

»Nämlich?«

»Wir hatten ursprünglich geplant, die Tiere an Bord wieder in ihre Container zu locken, mit Futter und Beruhigungsmitteln. Sie sollten dann wie zu Beginn mit Traktoren über eine Rampe bis in ihren endgültigen Aufenthaltsbereich auf Zootopolis gefahren werden.«

»Ja und?«

»Wir machen es jetzt anders. Wir lassen sie von selbst, ganz ohne Zeitdruck, die Insel betreten – zu Fuß! Natürlich funktioniert auch das nur mit einem System. Ich habe vorhin mit den Leuten von der Insel telefoniert, damit sie die Vorbereitungen dafür treffen können.

Zuerst kommen die Bären an die Reihe. Sie spazieren, von einer Umzäunung umrahmt, über die Rampe auf die Insel und werden dann ganz sachte in ihr Gebiet gelockt. Taps, taps! Dann geschieht dasselbe mit den Tigern, Löwen und dergleichen.

Jede Tierart wartet an Bord, bis sie dran ist. Nach und nach kommen die Tiere dann in ihren endgültigen Bereich. Nur Lutetia und die Vogelvolieren müssen wir mit Traktoren vom Schiff holen. Und für die Affen werden wir uns wohl auch etwas anderes ausdenken müssen, da sie sonst ausbüxen. – Wie finden Sie das?«

Mrs. Riverday staunte.

»Das … das ist … wie im Märchen«, sagte sie. »Die Tiere verlassen also die Arche zu Fuß.«

»Genau. Das sollten Sie übrigens fotografieren. So etwas kommt immer gut an.«

Dann schaute Prof. Lamina zur Insel. »Nur noch wenige Minuten, dann sind wir auf Zootopolis.«

Die Bluebird fuhr langsam in den Hafen ein. Mrs. Riverday ließ ihren Blick über das Gelände schweifen. Aber es war kein Hafen im eigentlichen Sinn, sondern eher so etwas wie ein geschmückter Korridor.

Links und rechts davon waren Felsen zu sehen, dazwischen Wiesen, die im Sonnenlicht leuchteten. In der Mitte standen Häuser im indischen, afrikanischen, italienischen und chinesischen Stil; zwei Springbrunnen waren zu erkennen.

Vorne staute sich eine große Menschenmenge vor dem Elefantentor: Zwei aus Stein gemeißelte, übergroße Dickhäuter thronten in einem Abstand von fünf Metern nebeneinander und hielten mit ihren Rüsseln eine Brücke hoch. »Zootopolis« stand in goldenen Lettern darauf geschrieben. Ein goldener Löwe krönte das Tor.

Es dauerte nicht lange, und die Bluebird hatte sich im Hafen positioniert, dann wurde sie vertäut und eine riesige Rampe am Heck befestigt.

Der Empfang war bombastisch! Unzählige Menschen standen am Kai und winkten Prof. Lamina zu, der mit stolzen Schritten die Rampe hinunterlief. Große Fahnen mit den Logos von Zootopolis und Zoofrika waren gehißt. Eine Blaskapelle sorgte für die musikalische Untermalung. Als Prof. Lamina das untere Ende der Rampe erreicht hatte, empfing ihn ein weißhaariger Mann.

»Herr Professor Lamina, wir heißen Sie als unseren Chef, Direktor von Zootopolis und als Vorsitzenden von Zoofrika auf dieser schönen Insel, auf Zootopolis, herzlich willkommen!«

Ein kräftiger Applaus folgte.

»Ihre Ankunft«, sprach der weißhaarige Mann weiter, »ist ein großer Augenblick und ein Meilenstein in der Zoogeschichte! Mögen Ihre Ideen und Konzepte in Erfüllung gehen!«

Prof. Lamina ergriff nun das Wort: »Meine Damen und Herren, ich freue mich, daß wir ohne nennenswerte Schwierigkeiten die Insel erreicht haben und daß Sie uns so gut vorbereitet empfangen! Dank unserer Mitarbeiter und natürlich auch der Mannschaft der Bluebird haben wir die erste Hürde genommen, ja – wir haben es geschafft! Auf uns wartet nun die nächste Aufgabe, und diese große Aufgabe heißt Zootopolis. Gemeinsam werden wir es vollbringen, den Zoo der Zukunft zu seiner besten Blüte zu verhelfen.«

Wieder wurde kräftig applaudiert. Dann überreichte der weißhaarige Mann dem Direktor eine große Schere. Prof. Lamina nahm die Schere und schnitt das vor ihm gespannte rote Band durch, worauf es weich auf den Boden fiel und vom zarten Wind zur Seite geweht wurde. Wieder folgte ein kräfiger Applaus.

Mr. Gira drängelte sich hindurch. Er wollte es sich

nicht nehmen lassen, seine Giraffen, die auf dem Freideck der Bluebird standen, einmal vom Land aus zu sehen. »Sind doch schöne Tiere, nisch?«

Prof. Lamina nickte bloß.

Dann kam Mrs. Reit hinzu. »Unserer Patientin geht es gut. Ich denke, wir halten die Tiere erstmal auf dem Schiff bei Laune. Wann wollen Sie denn mit dem Landgang der Tiere beginnen?«

Prof. Lamina schaute die Ärztin glücklich an. »Sofort, Frau Doktor! Sofort!«

Mrs. Riverday hatte mit ihrer Kamera alle Hände voll zu tun. Die Begrüßungsszene wollte genauso festgehalten werden wie die Menschen, die sich im Hintergrund versammelt hatten. Dann galt es, die Bluebird vom Land aus zu fotografieren, das Elefantentor und auch die Gebäude mit den Brunnen. Natürlich hätte sie das auch später noch tun können, doch es ging ihr um die Authentizität, da das Licht gerade jetzt besonders günstig fiel und genau dieser Moment der Ankunft festgehalten werden sollte.

Die Journalistin drehte sich um, da ein Raunen durch die Menge ging und alle zur Bluebird schauten.

Mrs. Riverday blickte zur Rampe und sah, wie Schnuppe und Schnute die Rampe hinunterliefen. Beide Bären waren auf der schiefen Ebene verunsichert. Vielleicht hatten sie zu lange auf der Bluebird ihr Dasein gefristet – jetzt, nach dem starken Seegang, sollten sie nun diese stählerne Schräge hinuntertapsen, geradewegs auf die vielen Menschen zu, und das schien sie zu irritieren.

Doch man ließ ihnen Zeit, sie sollten ja ihr Tempo

selbst bestimmen, und nach einigen Augenblicken liefen sie tatsächlich schnuppernd die Rampe hinunter, bis sie unten erleichtert angekommen waren.

Mr. Leo schleuste sie nun durch einen Gittergang in ein provisorisches Gatter. Dort kamen die Assistenten zu ihrem Einsatz, die die Bären mit Fischen durch den nächsten Gitterweg lockten. Nur langsam bewegten sie sich voran. Immer wieder bedurfte es neuer Köder, bis beide Bären, flankiert von Zäunen, ihr endgültiges Revier erreicht hatten und ihre Reise damit endlich beendet war. Ihre neue Freiheit hatte begonnen.

Dann wieder ein Raunen. Die Tiger Shirka und Nero spazierten zielstrebig und mit durchstechenden Blicken die Rampe hinunter. Als sie unten angekommen waren, blieben sie vor der Menschenmenge stehen, als suchten sie ihren Pfleger. Doch Mr. Leo kam sogleich herbei und lockte seine Wildkatzen in Gatter zwei. Dort verweilten sie eine Weile, schnupperten die Inselluft, gähnten und folgten dann den Assistenten, die sie langsam, ebenfalls von Zäunen flankiert, in ihre Anlage lockten.

Die Löwen ließen sich nicht zweimal bitten. Sumba und Gamba gingen als erste hinunter, Ramses hingegen wartete jedoch ein Weilchen auf der Bluebird. Er schien seinen Auftritt zu genießen.

Als er an der Reihe war, stolzierte der König der Wildnis langsam mit erhobenem Haupt und einer im zarten Wind wehenden Mähne die Rampe hinunter. Er tat dies mit einer Anmut, die ihresgleichen suchte. Einmal nur blieb er stehen und schien sich der Aufmerksamkeit zu vergewissern, dann setzte er seine Pfoten wieder langsam die Rampe hinunter. Als Ramses unten angekommen war, brummten ihn Sumba und Gamba an, als wollten sie ihm sagen, daß er nicht der einzige an Bord der Bluebird gewesen war und sich nicht zuviel auf sich einbilden sollte. Mr. Leo unterbrach dann die tierische Diskussion und lotste die drei mit Fleischbrocken durch den Gittergang in ihr Revier. Die Löwen brummten zufrieden.

Dann erschien zum Erstaunen aller ein Traktor. Im Schlepptau hatte er einen riesigen Container, aus dem krächzende und kreischende Rufe drangen: die Papageien! Langsam tuckerte die Maschine die Rampe hinunter, und Prof. Lamina klammerte sich am Container fest. So konnte Mrs. Riverday den dicken, grinsenden Direktor mitsamt seiner Vogelschar aufs Bild bringen und der Welt zeigen, wie schön ein Zooumzug sein konnte. Immer wieder keifte es aus der Voliere heraus, so als ob sich die Vögel darüber beschwerten, als einzige im Käfig auf die Insel gelangen zu müssen.

Der Traktor fuhr, nachdem der Vogelcontainer ausgeklinkt wurde, die Rampe wieder hinauf, und lange Zeit war nichts zu sehen. Dann kam er wieder zum Vorschein und zog einen großen Anhänger mit sich. Ganz vorsichtig tuckerte er die Rampe hinunter, so als hätte er rohe Eier im Gepäck. Über die Seitenwand lugte ein grauer Kopf hervor – Lutetia! Doch sie war nicht alleine, auch der Pfau war dabei, dessen bunte Federn im Sonnenlicht glänzten.

Als der Traktor unten angekommen war, kam Prof. Lamina hinzu und zeigte auf die rote Schleife, die Lutetia noch immer um ihren Panzer trug.

»Hier ist Lutetia, unser Maskottchen!« präsentierte er. »Sie hat sich extra für uns schick gemacht. Haha!«

Es folgte Applaus.

»Die Schildkröte Lutetia ist das älteste Tier unseres Zoos, und sie symbolisiert damit die Vergangenheit, die sie mit der Zukunft verbindet. Schildkröten haben während der Evolution die Dinosaurier überlebt, und sie werden ganz sicher noch existieren, wenn die Menschen auf der Erde keine Überlebenschance mehr vorfinden. Schildkröten stehen somit für die Unendlichkeit des Lebens, etwas, was wir uns auch für Zootopolis wünschen!«

Wieder Applaus. Lutetia aber interessierte sich dafür nicht, sondern genoß lieber ein saftiges Blatt.

Dann wurde es lustig. Eine Gruppe von Pelikanen, Pinguinen und Flamingos watschelte bzw. stelzte die Rampe hinunter. Die Flamingos gaben dabei ihre schnarrenden Laute von sich und beschnäbelten sich dabei. Die Pinguine hielten ihre Schnäbel still, doch sie sorgten mit ihrer Tolpatschigkeit für einige Lacher. Manche von ihnen blieben andauernd stehen, andere drehten sich wieder um und wollten auf die Bluebird zurück, wieder andere zogen es vor, nach einigen Minuten des Wartens ihren Weg hüpfend fortzusetzen, was so manchen Pelikan ins Stolpern brachte. Mrs. Riverday mußte dabei so lachen, daß ihr fast die Kamera aus der Hand geglitten wäre. Als die bunte Schar dann endlich vollständig unten angekommen war, wurde sie jedoch zunächst in ein provisorisches Gatter geführt, damit sie sich ausruhen konnte. Die letzten Schritte ins endgültige Revier sollten dann später in aller Ruhe vollzogen werden, vielleicht sogar mit einem Fahrzeug. Verdutzt standen die Wasservögel herum und es schien, daß sie von ihrem neuen Zuhause nicht wirklich überzeugt waren.

Für die nächste Gruppe wurde über die Rampe extra eine Ladung Wasser hinuntergegossen, damit sie es leichter hatten: die Robben. Damit sie auch tatsächlich ohne zu zögern ihrem Weg folgten, hatten die Pfleger vorher ein paar Fische auf die Rampe gelegt – und das mit Erfolg: Robbie und Flobbe rutschten mit lauten »Öh-öh-öhs« die Ebene hinunter, und die Menschen waren begeistert.

»Ist ja wie im Zirkus«, meinte einer.

»Ja, wer hätte das gedacht! Fehlen nur noch die Clowns.«

Prof. Lamina lotste die Robben dann auch in ein provisorisches Gelände. Was für die Pinguine galt, sollte auch ihnen zuteil werden, da sie doch eher schlechte Fußgänger waren. Robbie und Flobbe fühlten sich aber bereits in ihrem Provisorium recht wohl, da sie auf einer mit Wasser übergossenen Plane umherrutschen konnten, was die Zuschauer zu einem erneuten Applaus bewegte.

Dann waren die ersten Schwergewichtler an der Reihe, die Nilpferde. Plumpi und Pampe liefen fast gelangweilt die Rampe hinunter, ihre großen Augen waren nur halb geöffnet und ihre schweren Köpfe schienen vor Müdigkeit fast auf dem Boden zu schleifen. Als Plumpi wider Erwarten auf der Rampe stehenblieb, batschte Pampe, der hinter ihr lief, mit seiner dicken Schnauze an ihren Hintern heran.

Plumpi schien das als Aufforderung, weiterzugehen zu verstehen, und so trotteten sie stoisch zu den Menschen hinunter. Doch dort angekommen überraschten sie die

Menge, die aus Angestellten der Firma Zoofrika und einigen besonderen Ehrengästen bestand: Beide Nilpferde rissen plötzlich ihre Mäuler ganz weit auf, so daß jeder ihre Hauer sehen und ihren Atem riechen konnte.

»Danke, abtreten!« witzelte Mr. Afanti, der die beiden Brocken dann in ihren Bereich lotste. Diese quittierten ihren Landgang mit sonorem Gerülpse.

Was nun folgte, war sensationell: Colonel stand oben auf der Bluebird. Mit seiner breiten und zugleich hohen Stirn, seinem mächtigen Rüssel und den beindicken Stoßzähnen sah er wie der Elefantengott persönlich aus. Die Leute raunten und schwiegen dann ergriffen, vor allem die Ehrengäste waren sprachlos. Colonel schlurfte die Rampe hinunter, ganz langsam, so als würde er jeden Schritt genießen. Kaum hörbar zogen seine großen Füße auf dem Stahlboden entlang, und manchmal wippte er mit dem Rüssel. Wirkte er oben auf der Bluebird groß und mächtig, so verstärkte sich dieser Eindruck um ein Vielfaches, als er unten am Kai stand. Zwergenklein fühlten sich die Leute, die den mächtigen Bullen hautnah bestaunten. Colonel schien jeden von ihnen anzusehen.

Obwohl die Zuschauer durch einen Zaun vor ihm geschützt waren, fühlten sie Unbehagen, und als der Elefant seinen Kopf zur Seite schob, erschreckten sie sich sehr, da mit diesem Schwung auch die Stoßzähne wuchtig an ihnen vorbeizogen.

»Gefällt's dir hier?« fragte Mr. Afanti seinen Bullen.

Colonel schnaubte bloß.

»Ach so, du vermißt deine Kühe? – Na, das haben wir gleich.«

In diesem Augenblick erschienen alle Elefantenkühe und wankten die schiefe Rampe hinunter, die sich diesmal sogar recht stark durchbog. Da jeder Elefant mit seinem Rüssel den Schwanz seines Vorgängers umschloß, wirkte dieser Abgang tatsächlich wie eine Zirkusnummer, und als die Dickhäuter neben ihrem Colonel standen, gab es ein mehrstimmiges Begrüßungsprozedere. Natürlich kam es nicht von der Blaskapelle, sondern von den Rüsseltieren selbst, und es war Timba, die die hohen Töne anstimmte.

Mr. Afanti lotste seine Elefanten in ein Gatter, wo sie auf ihre Mitbewohner warten sollten. Sie sollten sich ja auf Zootopolis ihr Revier mit den Nashörnern, Zebras und Giraffen teilen, wie es auch in freier Wildbahn der Fall ist. Gemeinsam würden sie in ihr Gehege wandern, doch da ein Teil der Gesellschaft noch auf der Bluebird weilte, hieß es erstmal abwarten.

Als die beiden Nashörner oben vor der Rampe standen, gab es ein Problem: Sie waren wegen ihrer Kurzsichtigkeit nicht wirklich von der Sicherheit der Rampe überzeugt, und es bedurfte des Zuredens, vor allem von Mr. Afanti, damit sich die schweren Tiere in Bewegung setzten. Zunächst blieben sie stehen, drehten sich auch schon mal in die falsche Richtung, doch nach einigem Bemühen schlurften sie sehr vorsichtig die Rampe hinunter, und als sie unten in der Nähe der Elefanten standen, bekamen sie erstmal eine Fuhre Futter.

Nun war der Auftritt der Giraffen dran. Mr. Gira wischte sich schon mal vorsorglich den Schweiß von der Stirn. Es hatte schon einiger Redekunst bedurft, Tobi, Tutu und Matabi von Halle zwei durch den Mittelgang zur Heckrampe zu führen. Aber es war ihm gelungen. Als die großen Tiere aber die Rampe sahen, schien sie die Angst zu übermannen.

»So ein Blödsinn!« schimpfte Mr. Gira. »Giraffen laufen doch keine Rampe hinunter, nisch?«

Er hatte recht. Aber nun waren sie so weit gekommen, daß eine Umkehr wenig Sinn machte – schließlich bejubelten die Leute die drei Tiere aufs höchste.

»Ruhe bitte!« rief Prof. Lamina. »Giraffen sind sehr schreckhaft! Ruhe bitte!«

Es wurde tatsächlich still.

Mr. Gira sprach als erstes auf Matabi ein. »So, Matabi, ist jetzt der letzte Weg. Wird ganz toll, wirst sehen. Alles prima. Kriegst auch gleich ein Leckerli. Aber nur, wenn du da jetzt runtergehst. Nisch?«

Matabi tat erstmal so, als hätte niemand auf sie eingesprochen. Dann guckte sie in den Himmel und züngelte mit ihrer Zunge. Aber über ihr wuchs kein Baum, dem sie irgendwelche Blätter entziehen konnte. Mr. Gira streichelte seine Giraffe, und plötzlich, wie auf Knopfdruck, stelzte sie die Rampe hinunter, was die Leute unten zu einem wirklich sehr zarten Applaus bewog.

Tutu drehte sich auf dem Deck erstmal um und schlug wieder den Weg zu Halle dreizehn ein, dann blieb sie stehen. Mr. Gira mußte auch auf sie einreden.

»Was Matabi kann, kannst du erst recht, mein Kleines. Los jetzt, wir wollen Weihnachten zu Hause feiern, nisch?«

Tutu drehte sich um, lief zur Rampe, ging sogar ein paar Schritte hinunter und blieb mitten auf der schiefen Ebene stehen.

»Tutuchen, ist doch alles schön. Ist ganz leicht – weiter jetzt!«

Tutu vertraute ihrem Pfleger, und so kam auch sie unten an und wurde von Matabi züngelnd begrüßt.

Tobi machte überhaupt keine Anstalten und stakste die Rampe in einem Zug nach unten. Nun waren die Giraffen vollständig versammelt und wurden zu den Elefanten gebracht.

Kurz darauf galoppierten alle Zebras die Rampe hinunter, als hätte man ihnen den größten Heuballen der Welt versprochen. Ein Wunder, daß sie auf der Rampe nicht ins Stolpern kamen! Sie liefen auch gleich zu den Giraffen hin, und so konnte das Gespann endlich lostraben: Eine Gruppe von Elefanten, Nashörnern, Zebras und Giraffen schlenderte mit Mr. Afanti und seinen Assistenten den umzäunten Weg entlang. Vornean die Dickhäuter, hinter ihnen die Nashörner, dann die Giraffen und die Zebras, die sich schon mal vordrängelten, jedoch nicht wagten, den Colonel zu überholen. Es war ein sehr friedliches Bild. Alle Tiere trotteten ohne zu zögern miteinander voran, scheinbar wissend, daß es ihnen in ihrem neuen Zuhause gut gehen wird.

Plötzlich standen sie vor einem großen Tor, das wieder mit steinernen Elefanten und einem ebensolchen Nashorn geschmückt war. Die Assistenten öffneten das Tor, und die Tiere liefen hinein. Es war ein wirklich großer Moment! Zum erstenmal befanden sich Elefanten, Giraffen, Zebras und Nashörner auf einem gemeinsamen Gelände, und sie waren endlich am Ziel angekommen: Zootopolis! Nun waren alle Unannehmlichkeiten und

Kompromisse überstanden, jetzt konnten sie ihr Leben genießen – solange es der Herrgott wollte.

Colonel stampfte durch das Gelände und hob seinen Rüssel in die Höhe. Die anderen Kühe machten es ihm nach und trompeteten dabei. Timba aber rannte in eine andere Richtung, lief einen großen Bogen und kam dann ohrenwedelnd zur Herde zurück. Tobi, Tutu und Matabi stelzten nebeneinander durchs Gelände. Ihre großen Augen schienen nach Neuland zu dürsten. Mauli und Fauli liefen einfach geradeaus – irgendwo würden sie schon ankommen –, und die Zebras verteilten sich in alle Ecken.

Die meisten liefen ohne Unterlaß herum, sich der neuen Freiheit scheinbar bewußt. Jedes Tier erforschte das Gelände, schnupperte, schaute umher, und es dauerte nicht lange, bis die ersten müde stehenblieben und sich alsbald zur Ruhe hinlegten.

Mrs. Riverday hielt diesen Moment mit etlichen Bildern fest, spazierte sogar mit in das Gelände hinein.

Doch Mr. Afanti rief sie wieder zurück.

»Ich zeige Ihnen mal die Elefantenhöhle«, schlug er vor.

Mrs. Riverday war damit sofort einverstanden. »Die mit der Glasdecke?« fragte sie.

»Ja. Wenn wir Glück haben, können wir dort die Schwergewichtler von unten sehen.«

Sie gingen wenige Meter um die Anlage herum und kamen zum Eingang. Dann liefen sie in die Grotte hinein.

Überall hingen Lampen, die Elefantenköpfen nachempfunden waren, majestätisch erhoben sich die Rüssel. Als Treppengeländer dienten nachempfundene Stoßzähne. Schritt für Schritt liefen sie hinunter, bis sie unten im Dokumentationszentrum angekommen waren. Überall Tafeln, Bilder, Computer und eben die Arena, über der die Scheibe montiert war. Sie gingen in die Arena, setzten sich auf die Liegen und blickten nach oben – und tatsächlich: Genau in diesem Augenblick wankte ein Elefant, vielleicht der Colonel, über die Scheibe! Behäbig setzte er einen Fuß nach dem anderen auf die Fläche, und dabei verbreiterten sich seine Fußsohlen enorm. »Jetzt kann man die Wirkung ihrer Fußpolster gut sehen«, erklärte Mr. Afanti.

»Wahnsinn!« staunte Mrs. Riverday, die noch im letzten Augenblick die Füße mit ihrer Kamera ablichten konnte.

»Dahinten kommt noch das Forschungszentrum hin«, sagte Mr. Afanti und zeigte zu einer Tür, neben der zahlreiche Ahnentafeln der Rüsseltiere zu sehen waren.

»Hat das etwas mit den … Mammuts … zu tun?«

Mr. Afanti nickte. »Ja. Das dauert aber noch. Auf Zootopolis ist noch längst nicht alles fertig. In einigen Jahren aber wird es vollendet sein. Die Sache mit den Mammuts ist etwas ganz Großes.«

Mrs. Riverday nickte. »Hoffentlich geht das gut«, sagte sie. »Wer die Geister ruft, wird sie nämlich so schnell nicht wieder los!«

Mr. Afanti sagte nur: »Hm.«

Sie gingen wieder aus der Höhle hinaus. Draußen stand ein Jeep bereit.

»Möchten Sie eine Rundfahrt machen?« wurde die Journalistin vom Elefantenpfleger gefragt.

»Ja, gerne.«

»Wir bleiben aber im Auto, für Rundgänge habe ich momentan keine Zeit.«

Die Journalistin nickte.

Sie stiegen in den Jeep ein. Mr. Afanti schloß die Türen und legte den Sicherheitsgurt an. Dann startete er den Motor und fuhr los.

»Dort hinten ist die Bärenanlage, sehen Sie?«

»Ja.«

»Es gibt dort zahlreiche Flüsse, damit die Bären fischen können. Auch dort wird es begehbare Höhlen und sogar Brücken geben.«

Mrs. Riverday fotografierte das Bärengelände.

»Die Brücken sind natürlich abgesichert«, ergänzte Mr. Afanti. »Wir wollen ja nicht, daß jemand in die Bärengrube fällt.«

»Es soll ja Lebensmüde geben, die freiwillig in ein Bärenbecken springen«, kommentierte die Journalistin, da sie selbst schon einmal Zeugin eines solchen Vorfalls gewesen war.

»Ja«, sagte Mr. Afanti, »aber diese Leute finden immer einen Weg, da können Sie noch so viel absperren. Jedenfalls werden wir das Menschenmögliche tun. Es soll keiner dem anderen in die Quere kommen.«

Mrs. Riverday nickte.

Sie fuhren eine große Kurve, vorbei an Felsen und Bäumen. Dann führte der Weg eine gerade Straße entlang. Kleine Lehmhütten mit Strohdächern säumten den Weg, und weiter hinten gab es einen kleinen Geysir.

»Links wohnen die Löwen und Tiger. Das wird ein

richtiges Gebrüll geben«, freute sich Mr. Afanti. »Fachleute haben uns bescheinigt, daß die Anlage neue Maßstäbe setzen wird. Man darf gespannt sein.«

Wieder lichtete Mrs. Riverday die Anlage ab, so gut sie das vom Auto aus konnte. Sie sah eine Grotte, die mit Vulkangestein verkleidet war und deren Eingang aus einem aufgerissenen Löwenmaul bestand. Große Zähne stachen bedrohlich hervor. Daneben thronte eine Plastik des Säbelzahntigers. Diese Plastik wirkte so echt, daß Mrs. Riverday einen richtigen Schreck bekam.

»Dann wird sich Ramses hier hoffentlich wohl fühlen, nicht wahr?« hoffte sie. »Säbelzahntiger könnten auch ihm kräftig zu Leibe rücken, so sie denn wieder existieren sollten.«

»Das müssen Sie Mr. Leo fragen. Aber ich kann mir vorstellen, daß Ramses hier gut untergebracht ist.«

Die Journalistin nickte. Ruhig fuhr der Jeep weiter. Dann kamen sie zu einer mit Schlaglöchern übersäten Straße. Entsprechend wackelte jetzt der Jeep, und Mrs. Riverday mußte sich gut festhalten.

»Diese Straße ist ja immer noch nicht fertig«, schimpfte Mr. Afanti. »Wenn die das nicht bald auf die Reihe bekommen, werden wohl noch meine Elefanten anrücken müssen.«

Mrs. Riverday lächelte. Der Colonel als Vorarbeiter – das wäre ja was …

Eine Weile befuhren sie noch diese Straße, dann bogen sie links ab und kamen zu einer riesigen Voliere. Sie war so groß, daß man in ihr drei Häuser hätte übereinanderstapeln können. Links und rechts vom Eingang

waren vergoldete Pfauenplastiken zu sehen. Oben saß
ein kupferfarbener Pelikan, und als Treppengeländer
mußten messingfarbene Flamingoplastiken mit ihren
langen Hälsen herhalten.

»Hier ist die Vogelanlage, dort finden Sie dann auch
Kiki und Kaspar«, erklärte Mr. Afanti. »Die Papageien
werden sich im oberen Bereich der Voliere aufhalten.
Der Besucher kann mehrere Etagen begehen, auch ein
simulierter Vogelflug wird möglich sein. Ganz unten
finden Sie dann die Pelikane, Pinguine und Flamingos.
Natürlich sind in dieser Voliere auch die Flammenweber
untergebracht, die ganzen Entenarten und so weiter, und
in einer separaten Halle sehen Sie dann auch den Kiwi.
Die Pinguine werden übrigens auch unter Wasser zu
beobachten sein, allerdings anders, als Sie sich das jetzt
vielleicht vorstellen. Wir planen nämlich ein Schwimm-
becken für die Besucher, und wer will, kann mit den
Pinguinen um die Wette tauchen. – Ach ja, bevor ich es
vergesse: Im Seitenbereich wohnt Lutetia. Sie bekommt
eine besonders schöne Anlage.«

»Lutetia!« wiederholte Mrs. Riverday mit sehnsuchts-
voller Stimme.

Der Jeep fuhr durch einen Dschungel. Große Urwald-
bäume wuchsen links und rechts des Weges, aus ihnen
zog weißer Wasserdampf heraus. Urwaldvogelrufe und
Echsengefauche waren zu hören, manchmal fiel nebliger
Regenstaub hinab, der sich in einem dünnen Film auf
die Kühlerhaube legte. Kaum sichtbar verbarg sich hinter
den Bäumen eine Höhle. Ein verfallener Tempel mit Lianen und Buddha-Figuren markierte den Eingang. Darüber bewegten sich dunkle, künstliche Augen. Langsam

wanderten sie hin und her, oft blieben sie auch stehen, so als starrten sie den Besucher an.

»Eine Art Einlaßkontrolle?« fragte Mrs. Riverday hinsichtlich der künstlichen Augen.

Mr. Afanti lachte.

»Wenn Sie so wollen … zur Zeit ist es in der Affenhöhle jedenfalls noch ruhig, da die Affen ja noch an Bord der Bluebird sind. Mr. Eddi wird seine Freude haben, wenn seine Fluffies die Anlage in Besitz nehmen.«

Mrs. Riverday nickte.

Der Jeep fuhr eine Kurve und verließ den Dschungel. Dann fuhren sie an einer riesigen Halle vorbei, die einem Dom glich und von gigantischen Felsbergen umrahmt war. Schwarze, graue und blaue Steine zierten die Außenwände des Gemäuers, und über dem Eingang thronte eine goldene Krone.

»Die Ahnenhalle«, erklärte Mr. Afanti. »Hier werden alle Tiere von Zootopolis verewigt. Jedes Tier wird mit seiner Geschichte vorgestellt, auch und vor allem nach seinem Ableben. Auf diese Weise leben sie ewig, sagt man. Das Ganze ist als Naturkundemuseum zu verstehen.«

Mrs. Riverday nickte ergriffen.

Nach fünf Minuten kamen sie zu einer Felsengruppe, die von mehreren Wasserbuchten durchbrochen war.

Diverse Hängebrücken überspannten diese Buchten, jede Brücke hatte mehrere dicke Taue als Geländer und ein Schilfdach. Als Boden dienten wuchtige, aber begehbar geschliffene Baumstämme.

»Hier kommen Sie zu den Robben, aber Nilpferde werden dort auch zu sehen sein. Und es gibt auch eine

Beregnungsanlage, falls das Wetter mal zu trocken sein sollte.«

»Was Sie alles für die Tiere tun …«

»Ja. Aber auch für die Menschen. Man will dem Besucher eine möglichst naturgerechte Umgebung vorführen – jedenfalls, soweit das möglich und auch erträglich ist. Sie können hier quasi einen Dschungeltrip unternehmen, sozusagen mit allen Raffinessen.«

»Dschungeltrip … verstehe … Gibt es hier etwa auch Krokodile?«

»Ja, natürlich! Wußten Sie das nicht? – Zootopolis hat vieles. Wir bekommen zum Beispiel auch noch Mandrills und ein Aquarium. Walrosse und Eisbären stehen außerdem noch auf der Liste. Unsere Bestände werden wachsen, die erfolgreichsten Zoos der Welt werden ihre besten Tiere hierherbringen. Einige Zoos werden komplett zu uns ziehen, später, irgendwann …«

»Ob das Konzept wirklich aufgeht, ist aber noch ungewiß«, trotzte die Journalistin.

Mr. Afanti nickte. Für einen Moment hielt er inne. »Ja«, sagte er dann, »ich weiß. – Wenn ich ehrlich bin, sehne ich mich schon jetzt wieder nach meinem alten schönen Zoo daheim. Dort war alles so nah, so geborgen – und wirklich schlecht ging es den Tieren ja auch nicht. Es ist nicht alles Gold, was glänzt. Das gilt mit Sicherheit auch für Zootopolis. Wir werden sehen, was unterm Strich dabei herauskommt.«

Mrs. Riverday atmete tief durch.

Dann fuhr Mr. Afanti weiter. Nach kurzer Zeit kamen sie zu einer großen Brücke, die so breit war, daß auf ihr zehn Elefanten nebeneinander Platz hätten. Getragen wurde diese Brücke von wuchtigen schwarzen Stahlträgern, an denen sich aus Holz geschnitzte Urzeitaffen klammerten.

»Wer will, kann hier so lange wie möglich bleiben, sogar seinen Urlaub verbringen«, sagte Mr. Afanti.

»Wir haben hier Hotels, die fügen sich ganz harmonisch in die Landschaft ein. In diesen Hotels werden auch kleinere Tiere zu sehen sein, also Mäuse, Erdmännchen, Sittiche, Schuhschnäbel, Faultiere und wer weiß, was sonst noch alles. Einen botanischen Garten soll es auch noch später geben. Aber das zeige ich Ihnen am besten morgen. Ist das Okay?«

Mrs. Riverday stimmte zu. Dann fuhren sie über die Brücke, und als sie am anderen Ende angelangt waren, bremste Mr. Afanti den Jeep.

»Ich muß mal kurz was am Motor nachsehen, da schwirrt irgendwas mit. Es geht gleich weiter.«

Mrs. Riverday nickte, dabei starrte sie aus dem rechten Seitenfenster hinaus.

Mr. Afanti öffnete die Motorhaube, ließ ein paar unverständliche Worte verlauten, knallte die Haube wieder zu und stieg in den Wagen ein.

»Die Karre muß bald in die Werkstatt. Gott sei Dank haben wir hier eine gute Infrastruktur«, faßte er seine kurze Untersuchung zusammen. »Jetzt fahren wir besser schnell zur Bluebird zurück.«

Mrs. Riverday nickte. Aber sie hielt Mr. Afanti am Arm fest.

»Was ist?« fragte er.

Mrs. Riverday tat nichts anderes, als aus dem rechten Seitenfenster zu starren. »Da!« sagte sie und zeigte hinaus.

Mr. Afanti folgte der Blickrichtung. »Ja und? Was ist da?«

Mrs. Riverday schüttelte den Kopf. Sie tat das so langsam, daß Mr. Afanti glaubte, irgend etwas würde mit ihr nicht stimmen. Dann stieg die Journalistin wie schlafwandelnd aus dem Jeep. Sie ging ganz langsam, Schritt für Schritt schlurfte sie weiter, nicht glaubend, was sie da gerade sah. »Das ist jetzt nicht wahr«, murmelte sie.

»Ist alles in Ordnung?« fragte Mr. Afanti.

Mrs. Riverday schwieg.

»Mrs. Riverday! Da steht doch nur ein Mann!«

Ihr Blick war wie versteinert. Kreidebleich war sie. Ihre Beine bebten und ihre Lippen zitterten. Es war, als ob ihr jemand den Boden unter den Füßen wegzog. Schließlich stand sie vor einem Mann, der eine dunkle Jacke trug und grinste.

Dieser stand wie angegossen vor der Lady. Tief schaute er ihr in die Augen, dabei schienen sich seine Gesichtsfalten noch tiefer in seine Haut einzugraben.

»Ein seltsamer Name«, krächzte er. »Mrs. Day! – Sie erinnern sich?«

Die Journalistin war außerstande, einen klaren Gedanken zu fassen. Das konnte jetzt doch nicht wahr sein!

»Erinnern Sie sich noch an das Buch, das ich Ihnen empfohlen hatte?«

Mrs. Riverday schluckte. »Sie meinen … das Buch … Die Arche … Noah?!«

»Bingo, die Kandidatin hat zehn Punkte!«

»M… Mr. … Stone!! Was machen … Sie … denn hier??«

Der Mann sagte kein Wort.

Mrs. Riverday traute ihren Augen nicht.

»Haben Sie den Zettel mit dem Holzmodell noch?« knurrte der Mann. »Ich meine das Holzmodell der Arche.«

»Ja … ja! … habe ich … in der Tasche.«

»Und nun sind Sie zurückgekehrt. Diesmal mit der echten Arche.«

»Bin ich nicht! Damals war ich bei Ihnen auf Pingu-Eiland! Diese Insel hier heißt Zootopolis.«

Mr. Stone lachte so laut, daß Mr. Afanti, der sich vorsichtig genähert hatte, vor Schreck in sich zusammenfuhr.

»Wie ich seinerzeit schon meinte: Niemals hatten Sie alle Stellen der Insel gesehen. Das würden Sie vielleicht woanders schaffen, aber nicht auf Pingu-Eiland.«

»Was wollen Sie mir damit sagen?«

Mr. Stone schaute in den Himmel. Mit seinen zusammengekniffenen Augen schien er das Sonnenlicht schon fast zu filtern. Dann drückte er seinen linken Schuh in den Boden und vergrub damit einen Stein. Er hustete.

»Warum sollten Sie auch alles erkundet haben …? Das, was Sie gesehen hatten, reichte doch, oder?«

»Mr. Stone, ich verstehe Sie nicht!«

»Na schön«, brummte er und bohrte den nächsten Stein in die Erde. »Fangen wir noch mal ganz von vorne an: Sie haben ein Jahr lang auf Pingu-Eiland gelebt und Bodenproben gesammelt, für ein Institut, wie Sie meinten. Sie wohnten bei mir. Wie Sie ja wissen, gab es einige Stellen auf der Insel, die nicht erreichbar waren. Die Insel ist sehr groß und an manchen Stellen eben auch sehr gefährlich. Dort wollten Sie nicht hin, und sollten es auch nicht. Das Ganze war ohnehin eine Farce! Man hatte Sie geschickt, obwohl ich mich besser auf der Insel auskannte. Aber Sie waren eben eine studierte Geologin. Man brauchte jemanden, der die relevanten Bodenproben ausfindig machen und deren Reinheit mit Brief und Siegel bestätigen konnte. Es ging um eine offizielle Genehmigung für uns. Dafür war ich wahrlich nicht geeignet. Und Sie waren gutgläubig genug! Dann sind Sie endlich nach Hause geflattert. Sie wollten und wollten ja nicht weg von der Insel, aber irgendwann war es dann endlich doch so weit. Kurz darauf wurde das weitergebaut, was ohnehin schon längst begonnen wurde: Zootopolis, der Zoo der Zukunft, auf dem gefährlichen Teil der Insel – dem damals gefährlichen Teil.«

Mrs. Riverday schwirrten die Sinne. »Was … was wollen Sie … damit … sagen?«

»Sie sind hier und jetzt auf Pingu-Eiland! Und nirgendwo anders. Sie stehen genau auf dem Teil der Insel, den Sie damals nicht gesehen haben, weil er gar nicht oder nur unter Lebensgefahr erreichbar war! Heute ist die Landschaft begehbarer geworden. Zootopolis ist nichts weiter als ein neuer Name für Pingu-Eiland. Die Landkarten werden umgeschrieben.«

»Aber … aber … warum …?«

»Weil wir diesen neuen Zoo hier brauchen! Nur hier sind unsere außergewöhnlichen Pläne zu verwirklichen!«

Mrs. Riverday schien in ein tiefes Loch zu fallen. Der alte Mr. Stone in einer neuen Rolle? In ihr arbeitete es heftig. Sie war fassungslos und unwillens, diese Geschichte für bare Münze zu nehmen. Das konnte doch jetzt nicht wahr sein!

»Warum … warum haben Sie mich … darüber nicht aufgeklärt!?«

»Weil Sie dann vermutlich die ganze Sache hätten auffliegen lassen! So etwas konnten wir uns nicht leisten. Wir brauchten die offizielle Bestätigung für unser Projekt, dafür waren Sie da. Wir haben Sie glauben lassen, daß die Bodenproben nur studienhalber waren, so gingen wir irgendwelchem Ärger von vornherein aus dem Weg! Und wir wollten weiterbauen, was wir bereits angefangen hatten – inoffiziell bis dahin. Hätten wir seinerzeit die richtigen, betroffenen Bereiche der Insel offenbart, wäre das Projekt mit großer Sicherheit gescheitert. Vergessen Sie nicht, dahinter stecken Imperien und Großkonzerne! Wir hatten einen ganz besonderen Plan und brauchten trockene Tücher. Und Sie passten perfekt in diese Rolle!«

Mrs. Riverday wurde wütend. Fast kochte sie über.

»Wieso … warum haben Sie eine Genehmigung für einen Zoo auf einer Naturschutzinsel bekommen? Was war das für ein Deal?«

»Weil wir gar keinen Zoo beantragt haben! Deshalb. Offiziell ging es um etwas anderes. Sie müssen wissen, Naturschutzideen kommen immer gut an.«

Mrs. Riverday war verblüfft. Und sie war arg verbittert.

»Pingu-Eiland war das letzte intakte Fleckchen Erde! Hier brüten seltene Vögel! Und dieses Paradies wurde nun also auch noch von Finanzhaien einverleibt, um darauf einen Disney-Zoo zu bauen! Warum denn? Wieviel

Geld wollen Sie denn noch erwirtschaften, bis die Erde untergeht? Haben Sie keinen Respekt vor den natürlichen Ressourcen? – Und was mich am meisten ärgert, ist, daß ausgerechnet ich daran teilgenommen habe und man mich hereingelegt hat!«

Mr. Stone drückte den nächsten Stein in die Erde. Tief atmete er ein und raufte sich durchs Haar. Mit zusammengekniffenen Augen schaute er zur Journalistin.

»Ihre Frage nach dem Warum, danach, wieviel Geld eine Rolle spielt und ob wir noch Respekt vor der Natur haben … das«, antwortete er schließlich, »das müssen Sie andere Leute fragen.«

Mrs. Riverday überlegte, was Mr. Stone noch wußte und ihr weiterhin verschwieg. Der Zoo der Zukunft existierte nun, doch hatte er auch wirklich eine Zukunft?

Mr. Stone sah die Lady wieder mit zusammengekniffenen Augen an.

»Was denken Sie denn, wie es auf der Welt zugeht?« rief er. »Einfach geradeaus ins Ziel? Nein, man muß Umwege gehen, so ist es nun mal! Und ich verrate Ihnen noch etwas: Behörden wollen betrogen werden! Seltsam, nicht wahr? Wenn Sie eine Genehmigung für etwas haben wollen, müssen Sie etwas anderes beantragen. Das nennt man dann Juristenlogik. – Aber grämen Sie sich nicht. Nur die wenigsten sind wirklich eingeweiht, selbst die Tierpfleger haben nur ein Halbwissen über die ganze Sache. In Wirklichkeit geht es hier um viel Geld, und es geht um Macht! Der Zoo ist nur die eine Seite der Medaille, auf der Rückseite stehen noch ganz andere Dinge!«

»Können Sie überhaupt noch in den Spiegel schauen? Schlägt Sie Ihr Gewissen nicht?«

Mr. Stone lachte bloß. Für ihn schien die Welt nichts weiter als ein Abenteuerspielplatz zu sein.

»Ich sage Ihnen etwas!« rief Mrs. Riverday. »Die Geschichte von Zootopolis ist noch lange nicht fertig geschrieben! Ich kann Ihr Drehbuch umschreiben! Ich werde nach Hause fliegen und der Welt davon erzählen, sie wachrütteln!«

Mr. Stone lachte wieder.

»Wachrütteln? Wen? – Das interessiert doch keinen. Und vergessen Sie nicht, wir haben dank Ihrer Bodenproben die Genehmigung für Zootopolis! Niemand wird uns etwas vorwerfen. Da können Sie noch so viel herumschimpfen, wir sind im Recht!«

Mr. Afanti schaltete sich ein. »Also, wie ich das jetzt hier mitbekommen habe, liegen die Verstrickungen noch viel tiefer, als ich es jemals vermutet habe! Einerseits die bessere Welt für die Tiere, wofür ich auch tatsächlich einstehe, andererseits aber die wirtschaftlichen Interessen, die sich offenbar auf illegalem Boden bewegen! Was immer hier auch ausgebrütet wurde, es scheint im Kern nichts Gutes zu sein. Wer ehrlich ist, braucht keine Heimlichkeiten. Sie beweisen aber mit Ihren Tricksereien, daß Sie es nötig haben!«

Mr. Stone blickte den Elefantenpfleger teilnahmslos an.

»Mrs. Riverday und ich können an dieser Situation wenig ändern«, sagte Mr. Afanti, »solange das alles von Großkonzernen gesteuert wird. Sich gegen den Wind zu stellen, ist für uns kleine Leute lächerlich.

Wir könnten es zwar versuchen und damit ein kleines Licht zünden, doch das wird nicht einmal für ein Strohfeuer taugen! Und warum? Weil irgendwelche Spekulanten einen fetten Braten riechen und sich so gut miteinander vernetzen, daß ihnen niemand ins Gehege kommt. – Wir wollen aber Frieden! Und wissen Sie was? Wir werden uns trotzdem dafür einsetzen! Wir werden trotzdem kämpfen und den Frieden hier verteidigen! Es geht hier um die Tiere. Da können Sie von mir aus einen ganzen Sack voll Tricksereien auspacken, wir werden alles tun, damit das hier nicht den Bach runtergeht und wieder eine vernünftige Moral herrscht!«

Mr. Stone grinste. Dann führte Mr. Afanti Mrs. Riverday in den Jeep zurück, setzte sich ans Steuer, knallte die Türen zu und fuhr los. Mr. Stone blieb wie festgenagelt stehen. Dann lachte er. Er lachte so laut, daß seine Stimme fast bis zur Bluebird reichte, und es schien, daß auch der Colonel ihn hörte.

Als der Jeep den Hafen erreicht hatte, stieg Mrs. Riverday wütend aus und lief geradewegs zu Prof. Lamina, der von vielen Leuten umringt war. Sie tranken Sekt und waren fröhlich.

Der Direktor erblickte die Journalistin und lächelte sie an. »Mrs. Riverday, haben Sie eine Rundfahrt gemacht? Das ist schön. – Stellen Sie sich vor, die Kamele sind ganz entspannt die Rampe heruntergspaziert. Dann haben wir die Orang-Utans in Schubkarren verladen, jeden in eine eigene, und haben sie ganz gemütlich hinuntergefahren. Haha! Wie die guckten! Die saßen ganz faul in ihrer Schubkarre, hielten sich am Rand fest und ließen sich wie Könige kutschieren.«

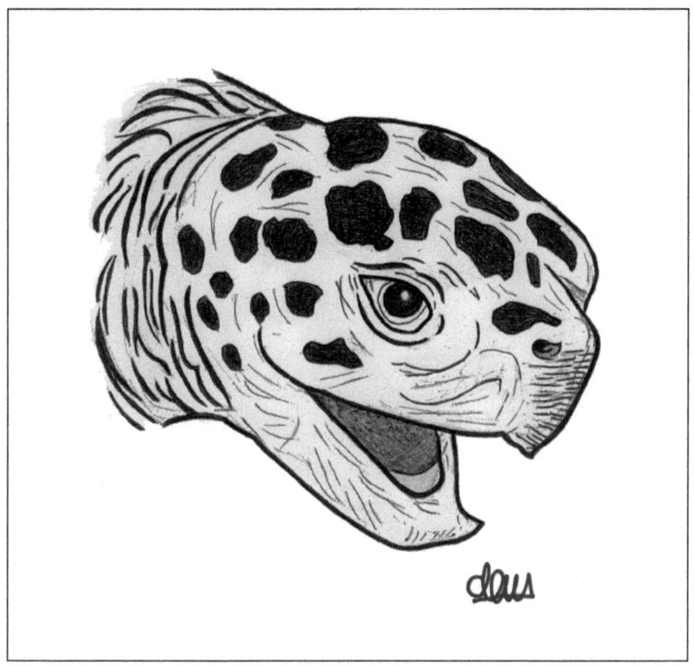

Mrs. Riverday blickte den Direktor böse an.

»Die Gorillas und die Schimpansen sitzen noch auf der Bluebird. Bei den Schimpansen werden wir keine Schubkarren einsetzen, sonst spielen die mit uns noch Einkriegezeck. Wir werden sie wohl doch wieder mit Futter in die Container locken und sie auf alte Weise in ihre Anlage führen. Wie wir es mit den Gorillas halten, überlegen wir noch. – Wie finden Sie das, Mrs. Riverday?«

Die Journalistin legte ihre Fäuste an die Hüften. »Wie ich das finde, fragen Sie mich? – Ich sage es Ihnen: Ich finde das oberaffig!«

Alle Leute, die um den Direktor herumstanden, schauten die Frau irritiert an.

»Sie sind ein großer Märchenerzähler, Herr Professor Lamina – oder soll ich Professor Animal sagen? Chef von Zootopolis und Zoofrika? Niemand weiß Ihren wirklichen Namen!«

Dann wandte sie sich an die Menge und rief: »Dieser Mann dreht hier ein krummes Ding!«

Die Leute rückten zusammen und murmelten. Ob das eine Irre sei, fragten sie sich. Prof. Lamina schwieg.

»Ich weiß ja nicht, ob Sie das alle hier überhaupt wissen«, fuhr die Journalistin fort. »Diese Insel heißt nicht Zootopolis, sie heißt Pingu-Eiland! Sie ist eigentlich eine Naturschutzinsel und kein Zoo! Die Insel wird aber dafür mißbraucht, und alle wurden an der Nase herumgeführt! Ich habe es erst vor wenigen Minuten erfahren: Das alles ist hier illegal! Es geht gar nicht so sehr um die Tiere, es geht hier um wirtschaftliche Interessen, der Zoo ist nur ein Alibi! Hier sollen Mammut und Säbelzahntiger wiederbelebt werden, hier soll die Manipulation an der Natur stattfinden, die uns die Evolution aber verbietet! So etwas dient nicht den Menschen, es dient einzig der Macht!«

Mrs. Riverday machte eine kurze Atempause, bevor sie weitersprach: »Wer weiß, vielleicht werden hier eines Tages sogar noch Dinosaurier herumspazieren? Aber das ist eine Sackgasse! Irgendwann werden uns diese Kreaturen nämlich auffressen! – Na, wie finden Sie das jetzt?«

Die Menge schwieg. Mr. Afanti hielt sich noch immer am Jeep auf. Er hatte sich hinter den Wagen gestellt und seine Arme auf dem Autodach überkreuzt. Mrs. Riverday stand ganz alleine vor der Menge, die sie anstarrte und den Kopf schüttelte.

Stille – nur das Meeresrauschen war zu hören und das Knarren der Bluebird. Eine Möwe flog kreischend ihre Runde und ließ ihre Exkremente direkt vor die Füße Prof. Laminas fallen.

»Sehr geehrte Mrs. Riverday«, antwortete dieser bedächtig und mit tiefer Stimme, »was Sie sagen, stimmt, sofern man es aus einem bestimmten Blickwinkel heraus betrachtet, andererseits aber stimmt es eben auch wieder nicht! Mir ist nicht bekannt, wer Ihnen gerade über den Weg gelaufen ist und was dieser Jemand Ihnen in den Kopf gesetzt hat. Jedoch sage ich Ihnen und auch allen anderen Leuten hier um mich herum, daß wir die notwendigen Voraussetzungen für diesen neuen Zoo geschaffen und die behördlichen Bedingungen erfüllt haben. Wir haben sogar Bodenproben an ein Institut geschickt, um sicherzustellen, daß unsere Tiere auf dieser Insel gut aufgehoben sind. Es ist alles ganz legal, und alles wurde von höchster Stelle abgesegnet, die Papiere hierzu liegen übrigens zur Ansicht in Vitrinen aus.«

Die Menge nickte. Dann sprach Prof. Lamina weiter.

»Daß ein Zoo der Zukunft keineswegs aus dem Nichts entsteht, dürfte allerdings auch jedem klar sein! Selbstverständlich gehen wir kein Risiko ein, selbstverständlich aber müssen wir auch an die Zukunft denken. Wer nicht forscht, bleibt auf der Stelle! Der Traum von der Auferstehung ist uralt, und es wird der Zeitpunkt kommen, an dem uns das auch gelingt. In gewisser Weise leben unter uns bereits Tiere aus der Urzeit. Im Meer schwimmen auch heute noch Wesen, die sich seit ihrer Entstehung vor Jahrmillionen in ihrer Art nicht mehr verändert haben. Wir sind seitdem von Einzellern aus dieser Zeit umgeben. Heutige Einzeller sind also nichts weiter als die Folge einer Zellteilungskette, die in der Vorzeit begonnen hat und auch heute noch andauert. – Mrs. Riverday, Sie ahnen es, die Dinosaurier leben bereits unter uns! Was wollen Sie tun, wenn sich diese Einzeller, so unwahrscheinlich das auch klingen mag, evolutionsbedingt zu neuen Lebewesen entwickeln und eine Gefahr für uns werden? Es könnte ja auch sein, daß sich im Meer Bakterien daraus entwickeln. Stellen Sie sich doch mal vor, was das für eine Folge für uns hätte … Seuchen zum Beispiel, Krankheiten, denen niemand Einhalt gebieten kann, weil sie gänzlich unbekannt sind! Wir von Zootopolis haben dann die besten Karten in der Tasche, weil wir uns hierauf vorbereitet haben! Es muß nicht unbedingt das Mammut sein, das wir zum Leben erwecken. Es können auch kleinere Elemente sein, die uns zum Ziel bringen. Das Mammut ist nur ein Name für ein Projekt. Ja, es ist sozusagen ein Mammutprojekt! Haha! – Mrs. Riverday: Wenn sich die Menschen nicht immer wieder unbekannten Dingen gewidmet hätten, besäßen wir heute kein Auto, kein Flugzeug, keine Medizin und natürlich auch keinen Zoo. – Und was den Namen angeht, so mußten wir einen neuen finden, damit unsere Intention klar vermittelt werden kann. Pingu-Eiland hätte sicher auch gut gepaßt, aber hätte dieser Name den Zoo der Zukunft verdeutlicht? – Wir mußten unser Projekt Zootopolis nennen, daran führte kein Weg vorbei.«

Die Menschen nickten und applaudierten. Natürlich galt die Beifallsbekundung dem Direktor. Die Journalistin wurde ganz klein, und dennoch spürte sie ungeahnte Kräfte wachsen.

»Professor Lamina, an Bord haben Sie mir etwas von den guten Genen der Tiere erzählt. Sie sagten, daß Sie die besten Tiere der Welt züchten wollen, damit sie ohne Probleme ausgewildert werden können. Sie sagten, Zootopolis sei für eine Vielzahl der Tiere nur eine Evolutionsbrücke, und Sie sagten, daß Sie die Freiheit neu erschaffen wollen. – Nun frage ich Sie: Werden wir die Elefanten auch noch in den nächsten Jahren wiedersehen? Die Affen? Die Nashörner? Oder werden sie wegen irgendwelcher Experimente verschwunden sein?«

Wie bei einem Tennisspiel schwenkten alle Leute ihren Blick wieder zum Direktor hin, sichtlich darauf gespannt, was dieser nun zu sagen hatte.

Dieser hüstelte kurz, dann schaute er zum Himmel und betrachtete die Wolken, die vom Wind vorangetrieben wurden.

»Sehen Sie die Wolken?« fragte er. »Sehen Sie sie? Die Wolken verändern sich, werden größer, kleiner, heller, teilen sich oder werden sogar dunkler. Und genau so ist es mit uns Menschen. Die Welt verändert sich, aber sie bleibt bestehen! Sie bleibt sogar gerade deshalb bestehen, *weil* sie sich verändert! Und letztlich sind es nicht die Wolken, die uns etwas sagen wollen, sondern wir selbst. Das, was wir in den Wolken sehen, ist ihre Botschaft an uns. Für den einen sind sie bedrohlich und grau, damit bedeuten sie für ihn Unheil. Für den anderen sind sie einfach nur schön und faszinierend, damit bedeuten sie wiederum Gutes. Und genau so müssen wir Zootopolis sehen. Wir haben nicht das letzte Wort, aber wir gehen immerhin einen Weg. Und wir müssen uns eben auch entscheiden, von welcher Seite wir das alles sehen wollen. Letztendlich geht es um die Erhaltung der Natur, und es geht darum, daß es uns allen gut geht. Und damit meine ich Mensch und Tier gleichermaßen.«

Prof. Lamina schneuzte sich kurz, dann setzte er nach: »Natürlich werden Sie die Tiere auch in Zukunft hier noch sehen können!«

Mrs. Riverday war beeindruckt. »Wenn man Sie so reden hört, denkt man, an Ihnen wäre ein Priester verlorengegangen«, frotzelte sie. »Fühlen Sie sich wie Gott? Sind Sie Jesus, der die Welt retten will?«

Prof. Lamina lachte. Manche der Zuschauer taten es auch. Dann machte der Direktor ein nachdenkliches Gesicht und kratzte sich am Kinn.

»So einer Frage möchte ich lieber nicht nachgehen«, erwiderte er, um Bescheidenheit bemüht. »Diese Frage beantwortet jemand Höheres, einer, der über den Dingen steht – jemand, der sozusagen in den Wolken thront.«

Mrs. Riverday nickte.

»Natürlich«, sagte sie, »ganz klar. Und wie ich Sie einschätze, werden Sie den nächsten Zoo sogar auf dem Mond eröffnen. Und dann sitzen Sie tatsächlich in den Wolken, nur, ob Sie dann auch im siebten Himmel sind, das wissen die Sterne!«

Mrs. Riverday zog sich dampfend in den Jeep zurück, in dem Mr. Afanti bereits am Steuer saß.

»Respekt, Mrs. Riverday, aber Sie müssen vorsichtig sein«, mahnte er sie. »Wenn Sie gewinnen wollen, müssen Sie subtilere Wege gehen. Und Sie brauchen starke Verbündete, Leute mit Einfluß!«

Mrs. Riverday schneuzte sich. Dann starrte sie geradeaus.

»Ich werde jetzt ganz subtil nach Hause fliegen und mich mit dem Eulenrath in Verbindung setzen!« knirschte sie, während Mr. Afanti den Zündschlüssel umfaßte.

»Meinetwegen. Aber wie wäre es, wenn Sie erstmal darüber schlafen? Die Überfahrt war anstrengend genug. Übernachten Sie doch in einem der Zootopolis-Hotels und fliegen erst morgen nach Hause. Vielleicht entscheiden Sie sich ja sogar für einen längeren Aufenthalt?«

Mr. Afanti startete den Wagen und fuhr langsam eine große Kurve. Mrs. Riverday sah auf die Bluebird, auf das Meer, sie erblickte einige Wasserflugzeuge, die vor der Insel schwammen, dann schaute sie zum Himmel hinauf.

»Na schön«, stöhnte sie dann, »ich übernachte hier. Aber nur einmal, und keine Stunde länger.«

Mrs. Riverday betrat das »Hotel Colonel« – was war das doch für eine Ironie! An jedem Hotel prangte der Name eines Zootopolis-Tieres, und ausgerechnet sie übernachtete in einem, das den Namen ihres Lieblingselefanten trug. Sie nahm sich den Zimmerschlüssel, ging die Treppe hinauf, lief durch den Gang und begab sich in das Zimmer sieben. Auch das Zimmer hatte einen Namen: Matabi.

Das Bett war übergroß, und an den Wänden klebten grüne Tapeten, deren Muster einem Dschungel glichen: Überall waren Bäume mit Früchten und Lianen aufgedruckt, in großen Abständen lugten sogar Augen hervor.

Sie schaltete die Deckenlampe ein, die wie ein Vollmond das Zimmer beleuchtete. Mrs. Riverday machte sich frisch und legte sich ins Bett.

Doch ihr Schlaf war von einigen Turbulenzen geprägt. Sie träumte, daß sie die Tiere mit der Bluebird nach Hause brächte. Sie träumte, daß Prof. Lamina ein Verwandter des alten Eulenrath wäre, sie träumte von Mammuts – vor allem aber träumte sie von Lutetia, jener Schildkröte, die für die Unendlichkeit des Lebens stand.

Mitten in der Nacht wachte die Journalistin auf und schaute aus dem Fenster in die Dunkelheit. Es war still. Beängstigend still. Vermutlich waren die Tiere von der langen Überfahrt so erschöpft, daß sie noch nicht einmal Kräfte für Schnarchgeräusche übrig hatten. Sie legte sich wieder ins Bett.

Diesmal träumte Mrs. Riverday von großen Blättern, die sich bewegten. Kurz darauf bahnte sich eine faltenreiche Haut hindurch. Zunächst schienen die Lider zusammenzukleben, doch plötzlich öffneten sie sich und sahen geradeaus. In der Pupille spiegelte sich ein Licht, vielleicht eine Kerze. Die Haut zitterte, und es drang ein Brummen aus dem Dickicht hervor. Dann knirschte es. Das Auge blieb starr. Dann wurde es dunkel.

Am nächsten Morgen frühstückte Mrs. Riverday in aller Herrgottsfrühe. Sie hatte noch einmal darüber nachgedacht, ob sie wirklich heute nach Hause wollte. Aber es war ihr fester Wille. Nichts und wieder nichts konnte sie davon abbringen, denn sie wußte, was sie zu Hause zu tun hatte. Und sie wußte, daß sie nach Zootopolis zurückkehren würde – allerdings unter anderen Voraussetzungen.

Mrs. Riverday genoß die warmen belegten Brötchen, den heißen Tee. Sie schaute sich um. Überall waren Bilder mit Tiermotiven zu sehen, es gab sogar einige Skulpturen von Affen, Elefanten und Löwen. Auf den Servietten, Tischdecken und Tellern war das Logo von Zootopolis zu sehen. Alles war noch so neu!

Mrs. Riverday mußte auf einmal laut lachen, ihr kamen die letzten Tage so eigenartig vor. Würde sie jetzt jemanden anrufen und ihm von den Ereignissen berichten, würde sie für verrückt erklärt werden. Somit war sie froh, die Tonbandaufnahmen gemacht zu haben.

Als Mrs. Riverday das Hotel verließ, stand Mr. Afanti schon mit dem Jeep bereit.

»Guten Morgen, Mrs. Riverday! Haben Sie gut geschlafen?«

»Es geht so. Ich sehe jetzt klarer.«

»Das ist schön. Für was haben Sie sich denn entschieden?«

Diese Frage war eigentlich überflüssig, da die Journalistin ihr Gepäck dabeihatte.

Mrs. Riverday atmete durch und schaute den Elefantenpfleger lange an.

»Grüßen Sie mir den Colonel und sagen ihm, daß ich ihn noch oft zu sehen gedenke. Das letzte Kapitel von Zootopolis ist noch lange nicht geschrieben, und ich als Journalistin werde meinen Teil zum Fortgang der Geschichte beitragen!«

Mr. Afanti gefielen diese Worte. Er hielt Mrs. Riverday die Tür auf und stieg danach selbst in den Jeep.

»Das heißt also jetzt, daß ich Sie zum Hafen bringen soll?«

»So ist es. Ich nehme doch an, daß ich nach wie vor nach Hause fliegen kann, oder hat sich daran etwas geändert?«

Mr. Afanti grinste. »Keine Angst, schwimmen müssen Sie auf keinen Fall.«

Dann fuhr er den Jeep über eine kurvenreiche Straße, an einer Wiese vorbei, ließ den Jeep dann noch über einen Bohlenweg rollen und bremste ihn schließlich vor dem Eingangstor im Hafen ab.

Wie bestellt stand Prof. Lamina bereit. Sein Gesicht war entspannt und er schien sich auf Mrs. Riverday sogar zu freuen – jedenfalls blitzten seine Augen voller Tatendrang. Als die Journalistin ausstieg, begrüßte der Direktor sie gleich.

»Guten Morgen, Mrs. Riverday, wie geht es Ihnen?«

»Danke der Nachfrage. Ich werde nun nach Hause fliegen, um meinen Bericht abzuliefern. Das war ja schließlich meine Aufgabe. Die Tiere sind angekommen, und ich weiß nun, wie Zootopolis aussieht.«

Der Direktor nickte, fast väterlich schaute er die Journalistin an. »Ich habe noch mal über Ihre gestrigen Worte nachgedacht«, erklärte er mit ruhiger Stimme. »Es ist nicht so, daß ich nicht dazulerne. Natürlich: Sie sind Journalistin und haben, so weit ich das beurteilen kann, Ihre Aufgabe sehr gut gemacht. Sie haben beobachtet und nachgefragt, mir sozusagen auf den Zahn gefühlt, um zu berichten. Wenn Sie das nicht täten, wären Sie im falschen Beruf. Ich möchte, daß Sie das mit auf Ihre Heimreise nehmen.«

Mrs. Riverday nickte bloß.

»Dennoch möchte ich«, fuhr Prof. Lamina fort, »nochmals erklären, daß wir mit bestem Gewissen und mit allen rechtskräftigen Mitteln unsere Arbeit tun. Zootopolis ist eben etwas Besonderes.«

Mrs. Riverday nickte wieder, dann schaute sie zu Mr. Afanti, der zu lächeln versuchte.

»Professor Lamina«, erwiderte sie, »ich gehe jetzt und komme aber bald wieder! Sie werden mich also nicht los, und ich werde auch nicht alleine zurückkommen!«

Der Direktor nickte. »Machen Sie mal«, antwortete er seelenruhig, »wir sind bereit.«

Mrs. Riverday drehte sich zu Mr. Afanti. »Wo bekomme ich eigentlich das Flugticket?«

Dieser zeigte nur zum Direktor, der der Journalistin einen Umschlag überreichte.

»Hier ist es. Da unten schwimmt das Wasserflugzeug, das Sie nach Hause bringen wird. Von hier aus startet es im Wasser, bei Ihnen in der Stadt landet es dann auf dem Beton. Es ist ein Spezialflugzeug. Macht alles meine Firma …«

»… Zoofrika, ich weiß.«

»Erzählen Sie der Welt, was Sie gesehen haben. Ich bin sicher, daß die Menschen neugierig sind und uns oft besuchen werden.«

»Ich werde meine Arbeit gewissenhaft erledigen!« zischte Mrs. Riverday.

Dann verabschiedete sie sich von Mr. Afanti, worauf sie die Treppe zum Wasserflugzeug hinunterschritt.

»Auf Wiedersehen, bis bald!« stand auf Schildern geschrieben, und auf der Rückseite war »Willkommen auf Zootopolis!« zu lesen.

Mrs. Riverday schaute ins Fenster der Maschine. Der Pilot bemerkte das und öffnete die Tür.

»Sie möchten nach Hause?« fragte er.

»Ja. Aber schafft das Flugzeug überhaupt die lange Strecke?«

»Zeigen Sie mal Ihr Ticket.«

Mrs. Riverday überreichte ihm den Umschlag.

»Ach, da wollen Sie hin? Na, das ist kein Problem. Die Maschine ist sehr leistungsstark. Ganz neues Modell.«

Mrs. Riverday schaute auf die Außenbemalung. »Zoofrika-Airline« stand in großen Buchstaben geschrieben, und auf dem Leitwerk prangte ein Pinguin. Dann stieg sie ein.

Innen war das Flugzeug mit weichen Sitzen ausgestattet. Beige-, Grün-, Blau- und Gelbtöne sorgten für eine angenehme Atmosphäre. Auf den Kopfkissen war die Schildkröte zu erkennen, darunter bog sich im Halbkreis der Schriftzug Zootopolis. Aus den Lautsprechern drangen Urwaldgeräusche, sanft berieselten sie den Passagierraum. Mrs. Riverday entdeckte noch einen Fernseher. Ein Film über Zootopolis war zu sehen.

Aber sie schaute nicht hin, da sie ja alles leibhaftig miterlebt hatte und keiner medialen Vorführung bedurfte.

Sie schaute aus dem Fenster und sah Mr. Afanti winken. Sie winkte zurück. Dieser Mann war irgendwie doch ein guter Kerl, das spürte sie. Wer weiß, vielleicht würde er ihr bei ihren nächsten Arbeiten sogar behilflich sein?

Plötzlich ertönte ein Signal, das Flugzeug startete. Langsam fuhr es über das Wasser, und Mrs. Riverday blickte zurück. Sie sah die Insel, die Bluebird und einige Segelboote, die vor dem Eiland ankerten und immer kleiner wurden. Tief sog sie die Luft ein, die sie gewissermaßen von der Insel mit ins Flugzeug genommen hatte. Reflexartig hielt sie sich an den Armlehnen fest, da das Flugzeug auf einmal schneller wurde.

Dann vibrierte der ganze Flugkörper, und der Motorenlärm breitete sich überall aus. Immer schneller raste die Maschine über das Wasser, dann hob sie im flachen Winkel ab.

Nach wenigen Augenblicken konnte Mrs. Riverday die Insel aus der Luft betrachten, und als der Pilot eine Kurve flog, mußte sie sich schon fast den Hals verrenken, um von dem Eiland etwas sehen zu können. Mit Mühe gelang es ihr, bis die Insel schließlich als kleiner Punkt verschwand.

Als die Maschine noch mehr an Höhe gewann, umwoben große Wolken das Flugzeug. Mrs. Riverday schaute hinaus. Sie war fest entschlossen. Nicht nur Zootopolis wollte sie in der nächsten Zeit besonders im Auge behalten, sondern sie wollte sich auch dafür einsetzen, daß aus dem alten Zoo ihrer Heimatstadt wieder ein richtiger Tierpark würde – mit Elefanten, Nilpferden, Nashörnern, Giraffen und mehr. Sie wußte, daß sie dafür Unterstützung vom alten Eulenrath brauchte, und sie war sich sicher, diese auch von ihm zu bekommen.

Immer wieder schaute Mrs. Riverday hinaus und ließ den Blick über die großen Wolken streifen. Graue und weiße Farben wechselten sich ab, vermischten sich.

Wuchtige Wülste türmten sich auf, die sich mit anderen vereinten und kurz darauf wieder auseinandergingen.

Dann sah Mrs. Riverday genauer hin und entdeckte plötzlich eine besonders große Wolke, die sich zwischen den anderen langsam hindurchschob. Links und rechts bauschten sich Ableger auf, und vorne quoll ein langer Wolkensack hervor. Als sich dieser Wolkensack auch noch nach oben bog, mußte Mrs. Riverday lächeln. Diese Wolke sah jemandem verblüffend ähnlich. Es gab keinen Zweifel. Was sie gerade sah, war eine Laune der Natur, vielleicht ein Kunstwerk – aber für Mrs. Riverday war es der Colonel.

100 Jahre später …

CONTINENTAL NEWS

100 Jahre Zootopolis

Eine Institution feiert Jubiläum: Heute vor 100 Jahren wurde »Zootopolis« gegründet, seinerzeit noch als der »Zoo der Zukunft« bezeichnet. Das für damalige Verhältnisse abenteuerliche Projekt startete mit Turbulenzen, nur wenige wollten den alten Stadtzoo auf einer fernen Insel wissen. Heute jedoch beherbergt Zootopolis sämtliche Tierarten der Welt, und niemand würde diesen Zoo in Frage stellen, wenn es nicht kürzlich große Pannen gegeben hätte.

So ist vor zwei Jahren ein riesiger Säbelzahntiger ausgebrochen und hatte einen Besucher gerissen. Ferner gab es Schwierigkeiten mit zwei Mammuts, die gewaltsam in die neuzeitliche Elefantenanlage eingedrungen waren und große Kämpfe mit den drei größten Elefantenbullen ausgefochten hatten.

Besondere Aufmerksamkeit galt der Neander-Anlage, die von Urmenschen bewohnt wird. Lange spekulierte man über die Echtheit dieser Urahnen, doch nun hatten sich die schlimmsten Befürchtungen bewahrheitet: Vier der stärksten Ahnen gruben sich im letzten Jahr in die

Freiheit und terrorisierten die Besucher.

Die Begegnung endete tödlich.

Auf Zootopolis findet heute um 15:00 Uhr im »Professor-Lamina-Saal« eine öffentliche Pressekonferenz mit Diskussion unter der Leitung des gegenwärtigen Zoodirektors, Dr. May, statt. Die CONTINENTAL NEWS wird in ihrer nächsten Ausgabe ausführlich darüber berichten.

Wer stattdessen gängige Tierbegegnungen erwägt, geht in den »Eulenrath-Zoo«, aus dem Zootopolis einst hervorgegangen war und der noch heute an seinem historischen Standort zu finden ist. Der Stadtzoo wurde seinerzeit neu gegründet und bis heute an die neuen Maßstäbe der modernen Tierhaltung angepaßt. Zu sehen sind dort zooübliche Tiere, und der Elefant Bintane feiert morgen seinen achten Geburtstag. In der »Eveline-Riverday-Halle« ist aus aktuellem Anlaß auch eine Bilddokumentation des damaligen Umzuges zu sehen.

kf

Die wichtigsten Namen:

Zoodirektor neu: **Prof. Lamina** (dick, rasiert, sehr kurze
Frisur, ohne Brille)
seine Sekretärin: **Mrs. Habicht**
Zoodirektor alt: **Prof. Eulenrath** (tritt im Buch nicht
auf – schlank, Bart, langes Haar, Brille)
Journalistin: **Eveline Riverday**
Tierärztin: **Mrs. Reit**

Mr. Afanti: Pfleger der Elefanten: **Rumba** (Leitkuh),
Bobamba, Samba (weibl., Mutter von …) **Timba** (weibl.,
jung), außerdem noch **Bumbo** (männl.)
sowie der Nilpferde: **Plumpi** (weibl.), **Pampe** (männl.)
sowie der Nashörner: **Mauli, Fauli**
sowie der Schildkröte **Lutetia**

Mr. Eddi: Pfleger der Gorillas: **Gora, Bana** (weibl.),
King Bong (männl.)
… und der Orang-Utans (ohne Namen)
sowie der Schimpansen: **Banjo, Banti** (weibl.), **Bongo**
(männl.)

Mr. Gira: Pfleger der Giraffen: **Matabi, Tutu** (weibl.),
Tobi (männl.)
sowie der Zebras … (ohne Namen)
sowie der Kamele: **Flocke, Hocke** (weibl.), **Fussel**
(männl.)

Mr. Leo: Pfleger der Löwen: **Sumba, Gamba** (weibl.),
Ramses (männl.)

sowie der Tiger: **Shirka** (weibl.), **Nero** (männl.)
sowie der Bären: **Schnuppe** und **Schnute**

Prof. Lamina: Pfleger der Papageien: **Kiki** (weibl.), **Kaspar** (männl.)
sowie der Pinguine … (ohne Namen)
sowie der Seelöwen: **Flobbe** (weibl.), **Robbie** (männl.)

Außerdem dabei: Tapire, Flamingos, Pelikane, Flammenweber, Kormorane, Spaltfußgänse, Erdmännchen, ein Pfau, Faultiere, Steinböcke und vieles mehr …

Anmerkung des Autors

Ob sich ein Zoo wirklich auf so einen Umzug und so eine Vision einlassen würde, bleibt offen.

Ein Projekt solchen Ausmaßes ist meines Wissens noch nie gewagt worden, vom Wechsel einer kleineren Tiergruppe von der Pfaueninsel in den heutigen Berliner Stadtzoo einmal abgesehen (um 1844).

Der Roman »Zootopolis« ist von mir frei erfunden, orientiert sich aber trotzdem an vielen Wahrheiten. Umfangreiche Recherchen in diversen Medien, etliche Zoobesuche und Gespräche mit Zooangestellten sind dem Schreiben vorausgegangen, dennoch bleibt »Zootopolis« ein fiktiver Roman und erhebt keinen Anspruch als Sachbuch. Für die absolute Richtigkeit der tierwissenschaftlichen und historischen Angaben übernehme ich daher keine Verantwortung, versichere aber eine gewissenhafte Arbeitsweise. Letztlich steht es dem Autor der Belletristik aber zu, sich gewisse Freiheiten zu nehmen und diese auch künstlerisch einzuarbeiten. Ich selbst bin zum Zeitpunkt dieses Buches (2010) eifriger Zoogänger und befürworte zoologische Gärten sehr, auch in Städten, sofern es den Tieren dort gut geht.

Fiktiv sind die Personen und ihre Namen sowie die Firmennamen, die ich mir ausgedacht habe.

Ähnlichkeiten sind wie immer rein zufällig; das gilt für Menschen-, Tier- und Firmennamen gleichermaßen.

Aus meiner Feder stammen auch die Illustrationen, die ich in Berlin freihändig gezeichnet habe und die mit Bleistift, Kugelschreiber, Filzstift und Tipp-Ex entstanden sind.

Das Covermotiv habe ich auf der Insel Borkum im Jahr 2009 gebastelt, es ist – wie bei »Strand von Bugdu« – ein eigener Entwurf und besteht aus diversen Pappteilen. Das Coverlayout entspricht, wie auch bei meinen vorangegangenen Büchern, meinem eigenen Entwurf.

Das Manuskript schrieb ich mit einem Computer in Berlin. Die Urheber der im Buch eingearbeiteten Witze waren leider nicht ausfindig zu machen.

Ich danke an dieser Stelle Erika Fischer und Heinz-German Fischer, die mich beraten und das Manuskript durchgelesen haben. Hannelore Kerber war mir bei der Korrektur der Druckfahnen eine große Hilfe.

»Zootopolis« ist eine uralte Idee von mir, doch es brauchte Zeit, bis das Buch geschrieben werden konnte. Oft sind es die immer wiederkehrenden Begegnungen mit interessanten Menschen und mir lieb gewordenen Tieren, die einem den Schub für solch eine Arbeit geben. »Zootopolis« wäre aber ohne »Strand von Bugdu« nicht möglich gewesen, da mir diese Novelle den Weg für diesen Roman geebnet hat.

Als 1970 Geborener bevorzuge ich die alte, in einzelnen Fällen auch die neue gemäßigte Rechtschreibung. Wer trotzdem Fehler findet, darf sie gerne behalten!

»Zootopolis« ist mein viertes Buch nach »Das Wellhornboot«, »Zeit im Sand« und »Strand von Bugdu«.

Im Internet bin ich unter www.kayfischer.de zu finden.

Kay Fischer, Berlin im Jahr 2010 / 2012

Andere Bücher des Autors

»Ein Buch von Kay Fischer von einem Mann und einem Elefanten auf einer einsamen Insel, einem Schiffbrüchigen in einer Novelle, die auch ein Krimi sein könnte.

Ein mysteriöser Mann wird an den Strand von Bugdu geschwemmt, der Insel, auf der Mr. Robin und sein Elefant Tumbo bisher, bis zu diesem Tag, ein ruhiges Leben jenseits der Zivilisation führten. Mysteriös deshalb, weil er sich weder daran erinnern kann, wer er ist, noch, wo er herkommt …

Zuerst merkwürdig, dann spannend …«

Internet-Rezension / GT – Grand Tourisme – Worldwide.
Die Faszination des Lebens
  Matthis Denneler, 09-2009

»Novelle mit einem sanftmütigen Elefanten … inspiriert von vielen Berichten, u. a. von Chris Gallucci, machte er (Kay Fischer) … sich auf die Suche, recherchierte und scheute auch nicht den direkten Kontakt mit den grauen Riesen … Herausgekommen ist eine 188seitige Novelle, die viel mehr als ein Buch über einen Elefanten ist – sie spiegelt uns selbst wider, wer wir sind und was wir über uns wissen (wollen).«

BORKUMER ZEITUNG

Strand von Bugdu
ISBN 978-3-8370-3382-3

Pressestimmen **»Das Wellhornboot«**

»Der phantastische Roman will ökologisch sensibilisieren.«

(Norderneyer Badezeitung)

»Unfaßbare Vorwürfe kommen ans Tageslicht. Kay Fischers Illustrationen öffnen dem Leser eine interessante Welt gegen das Vergessen.«

(BZ am Sonntag)

»Umwelt-Roman. Emotionale Geschichte über ein ernstes Thema: Die Natur wird von Menschen bedroht. Doch wenn die Natur zurückschlägt, sind auch die Menschen in Gefahr.«

(TIER BILD)

»Ein phantastisches Märchen nicht nur, aber sicher auch für Erwachsene, außerdem zugleich ein fantasievoller Roman.«

(Berliner Morgenpost)

Das Wellhornboot
ISBN 978-3-8334-8237-3

Zeit im Sand

Man kann Zeit in Vergangenheit, Gegenwart und Zukunft aufteilen und damit den Versuch unternehmen, sie aus dem Abstrakten in ein „griffiges" Verständnis umzuwandeln. Diesen Versuch unternimmt Kay Fischer. In 25 Geschichten, die er selbst belletristisch nennt, die aber durchaus über diese Literaturgattung hinausgehen, setzt er sich mit dem Begriff Zeit auseinander. Er erzählt Parabeln, greift aber auch zu Mitteln des Skurrilen, der Philosophie, des Phantastischen und des schwarzen Humors. Daneben stehen Geschichten, die jedem von uns heute oder morgen passieren können oder gestern passiert sein könnten. Manches erscheint surrealistisch wie „Ein Sack Zeit"; in einigen Geschichten verblüffen die Schlussfolgerungen, so z. B. in „Perpetuum Mobile", welches so eine Art Mechanik der Zeit, ja die Zeit selbst darstellt. Allen Geschichten ist jedoch eines gemeinsam: Sie symbolisieren Zeit als eine Art Geschenk.

Hans Renz
MARKUS
Zeitung der Ev. Markus-Kirchengemeinde Berlin

Kay Fischer

25 Geschichten im Winde der Zeit
und Vergänglichkeit

Zeit im Sand
ISBN 978-3-8334-4459-3

Kay Fischer

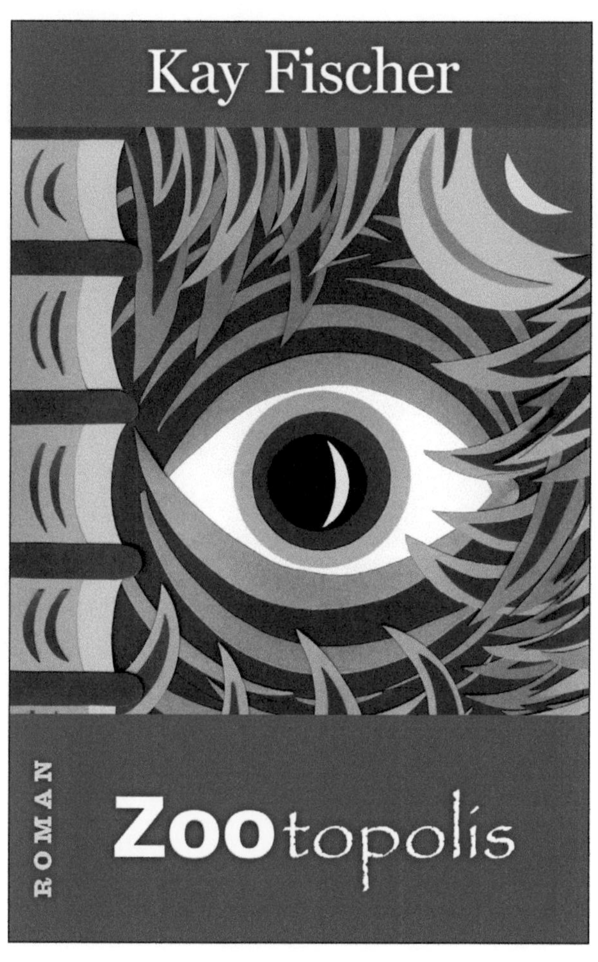

Zootopolis
ISBN 978-3-8448-3312-6